喪屍愛軟妹

ZOMBIE AND HIS LOVELY FOOD 01

天然軟女主角

姓名 姚茜茜

年齡 16歲。

身分 普通到再也不能普通的學生。

個性 軟萌，些微固執，適應力強。

技能 與男主角共生。

角色簡介

絕對是軟到一定境界，適應力超強的妹紙才能喜歡上喪屍這麼重口的人形生物。不過，也許是姚茜茜的審美出了什麼問題？

? 霸氣堅毅的男配角

姓名：路德維希

年齡：24歲。

身分：基地領導人。

個性：外表高冷，內心細膩，責任感高。

技能：武技，機械融合。

關於路德維希

有著超出常人的意志力及挺拔秀麗的外表。雖然他表面高冷，但有一顆溫柔細膩、且富有責任感的內心，對姚茜茜有好感。

天然黑
男主角
姓名 辰染
年齡 死亡年齡39歲，喪屍年齡是永遠青春靚麗的20歲。
身分 死亡前是軍隊統帥，死亡後是喪屍。
個性 強勢，掌控欲強，隨心所欲。
技能 共生，撕咬：可以融合其他喪屍的能力。
角色簡介
生前是制霸一方的軍閥獨裁者，死後是一隻任性強勢天然黑的喪屍，雖然無條件的愛寵姚茜茜，但大多數時候還是牽著姚茜茜的鼻子走。

? 謎樣的男配角

姓名：路易
年齡：死亡年齡25歲，喪屍年齡永遠青春靚麗的20歲。
身分：喪屍。
個性：溫柔，即使變成喪屍，依然會討女孩子歡心。
技能：雕刻討姚茜茜歡心的各種可愛物品；喪屍的基本技能，骨翼。

關於路易
生前是醉生夢死的花花公子，在變成喪屍後，這種個性成為他哄姚茜茜的特技。脾氣有點暴躁，但比起辰染來，還保留著人類的一些小聰明。

Contents

ZOMBIE AND HIS LOVELY FOOD.

第一章！喪屍先生，我們的食譜可能不太一樣。

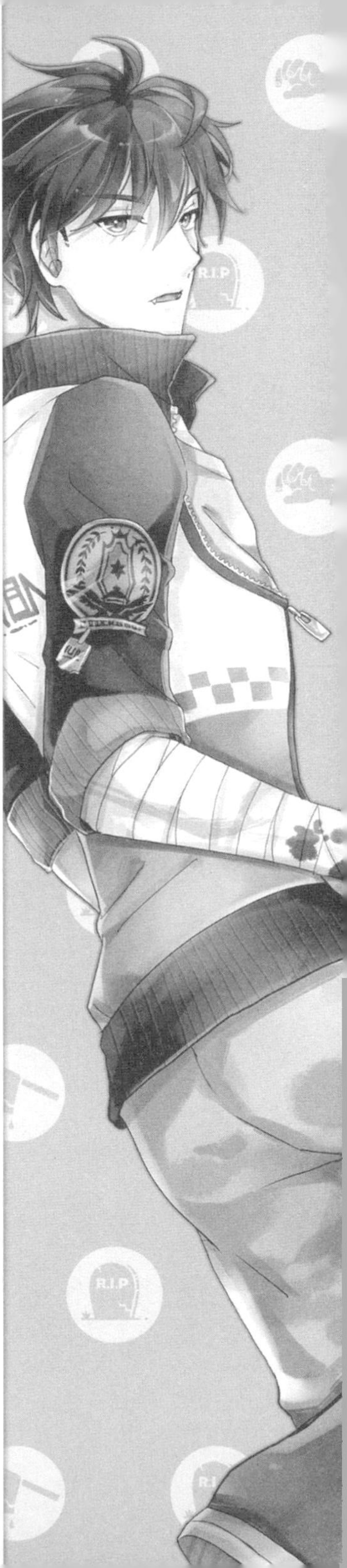

兩輪月亮懸掛在夜空，一個鮮紅，一個瑩黃。像是一雙在幽暗中窺視的眼，詭譎靜謐，幽深可怖。

城市裡一片破敗，路燈一閃一閃的像是隨時要熄滅，廢棄的汽車連成長龍，默默的蟄伏在幽幽夜色裡。空氣中瀰漫著難以形容的臭味，還不時的傳來幾聲奇怪的低吼。

這座城市就像一具已經腐敗的屍體，安靜的躺在天地中。

忽然，幾聲槍響從街道中傳來，火光亮了又暗，一下子驚醒了整座城市。

「別浪費子彈，快走！」傑克拉住開槍的戰友往後跑。

蓋斯咬牙放下槍，眼神複雜的看了一眼不遠處明顯體力不支的少女，轉身跟上了隊伍。

姚茜茜氣喘吁吁的跟著這隊傭兵團，雙腳艱難的邁著，卻還是和他們越離越遠。她已經跟著他們跑了兩條街，多虧一群喪屍在後面緊追不捨，要不然她可跑不了這麼久……

隊伍的最前面，一個身材壯碩的士兵揹著一個嬌小的女子。她黑色柔順的長髮在空中飄動，為這恐怖的黑暗裡添加了一抹柔色。

姚茜茜羨慕的望著被人揹著跑的女子，果然小說女主角待遇就是不一樣……

沒錯，她現在就是在一本她以前看過的末世小說裡。

姚茜茜真的認為自己很倒楣，只因為她整理舊物的時候，翻出幾年前看過的一本喪屍小說，正打算重溫一遍，誰知道剛打開看了沒幾頁，一道閃光忽現，她再一睜眼，就來到了小說開頭描寫的場景裡——正好是女主角出場。

她當時就忍不住仰天流淚。因為她上次看這本書已經是幾年前，劇情忘得差不多了。她只記得是一個重生的男主角在末世裡，歷經千難萬險，邊報復上一世害死他的人，邊收穫各種美女的愛情，邊破解喪屍橫行的秘密，最後功成名就，組織了一群人坐上方舟，航向沒有喪屍、適合人類居住的新星球，成為人類之王。

她雖然不記得男主角姓啥名誰、身分是什麼、樣貌有什麼特徵，但她記得裡面的亮點就是男主角沒有任何異能，只憑著自己異乎常人的堅韌意志、強悍的格鬥技巧和些許的聰明才智，一步步腳踏實地的走向成王之路。還有就是男主角的專情，雖然後來有各色美女愛上他，可是男主角對女主角的感情至死不渝，片葉不沾身。

姚茜茜隱約記得男主角極其護短，只要堅定的跟著女主角保持立場一致，她就有可能拿到航向新世界的船票。

所以當她苦悶的接受了穿越進喪屍橫行的小說後，她迅速為自己規劃出了新的人生定位——跟班系女配角！

以女主角的意願為意願，以女主角的喜好為喜好，堅定不移的支持跟隨女主角的腳步。

女主角遇到了一隊傭兵團，並加入了他們。姚茜茜自然也跟著加入，因為男主角可能會在裡面，可是……誰會想到她竟然成為「不知道怎麼回事就被當作害死傭兵團好同伴」的元凶！

被屍群沖散的他們，各憑本事又集結在一起，其中傭兵團裡一個叫約翰的人沒再出現。女主角說那個人去救姚茜茜了，可是姚茜茜並沒有看到任何人，但那群傭兵不相信，證據就是僅憑著姚茜茜一個弱女子根本不可能穿越屍群。

說到這裡，姚茜茜也覺得自己能完好無損是個奇蹟，就連荷槍實彈的傭兵團都被屍群折磨得很狼狽，可她連衣角都沒髒一塊……

但那也是因為她一路上連一隻喪屍都沒碰到好不好！

不管姚茜茜怎麼辯解，這群人就是不相信，反倒堅定的認為是約翰犧牲自己救了她。而姚茜茜一直不承認，以至於他們對她的印象惡劣到了極點，如果不是因為女主角善良的勸阻，他們說不定想讓她一命償一命。

於是，再次奔逃時，他們自然不會照顧她了。

姚茜茜覺得很冤枉，她知道自己離開他們才是最好的選擇，可除開女主角在這裡不說，離開了他們，她一個手無寸鐵的普通人，估計沒多久就成了喪屍們的盤中餐，所以她只好厚著臉皮尾隨他們。

喪屍的數量越來越多，隊伍左拐右拐，卻依然無法甩掉屍群。他們簡直像是被放進了蒼蠅窩裡的鮮肉，只有等著被蠶食殆盡。

姚茜茜不止一次感覺到背後傳來陰冷的氣息，她一點都不敢往後看，她怕看了，就再也沒有勇氣跑下去。

眼看一隻喪屍的手就要扯住自己的頭髮，可是她卻沒有力氣加快步伐。

就在這危急的時候，姚茜茜耳邊突然響起一道聲音——

【進來！】

可是她腦袋正發暈，忽略了。

【左拐！】

聲音繼續被忽略。

【左拐！】聲音低沉的吼道。

姚茜茜被喊得一激靈，下意識的就向旁邊的小巷一拐。

【不是右邊……】

跑了幾步，姚茜茜就看到幾個喪屍蹲著分食一具面目全非的屍體。雖然姚茜茜極力的控制住自己，只在最初小小的驚叫了一聲，可還是驚起一群喪屍。

後有追兵，前有堵截。

【推門進去！】

姚茜茜驚慌之下，完全服從了這個猶如天外來音的指示，哆哆嗦嗦的四下尋找，看見一扇小鐵門，使勁一推，就鑽了進去。

沒有燈光，裡面漆黑一片，姚茜茜掉頭就想往外跑。

【不許跑！朝前走……】

聲音指導著姚茜茜繞過屋子裡的障礙物。

姚茜茜根本無法追究這道聲音是從哪裡來的，只是本能的跟著聲音的指示走著。隱隱的，她絕望的心有了小小的希望。

【窗戶，跳出去。】

姚茜茜聽了，運足了氣，使勁的撞向落地窗，只聽「磅」的一聲！

【……】

姚茜茜捂住撞紅的額角，有點頭暈的晃了晃，她強忍著沒發出聲音，臉上卻誠實的露出「你騙我」的表情。不過，隨後她就知道是自己冒失了，落地窗上當然會有玻璃啊！

【砸了它！】聲音繼續提示道。

姚茜茜也不客氣，拿起身旁的石塊一鼓作氣砸碎了玻璃，略帶笨拙的爬出去。

因為殘留在窗戶上的玻璃碎片，姚茜茜不可避免的被劃出了許多血口，但她根本無暇顧及，也無法避免血腥味可能會引來更多喪屍，只朝著聲音指示的方向發足狂奔。

【一直向前。】

姚茜茜聽話的向前奔跑。

「啊！」

姚茜茜突然被一個從深巷中冒出來的喪屍拉住了頭髮！喪屍的力氣大得驚人，她差點仰倒。

姚茜茜腳跟一轉，勉強穩住身子，反射性的抓住頭髮，忍受著撕扯的疼痛踹開那名喪屍，拚盡全力的向前逃。可是她卻深刻的感覺到後面的壓力越來越重。

【來！】

不知道為什麼，姚茜茜覺得聲音近在咫尺。她艱難的抬起頭，發現天際已經發出了微光，有個高大的身影背著光站在不遠處的坡道上，向她張開了雙臂。她看不清對方的長相，只覺得朦朧的黎明之光為他鑲嵌上一層柔和的金邊。

有人說過，背對著陽光，即使是惡魔也會像天使般美麗。

何況這個素未相識的人在救她。

姚茜茜含著淚花露出了笑容，爆發出全部的力量朝那身影跑去，然後結結實實的撞進了對方的懷裡。雖然對方的懷抱並不好聞，寒氣中透著濃濃的腥臭，可此刻卻讓她無比安心。

不敢看後面，姚茜茜緊緊的閉著眼，只聽到一聲嘶吼，自己的腰就被有力的摟住，她的身體隨即跟著對方的動作快速移動。

頭部輕鬆多了，後頸沒了寒氣，那人就像解救平民的超級英雄一般，將她從屍群裡拯救出來。

——感謝上帝！

姚茜茜從來沒有像現在一樣，如此虔誠的感謝冥冥之中的力量。

劫後餘生，姚茜茜深深的吐了口氣。她發現救她的人力氣很大，在這個人的懷裡，她就像沒有重量的羽毛。她的鼻子緊貼著對方的衣服，有些不舒服，似乎是釦子之類的東西在頂著她的鼻子。平坦的胸部告訴她，對方是名男子。

颯颯的風聲劃過她的耳際，她都以為自己在飛了，對方移動的速度實在太快了，她不由得摟緊了他。

這名男子也察覺到她的不適，緊了緊懷抱。

過了一會，她耳中只剩下風聲，雖然看不到周遭的情景，但是她猜想，他們逃出了喪屍圍捕的範圍。

面對那麼多喪屍，連身經百戰的傭兵團都只能狼狽逃竄。而他不僅救了她，還帶著她逃出來……他的實力得是多麼強大啊！

姚茜茜想到這裡，不禁抬頭看了眼救命恩人，然後……

她僵住了。

只見救命恩人正拿著半顆必須打馬賽克的東西放在嘴裡咀嚼，暗黑色的血液順著那堆馬賽克流下來，不時滴到她的頭頂——難怪剛才她覺得頭頂溼答答的！

對方似乎察覺到她的目光，放下嚼了一半的食物，低頭面無表情的看著她。

姚茜茜看清對方的臉後，只覺得全身的寒毛都豎起來了。青黑色的皮膚、鮮紅的沒有瞳孔的眼、灰色的唇、鮮血淋漓的下巴……活脫脫就是一隻喪屍！

這傢伙除了身體還算完整外，和她之前遇到的喪屍沒什麼不同。

姚茜茜只覺得眼前一黑，就沒了意識。她完全被近距離觀察喪屍所帶來的震撼擊暈了。

★※☆※★※☆※★

不知道過了多久，姚茜茜緩緩的醒來，只覺得全身都不舒服。她費力的睜開乾澀的雙眼，驀然發現自己像嬰兒般，被一個冰冷的懷抱擁著。

她渾身一僵，立刻意識到，那隻救了她的喪屍正摟著她。

這實在是太重口味了！

姚茜茜盡量保持不動，不想驚動對方。而那隻救她的喪屍卻已經發現她醒了，把她從懷裡放開，抓著她的雙臂，面對面的看著她。

姚茜茜痛苦的閉上眼，身子微微顫抖起來。

近距離觀察還不夠嗎？她竟然還看到了特寫！她直視對方青黑色的面孔、嚇人的紅眼，太挑戰她的小心肝了！

似乎是感覺到她在發抖，喪屍先生又把她塞回懷裡，像撫摸受驚的玩具一樣，輕撫著她的背。她抖得更厲害了。

【冷嗎？】

他竟然會說話！

姚茜茜驚訝的抬起頭，看向喪屍。

【需要如何做，妳才會不發抖？】

對方的語氣很是疑惑，似乎不擅長處理這種事情。

姚茜茜難以置信的眨眨眼，直視著對方灰色的唇，她可以肯定那裡並沒有動。

【不知道嗎？】喪屍面無表情的看向姚茜茜，【真笨。】

「……」

姚茜茜不知道要怎麼形容自己此時的心情，她竟然被一隻喪屍鄙視了！她著急的想說些什麼證明自己也是高等智慧生物！

「多穿點衣服就不會冷了。」姚茜茜非常嚴肅的看向喪屍。

她才不會說自己是被嚇的，為了人類的榮譽！

【妳到底是被嚇的還是被凍的？】

姚茜茜驚訝的瞪圓了眼。這是什麼情況？

【什麼情況？】

「……」姚茜茜震驚了。

對方面無表情的盯著她。

——媽媽……這隻喪屍好像會讀心啊……

【媽媽？讀心？】

姚茜茜徹底跪了，是真的。這隻喪屍知道她的想法……而且，對方竟然是和她心靈對話，嘴巴一點也沒動！

姚茜茜腦海中立刻閃過：喪屍變種、喪屍進化、喪屍統治世界……

換來那隻喪屍又一個擁抱。

【很有意思的畫面。】喪屍青黑滑膩的臉蹭了蹭姚茜茜的頭頂，似乎很滿足找到這麼好玩的玩具，【果然很有意思。】

姚茜茜僵硬的接受著對方的親暱，強忍住尖叫和推開他的衝動。她似乎做了一件對不起全人類的事。最後她沒忍住，還是在心裡微微吐槽了一下：【謝謝收看……】

【不客氣。】

【……】

這位喪屍可以三百六十度無死角窺視她，倒也省得她開口說話了。

——多節省口水！

姚茜茜安慰自己道。

【隨妳。】喪屍先生並不介意她是不是用嘴巴說話。

【……】

姚茜茜有些慌亂的死死盯著這隻喪屍，好像這樣就能從他身上找到他變強的原因似的。

喪屍面無表情的和姚茜茜對視了一會，發現姚茜茜無意識的搓著手臂，突然說道：【我去幫妳找件衣服，乖乖在這裡等我。】

姚茜茜慌忙點頭。趕快走吧，他的存在都讓她自卑了！

而且她真的有點冷了。被他抱了這麼久，體溫都被奪走了。

喪屍鬆開懷抱，把姚茜茜小心翼翼的放到牆邊，站起身來，又不放心的回頭囑咐道：【不要亂跑。】

姚茜茜順從的點頭，盡量放空自己的想法。

喪屍又看了一眼姚茜茜，接著身形一晃，消失在原地。

姚茜茜只覺得喪屍先生一瞬間就不見了。她站直了身子張望半天，發現他真的走了，頓時鬆了口氣。隨後她茫然的看了看四周，靠著牆，發起呆來。

她所在的地方很空曠，好像是個廢棄的倉庫。倉庫中間放著很多貨櫃，她位在倉庫的一角。不遠處就有一扇窗戶，很高，大概三、四公尺，沒有玻璃，防護網向外破了個大洞，正好夠一人鑽進鑽出。

她立刻有點蠢蠢欲動，不過很快壓了下來，因為她非常怕那位喪屍先生察覺到自己的想法。

姚茜茜向窗戶邊挪了挪，側耳傾聽外面的動靜。此時沒有喪屍發出聲音，外面應該暫時沒有危險。

她望著撒下陽光的窗戶，心裡很感激喪屍先生救了她的命，十分感激。如果沒有他，她早被一群喪屍撕成了渣渣。

雖然她不知道他為什麼救她。他不是應該吃了她嗎？

想到這裡，她越來越無法控制想逃跑的欲望……她無法忽略自己求生本能的抵抗。對方是喪屍，被咬破血肉便會被感染的喪屍，以人類為食物的喪屍。

他們是天敵！

那扇窗戶投射下來的光線，像隻小手一樣誘惑著她。

理智告訴她：留下來、順從、聽話，才是最好的選擇。妳根本無法憑藉自己在這個世界生存，出去也是死，還可能因為得罪喪屍先生而死得更慘。

——可是我想逃，我想去找女主角！這個世界實在太可怕了，只有跟著女主角，在主角光環下才是最安全的！

喪屍先生離開得越久，她的這種感覺就越強烈。

——快跑！快跑！快跑！

心臟急速跳動著。姚茜茜害怕得蜷縮成一團，抱住了頭，阻止那聲音占領她的意識。

可是等姚茜茜清醒過來，她已經跳出了窗戶，並且扭到了腳。

——姚茜茜啊姚茜茜，難道妳就不知道衝動是魔鬼嗎！ORZ

姚茜茜自我唾棄道。

她十分後悔，卻又咬牙前進。

她明明可以在原地等待喪屍先生，可是她卻選擇進入找死模式。不過，既然已經逃了出來，她就想逃得更遠些。

她對這個城市很陌生，所以她只能漫無目的的走著。

既擔心喪屍先生會把她逮回去，又有點希望喪屍先生發現她不見——矛盾的心理，讓姚茜茜的腳步不自覺的慢了幾分。

此處應該屬於郊區，周圍的建築物很少，路的一邊還連著一片森林。森林很不安全，說不定從某棵樹後就會湧出一堆喪屍來。

所以姚茜茜決定沿著公路走。

路上堵著很多廢棄破爛的汽車，姚茜茜小心的繞過，生怕從汽車裡面突然伸出一隻血跡斑斑的手把她拖進去。

跑了一會她就跑不動了，一天滴水未進，又受到驚嚇，她現在有點眼冒金星。她越來越後悔自己愚蠢得近乎自殺的行為，被一隻喪屍吃掉總比被一群吃掉好……而且看他那樣子，也不像要吃掉她。

她到底衝動個什麼勁啊！ORZ

在被一隻藏在車底下的喪屍抓住腳，好不容易掙脫後，姚茜茜露出了便秘般的表情。

也許她應該回倉庫，等那隻喪屍回來……

可是她已經不知道自己到了哪裡，剛開始她還沿途記著路，後來被喪屍追，她早跑得不知道方向，這要怎麼回去啊……

——好想關機重來，我一定乖乖的。

姚茜茜一邊跑，一邊飆淚的想。

後面尾隨的喪屍卻越來越多。

姚茜茜暈乎乎的一頭撞上了前面一隻正在遊蕩的喪屍，她想大力的推開對方，可是雙手發軟；不料對方緊緊的抓住她的兩隻胳膊，充滿臭氣的嘴就撲向了她的脖子。

「嗷嗷嗷嗷！」姚茜茜全力一掰，才堪堪阻止了那張嘴。

只差一點點，她就完蛋了。

不敢多想，擺脫了這隻喪屍，姚茜茜使勁往前跑，但不幸又被抓住了頭髮。

姚茜茜發誓，她一定要把頭髮剪了！簡直是找死神器！

喪屍緊緊的拉住她，後面尾隨而來的喪屍也越來越多。要是大批喪屍一到，她就等著被啃成渣渣吧！

【救命！救命！】她忍不住在心裡呼喊，【喪屍先生，如果你能聽到，請救救我！】

她無力的對抓住她的喪屍拳打腳踢，可是對方力氣很大，就是掙脫不開。

——理智君，為什麼你要在關鍵時刻消失啊！

她萬分後悔自己逃出來的愚蠢行為，卻又無能為力。

——救命！

——我不想死！

——媽媽，救救我！我好想回家！

姚茜茜被掀翻在地，掙扎了幾次都爬不起來，無助的拄著雙肘後退，瞳孔裡映著那些張牙舞爪的喪屍漸漸逼近她。

眼淚湧了出來，視線越來越模糊，她害怕得動彈不得。想到那些喪屍吃人的場景，她哆哆嗦嗦的閉上了眼。

姚茜茜突然呼吸一窒，失序的心跳竟然有一瞬間停止了跳動。

想像中的疼痛並沒有發生，一聲嘶吼傳來，那群喪屍哀叫幾聲，丟下她，四散逃開了。

姚茜茜僵直得一動不動，過了很久她才找回自己的意識，意識到——自己沒被分食！

她睜開眼，看到那個高大佝僂的身影就站在離她十公尺遠的地方，面無表情，用耀著紅光的眼看著她，一動不動。

姚茜茜一下子湧出熱淚，掙扎的站起身，跌跌撞撞的撲上去，把他緊緊抱住。

就像溺水者找到了救生艇一樣，她抖動著雙唇，卻一句話也說不出來。劫後餘生的激動、感激、愧疚、害怕……萬般情緒湧上心頭，她只能主動的抱住眼前的喪屍先生，不知道該說什麼。

他任由她抱著，卻沒有任何反應。

「嗚嗚嗚……喪屍先生，幸虧你來了……」姚茜茜顫抖的感謝他的救命之恩。

「我錯了……以後再也不跑了……」她道歉。

「謝謝你救我，我是笨蛋。」姚茜茜抬起淚眼，看向他。

喪屍先生也低下頭，面無表情的與她對視。

「我這麼笨，請你原諒我一次吧。」姚茜茜眼中滿是乞求。

他兩次在危難之際救了她。如果剛開始她覺得他青黑的面龐、死人皮膚可怕噁心的話，現在她則覺得異常親切。

「請不要丟下我。」她放低了聲音。

她不願承認自己的懦弱膽小，可她就是又笨又膽小，經常做錯事。但喪屍先生願意保護這樣的自己，她真的不願再離開他。

喪屍先生的身體微微一顫，隨後反摟住了她。

【嗯。】他面無表情的回答道。

「如果我走丟了……可以的話，請找找我。因為我很笨，根本不知道回去的路……」姚茜茜不好意思的說道。

【嗯。】聲音裡透著微微的嘆息。

「對不起，我再也不會擅自逃跑了。」

【嗯。】

姚茜茜邊顫抖、邊抱著喪屍先生不鬆手。

喪屍先生撫著姚茜茜顫抖的背，將她抱進懷裡，幾個跳躍，回到了原來的倉庫。他想把她放下來，可是姚茜茜抱住他的脖子，不知道為什麼就是不願意鬆手。

喪屍先生很無奈，只好將找來的風衣披在她身上，又再次把她像抱孩子一樣摟在了懷裡，還輕輕搖了搖。

過了很久，兩人都沒有說話。

姚茜茜累極了，眼皮開始打架，睡意上來前，還不忘抓緊了對方的衣服。

她原來很害怕他，因為她不知道為什麼他會救她。而現在不管他保護她有什麼目的，她願意與他為善，交付所有的信任。

因為……若沒有他，她已經死兩回了，而且還是一次比一次死得更慘！

★※☆※★※☆※★

姚茜茜再次醒來後，並沒有馬上睜開眼睛——只要她裝作沒醒，喪屍先生就不會讀出她的想法吧？

她開始整理自己的思路。她需要想辦法找到女主角，因為要是找不到女主角她就找不到男主角，找不到男主角的話，最終他們還是會和藍星一起毀滅。

她後悔記住的劇情太少，如果能多記住一點，她也不會混得這麼慘了吧……

姚茜茜垂頭喪氣的睜開眼，動了動，喪屍先生就低頭，問她餓不餓。

【有點餓……】姚茜茜羞澀的回答。

【我也是。】喪屍先生誠實的說道。

【……】姚茜茜有片刻的沉默，不知喪屍先生這麼說是什麼意思，不過她的小心肝顫了顫。

【那我們去找食物吧。】姚茜茜假笑的提議道。

【好。】

【……我們的食譜可能不太一樣。】姚茜茜斟酌著該怎麼開口說明她是雜食動物。

【我知道。】喪屍先生面無表情的回答。

姚茜茜鬆了口氣。

於是喪屍先生帶著姚茜茜來到一家大型量販超市，在這裡，他和她的食物都很充裕。

喪屍先生把姚茜茜放到地上，讓她自己去挑選食物。

姚茜茜隨手拿起一個包裝完好的雞肉漢堡，連日期都沒看就拆開了。她都不知道多久沒嚐過肉味了，雖然漢堡裡的雞肉又冷又硬，可那味道讓人懷念得想哭。

她一邊津津有味的吃著，一邊看向喪屍先生。只見喪屍先生快速的鎖定了幾隻遊蕩的喪屍，瞬移過去，爪子一揮，霎時一地馬賽克。

姚茜茜拿著漢堡的手隨即僵住，嘴裡的雞肉一下子吐了出來。

喪屍先生進食的場面實在太血腥、太暴力了……

或許，他進食的時候，他們可以分開一小會……

除了喪屍先生進食，其他時間他們都在一起，這就給了姚茜茜多瞭解他的機會。

比如，他身上破舊的軍裝該換換了。姚茜茜有些狗腿的想。

雖然喪屍先生肯定不在乎這些身外之物，但是身為人類的她，還是希望他能保持整潔。

那身看不出顏色的軍裝，殘破的露出裡面大片大片的襯衫。對軍事知識匱乏的姚茜茜，也不知道他隸屬於哪國軍隊。想來他能成為和那些低等喪屍不同的喪屍，以前的身體素質各方面應該都很強悍，若是軍人，倒是情理之中。

姚茜茜在超市裡翻了翻，找出一件灰色T恤和迷彩褲，請喪屍先生換上。

可是這位喪屍好像缺失了一部分記憶，對於衣服很陌生，看著姚茜茜發愣。姚茜茜只好親自上陣，像幫小孩子似的幫他換了新衣。過程中，她不免看到了某些不該看的……

青黑色的身體上沒有任何傷痕，他的恢復能力一定非常驚人，因為很多喪屍即使復活，也經常這缺一塊、那少一塊的；身體很結實，應該說極其結實；肌肉雖然已經沒有了彈性，硬邦邦的，但是線條優美，更能證明他曾經是位軍人，才能保持如此好的身材。

下身她可沒偷窺，因為他穿著一條四角褲。

總之，是一個身材健美的喪屍先生。

她好像跑題了……

她急需瞭解一件事，一件和她休戚相關的事情。

姚茜茜猶豫了好久，想了N種說法，可一想到對方秒殺一切的讀心術，她決定開誠布公的說出自己的擔心。

【喪屍先生，你需要我做什麼嗎？】

每天保護她，給她吃、給她喝，她的腰都粗了！這麼米蟲的過下去，她真的會不好意思！

喪屍先生想了想，把姚茜茜摟進懷裡。

【很軟很暖。】蹭。

「……」姚茜茜被蹭得有些不自在。或許她的定位是玩具？這看起來也不錯。對他而言，她總算還有點用處。

喪屍先生一邊保持著面無表情的樣子，一邊毫不客氣的讀取著姚茜茜的想法。因為他也不知道為什麼會和她親近，喪屍先生決定不否認她的認知了，雖然他清楚自己沒有把她當作玩具。

隨後姚茜茜又問起他的名字。當然，她先介紹了自己。

【我叫姚茜茜。你可以叫我茜茜。】

【茜茜……】

【嗯！】姚茜茜從善如流的答道，又問：【你的名字呢？】

喪屍先生報出了一長串音節，姚茜茜沒聽懂也沒記住。她艱難的重複了幾遍，一想到喚喪屍先生的時候要叫這麼一大串，頭都大了。

喪屍先生面無表情的嘆息了一下，【挑妳會說的叫吧。】

姚茜茜快被那些音節折磨死了，聽了喪屍先生這句話，大大鬆了口氣。

【辰染？】她取了他名字的頭一個音節和最後一個音節。

【嗯。】

【我們算是彼此認識啦！】姚茜茜高興的拉住辰染的手。

【辰染，我們去吃東西慶祝一下吧。】成為朋友的慶祝宴！

【好。】雖然他不知道有什麼好慶祝的。

【那個……辰染，一會遇到喪屍，能不能你先在旁邊看著，讓我來打？】想了一會，姚茜茜對手指的向辰染請求道。

【？】

【幫辰染打食物，也算是我有用的表現吧！】

不管多麼害怕，她也不想總拖辰染的後腿，她總要有些用處才好。

【好。】

然後，大型量販超市裡……

本來幾秒鐘的進餐過程，被姚茜茜拉長到了一整天，還填不飽肚子。

辰染嘆氣，面無表情的看著被喪屍追得滿超市跑的姚茜茜。

【茜茜。】

「嗷嗷嗷……」

辰染面無表情的看著滿身血汙的姚茜茜，一次又一次的躲到他背後，他幫忙解決那些追她而來的喪屍，她痛哭流涕。

他想叫她不要再努力了，他看著都想嘆氣。可是看她被追得四處亂跑的樣子，又有點興致勃勃。真是……充滿了生機！

姚茜茜終於明白了理想與現實的差距，砍喪屍砍到手軟，就是砍不死！

她只好向辰染請教方法。

辰染依舊面無表情的看著她，連眼神都沒賞旁邊的喪屍一下，只是一瞬就掰下了對方的頭。

沒有任何指導意義……姚茜茜臉色難看的別過頭。她只能咬牙繼續實踐了。

【辰染，我看你穿著軍裝，你以前是軍人嗎？】

等到兩人晚上在一起休息的時候，姚茜茜忍不住問辰染。

【不知道。】

【咦？那你怎麼記得你的名字啊？】姚茜茜疑惑的問道。

【記得。】辰染簡練的回答。

【哦，那你一定是失去記憶了。因為你有名字，最少會有個為你取名字的人呢。】

辰染面無表情的呆坐著，對姚茜茜說的事情不太關心。

【你不想找回自己的記憶嗎？】姚茜茜疑惑的歪了歪頭，【記憶對一個人來說很重要啊！它代表著那個人的過去。】

【不重要。】他不在乎。

【那辰染認為什麼才重要？】姚茜茜好奇的問道。

辰染想了想，伸出青黑色的手指，指了指姚茜茜。

姚茜茜難以置信的看著辰染，她覺得自己實在無法理解他的想法，他的意思不會是說她重要吧？不敢向他求證，她怕自己是自作多情。一個戰鬥力幾乎是零的普通人類，他這個強悍的喪屍怎麼會覺得她重要呢？

於是她決定換個話題。

【辰染，你能用你的指甲幫我剪頭髮嗎？】姚茜茜請求道。

她要剪掉這個找死神器啊！

辰染聽她說完，立刻伸手朝她頭髮摸去。

【你一定要輕點，劃破了我就變喪屍啦！】姚茜茜小心翼翼的看著他的指甲說道。

辰染面無表情的伸出鋒利的指甲，刷的一聲，她就從長髮變成齊耳短髮了。

姚茜茜甩了甩頭髮，滿意極了，連忙向辰染道謝。

辰染沒理會姚茜茜的感謝，而是看著掉落的一地頭髮。突然，他蹲下身，把那些剪下來的頭髮一絲不落的放進了嘴裡。

【辰染，你在幹什麼……】姚茜茜囧道。

【吃。】

【頭髮有什麼好吃的！】姚茜茜不能理解。她沒見過他吃喪屍的頭髮，他不是只吃血肉和腦子嗎？最起碼她這幾天的觀察是這樣。

【確實不好吃。】

【那你還吃！】姚茜茜有些炸毛，這樣好驚悚，那頭髮畢竟曾長在她身上啊！

【必須吃掉。】辰染吃完後，繼續面無表情的發呆。

——**妳的一切都是我的**。

——**妳，是我的**。

這是辰染剛剛腦中響起的聲音，他順從這道聲音。沒有理由，只是本能。而這些，他沒有告訴姚茜茜。

因為他覺得她沒必要知道。

★※☆※★※☆※★

隨著時間的推移，辰染能夠入口的喪屍越來越少。

而辰染也越來越挑食，不是所有的喪屍他都吃。

獵食的範圍不斷擴大，他已經能感覺到，他進入了一個和自己同等實力的喪屍領地中。

他一個喪屍，倒是願意去吃掉對方，可是現在帶著茜茜，他就不確定了。她是那麼的脆弱，稍微用一點點力氣就能要了她的命——又軟又暖又弱又笨，唉。

姚茜茜也發現，不是所有的喪屍，辰染都吃了。只有那些她對付不來的喪屍，他才會吃掉。

而辰染不僅僅是帶她去超市，很多時候他們會走比原來更多的路，到更遠的地方，可能他先進完食，才把她帶到有人類食物的商店或者超市，甚至是住家。

只是這樣的日子也沒維持太久。

終於，辰染不得不留下姚茜茜，獨自去覓食。

姚茜茜雖然有些害怕，畢竟她已經習慣和他一起安全無憂的日子，但是為了不拖辰染的後腿，姚茜茜還是每次都假裝無所謂又充滿活力的目送辰染去捕食。

每次看到自己離開後她那無力垂肩的樣子，躲在暗處的辰染都有一種說不出來的酥爽。這反而讓他比原來更放得開，願意去更遠的地方、更長時間的覓食。

他無比期待等他回來後，她一臉驚喜高興的表情。

直到有一天，意外發生了。

這天，辰染走後，突然有一隊倖存者車隊路過了辰染和姚茜茜所在的倉庫，發現這裡喪屍稀少，又有大門做屏障，天色也不早了，就打算在這個倉庫裡歇一晚再出發。

當這群倖存者警惕的舉著武器進來，卻發現這裡已經有人先入住了。

姚茜茜剛睡醒，揉著眼睛，就看到突然闖進來的兩女三男，其中還有一個小男孩，看打扮像是平民。幾個人的臉色都不好，尤其是那個小男孩，翡翠色的眼睛憔悴無神，兩腮凹陷，面色很難看。

姚茜茜搖了搖頭，她沒管這些突然冒出來的人，而是四下看了看，尋找辰染，發現他不在。

「辰染——辰染。」習慣性的呼喚。

【茜茜。】

「辰染你在哪裡？」

【我馬上回去。】

兩女三男聽到姚茜茜的呼喊，趕緊警惕的環視四周。

姚茜茜放心了，但是剛醒來，腦子有點遲鈍，她呆呆的看著這群陌生人。

倖存者隊伍中，一個面相和藹的中年白人女子走過來，禮貌的問道：「我們能不能在這裡休息一下？連日趕路讓我們吃不消，還有個孩子……不會打擾太久的。」他們還要去那個海邊的倖存者基地，這裡不是終點。

「我叫安蒂。」白人女子首先報上自己的姓名，友善的朝姚茜茜笑了笑。在這個宛如地獄的世界，大家都保持著很高的戒心，她不確定對方能不能接納他們，這裡顯然是這個女孩的地盤，雖然只是個柔弱的女孩，可從剛才她的表現來看，她是有同伴的，所以安蒂盡可能讓自己看上去真誠一點。

「姚茜茜，請坐吧。」姚茜茜也表現得很友善，她倒是願意幫助這群人，尤其他們之中還有個小男孩。

兩女三男中，除了先前和她說話的安蒂，還有一個看上去年歲不大的紅髮少女，以及一個亞裔的瘦小男子，和一個五大三粗的黑人。

紅髮少女一直保持著警戒狀態，並沒有上前和姚茜茜攀談，而是留在了隊伍的最後面。五大三粗的黑人也和姚茜茜保持著一定距離，臉上表情拘謹，大概是怕自己嚇到她。那名亞裔男子倒是朝姚茜茜笑了笑，可那雙滴溜亂轉的小眼睛讓姚茜茜不能忍受的別過了頭；他不笑就已經很猥瑣，笑起來簡直猥瑣得不能直視……

小男孩則一直緊緊抓著安蒂的衣服，藏在她的身後，防備的偷窺著姚茜茜。

姚茜茜猶豫了一下，看著小男孩瘦削的小手，還是拿出了食物分給他們。

「帶著孩子不容易，請不要客氣。」

姚茜茜幾乎把自己庫存的所有食物都拿了出來，以罐頭居多。

安蒂看著姚茜茜從背包中抖落出來的食物發出驚呼，不敢置信的問道：「我們能吃這些？」

「是的，除了這幾個罐頭，其他的你們拿走吧。」姚茜茜將其中一些罐頭撥到自己身邊，剩下的全推給了安蒂。

「我的同伴很厲害，他暫時出去搜尋物資了，想來一會就能滿載而歸。所以我想你們比我更需要這些。」姚茜茜知道匹夫無罪，懷璧其罪的道理。她盡量說得讓他們不要起貪念。其實財不外漏才是最好的，可她實在無法眼看著那個瘦弱的孩子而不幫忙，她雖然不是聖母，但好歹有良心這種東西存在。

即使需要冒些風險，她也願意在力所能及的範圍內幫小孩子一把。在這個世界本來就不容易生存，小孩子要生存更難。

安蒂聽到姚茜茜願意把這些食物都給他們，立刻回頭和其他隊員互相交換了驚喜的眼神。

安蒂忙不迭的道謝，招呼著其他人把食物分裝。

因為姚茜茜露出的善意，對方對她不太戒備了，安蒂更是感激的和她攀談起來。

「妳真是個善良的小女孩，主會保佑妳！」安蒂激動得不知道說什麼才好，眼圈泛紅的再次表達感謝。

「不客氣。」姚茜茜有些無措的擺了擺手，她沒想到一時的善意竟然讓對方如此感動。

安蒂又是一連串的讚美之詞，姚茜茜難為情的接受著，她現在要是還有食物，肯定會忍不住再給！

「妳那個同伴什麼時候回來？」一直沉默的小眼睛亞裔男子打破了安蒂和姚茜茜一直不斷的

謝謝和不客氣。

「應該快了呢。」說到這裡，姚茜茜身子一僵，她突然意識到一個嚴峻的問題——辰染是喪屍！見到這麼多人類，能不出手嗎？

於是姚茜茜趕緊說道：「你們最好休息完快點走。我的同伴脾氣不好，他不喜歡陌生人！」

安蒂一聽，愣了愣，馬上乞求道：「我們實在太累了，能不能請妳幫我們求求情？讓我們住在這一晚？」

「絕對不行！」姚茜茜蹭的站了起來。先不說不能讓他們發現辰染是喪屍，就算只是辰染看到他們，結果也只有一個死字，「我是為你們好。他……他實在太厲害了，又不通人情。」他是喪屍啊喂！

安蒂美麗的棕色大眼猛的一沉，臉色陰沉起來。她以為她們相處得很融洽，食物都能給他們了，借住一宿又能怎麼樣呢？

「妳看我們這邊還有個孩子，大人趕路都吃不消，何況是小孩？他好幾天沒好好休息，妳難道希望成為殺人凶手嗎？」安蒂的口氣有些不好了。

「不管怎樣，你們必須離開！」姚茜茜乾脆的指了指大門的方向，下逐客令。

安蒂深吸一口氣，「這個地方這麼大，我們去你們看不到的地方行不行？」

「不行！」為了他們好，姚茜茜決定不給他們任何轉圜餘地。

一直沉默的小男孩突然從安蒂身後蹦出來，朝姚茜茜吐口水，「壞蛋！妳欺負我媽媽！」

姚茜茜臉一黑，躲開口水攻擊。沒禮貌啊這孩子！

小男孩剛一說出口，安蒂趕緊制止了他，把他抱在懷裡，鄭重的向姚茜茜道歉：「小孩子不懂事，請妳不要怪他。」

「沒關係。」姚茜茜並不在意，跟一個孩子生氣，她還沒那麼閒，「但我確實不能留你們。實話說了吧，我這個同伴十分暴戾，如果他看到你們，一定會置你們於死地。而我，你們也看到了，只是個手無縛雞之力的小女孩，絕對無法阻止他的。如果我真的不想管你們，就不會給你們食物了。所以你們趕快離開，對大家都好。」

安蒂想了想，確實如此，如果她真的不想管，那些食物她完全可以不拿出來。不能收留他們一夜，應該也有她說不出來的苦衷。

安蒂和其他隊員稍稍交流了一下，就決定離開。但是為了表示感謝，她還是把他們找到一個倖存者基地的事告訴了姚茜茜。

「我們找到了一個基地，離這裡很近，就在東南方，以前是個地下軍事基地。他們無條件接受所有倖存者，你們要是有興趣可以去那裡。」

姚茜茜點了點頭，表示會和同伴商量，但是她興趣缺缺的樣子暴露了她真實的想法。

安蒂也不強求，又再次感謝姚茜茜提供了食物，寒暄幾句之後，拉著小男孩向姚茜茜告別離開了。

姚茜茜目送他們離開。

等安蒂一行人出了倉庫門、安置好行李後，剛要發動車子，安蒂突然發現那個亞裔小夥子不見了。她皺著眉看向倉庫，露出了擔憂的神色。

姚茜茜正把幾個罐頭收進背包，突然覺得有陰影遮住了光線，一抬頭，發現剛才那個小眼睛的亞裔男子正拿著刀站在她面前。

「把所有的食物交出來！」那個男子威脅的吼道。

姚茜茜撇撇嘴，既然是自己招來的，就認命的把整個背包都推給了他。

那男子拿刀對著姚茜茜，在背包裡翻了翻，看到裡面的東西，只有姚茜茜剛才留給自己的罐頭，他不屑的撇撇嘴，想了想，拿刀逼近了姚茜茜。

「乖乖聽話，我就不殺妳。」男子有些色迷迷的瞧了瞧姚茜茜。他已經很久沒碰過女人了，姚茜茜面色紅潤、嘴唇粉嫩、皮膚光潔，早就勾起了他的興趣。

姚茜茜被男子的話惹出一身雞皮疙瘩。

說完，男子竟然迫不及待的解開腰帶，欲撲上來行苟且之事。

姚茜茜本來還很害怕的後退，但猛然看到男子背後的身影，繼而同情的看著這名可憐的男子，小聲提醒他：「你死定了！」

「哎呦，小丫頭還……」話還沒說完，男子突然感覺喉嚨一頓，震驚的發現自己的視線在傾倒，而身體卻沒有動。

血液像噴泉一樣從脖子裡噴出，男子瞪大眼睛的頭則飛了出去。

「辰染，血濺到我身上了！嗷嗷嗷嗷嗷！」姚茜茜尖叫著躲閃。

【茜茜。】

第二章 !

辰染真是固執的喪屍

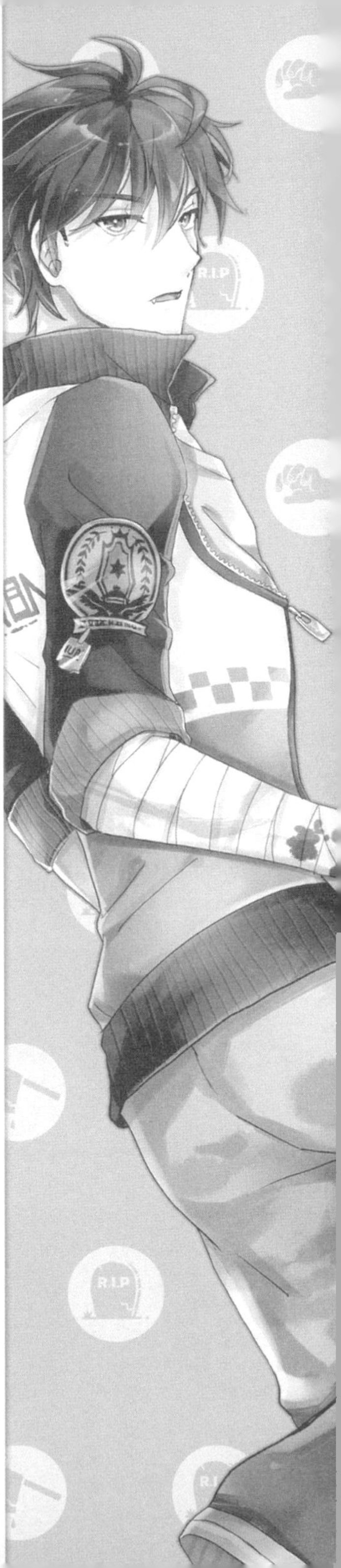

姚茜茜被噴了滿頭滿臉加一身的血，相當崩潰。她又看著滾到一邊的馬賽克屍體，最後看向辰染。

辰染依然面無表情，鮮血般赤豔的眼睛直直盯著地上的屍體。對於這些食物，他從來沒有正眼看過，但是這一隻卻讓他想撕碎，他想聽對方的慘叫，想將對方的血肉一塊塊剃下來，然後再長回去，周而復始。

辰染不知道這種陌生又強烈的感覺是什麼，腦海中突然閃過一念，很快的像是想起了什麼，卻又什麼都沒有抓住。

姚茜茜心有餘悸，如果不是辰染回來了，她還不知道要被怎麼對待。果然，有時候對得起良心，就要對不起自己。她此刻也不知道是該後悔，還是該慶幸，只清楚下次遇到相同的情況時，她再也不會伸出援手。

原來，人心就是這麼一點一點變硬的。

不過現在不是想這些的時候，她這一身血可怎麼辦嗷嗷嗷！

姚茜茜顫抖著雙臂，極力忍耐般的說道：「辰染，我們快點找個能洗澡的地方吧嗷嗷！」

辰染聽話的上前就要摟姚茜茜，卻被姚茜茜躲開了。

「很髒的！我跟著你走吧，別再沾到你身上。」

辰染紅眸一黯，保持著雙臂張開的樣子，瞥了眼無頭的屍體，眼神像是要把對方千刀萬剮似的。姚茜茜順著辰染的眼神看過去，看到馬賽克後立刻調轉視線，再看就要做惡夢了！

「喂喂喂……」姚茜茜無奈的看著辰染。

辰染根本不聽她的，張開雙臂等著她。

僵持了一會，姚茜茜認命的嘆氣，走到辰染懷裡，趴在他胸前腹誹：辰染真是固執的喪屍！這下子兩個人的衣服都要換了！

辰染滿意的收緊手臂，摟著姚茜茜瞬移了出去。

他們四處尋找，姚茜茜看到一幢掛著太陽能板的別墅，眼前一亮，彷彿看到了熱水般的激動。

姚茜茜進到別墅裡，趕緊研究了下浴室情況，發現有電力資源可用，但是水無法抽取。她摸了摸下巴，轉頭討好的看向辰染……於是辰染當起了辛勤的搬水工，他一手提著一個大桶，飛到最近的河流旁取水，再飛上房頂，灌進了太陽能儲水槽裡。

看到太陽能指標指到了四十五度，姚茜茜淫笑著關了電源。

終於可以洗個熱水澡了！自從來到這個世界，她就沒再洗過澡！

姚茜茜高興的進了浴室，辰染看到，也跟著進去了。

姚茜茜剛要脫衣服，突然發現一個人影，嚇得尖叫了一聲：「辰染，你怎麼能進來啊！」

雖然是喪屍，性別也是男！

「快出去！」姚茜茜輕輕用手推了推辰染。

辰染不動，面無表情的看著姚茜茜。

姚茜茜死命推他卻無果，只好雙手合十乞求，「辰染，就出去一小會，五分鐘……不，兩分鐘就行！」

辰染不為所動。

竟然軟硬不吃！姚茜茜疑惑的看著辰染，「為什麼……不出去啊……」她絕不會認為一隻喪屍會有偷窺——正大光明的看——她洗澡這麼人性化的舉動。

姚茜茜囧了。雖然對方性別男，但……只是一隻喪屍嘛！不出去就不出去，她還怕洗著洗著跑出別的喪屍來呢！

【不離開妳。妳說的。】

姚茜茜乾脆的拉上浴簾，擋住了辰染的視線。然後想了想，她又將浴簾拉開一條縫，對辰染說：「不要偷看！」

辰染面無表情的看了她一眼。

他平靜無波的眼神讓姚茜茜知道是自己想多了，喪屍怎麼會有這種人類觀念？想通了這些，再次拉上浴簾的姚茜茜也不扭捏了，快速的脫了衣服，盡情的享受熱水澡。

辰染繼續面無表情，但是眼睛卻活潑的動起來。

她以為拉上浴簾他就看不到了嗎？她果然是以人類這種食物的角度在看待他。人類沒有穿透物體的視物能力，但是他有。

辰染的目光一直在姚茜茜身上梭巡。

他們的結構真的不一樣。但他一點也不覺得她怪異，反而打從內心喜歡她的身體結構。

——很喜歡！

美妙的沐浴和看沐浴過程很快結束了，姚茜茜草草擦了擦身體，趕緊穿上衣服，很滿足的嘆了口氣。

辰染也很滿足的收回視線。

「辰染，你要洗嗎？」姚茜茜邊擦著頭髮邊問道。

【茜茜還會脫衣服嗎？】

「當然不會！」他洗澡她脫什麼衣服啊。

【那就算了。】

「……還是洗洗吧，你看你身上沾了不少血漬。如果不及時洗掉會很難受，還會發黑發臭呢！」姚茜茜把毛巾掛在頭上，光著腳走到外面的沙發旁，翻起背包，「看，我也幫你準備了一套衣服，你快洗洗換上吧。」她還有一句沒說——長了蝨子就遜斃了。

【蝨子？】

「不要管這個，你快洗。洗完穿新衣服哦！」

【茜茜幫我穿？】

「辰染你不會自己穿衣服嗎？」姚茜茜挑眉問道。

【不會。】乾脆俐落的回答。

姚茜茜嘆氣，「當然是我幫你穿啦。」

——笨辰染。

【笨茜茜。】

「……」這種不服輸的個性是從哪裡來的！

【笨茜茜。】

姚茜茜有點不愉快了。她說的那句話明明是帶點寵溺的感覺，可辰染說的，卻好像是在闡述事實……

「那你會穿嗎？你會脫嗎？」姚茜茜大膽的反駁。

【笨茜茜。】

「你夠了哦，辰染！」

姚茜茜對待辰染一直謹慎有餘，親近不足。可是現在，她倒是願意好好的施展一下人類的智商，讓辰染好好看看。

她放下手中的東西，衝過去，扒著辰染的衣服，抬頭問辰染：「會脫嗎？你會脫嗎？」

【不會。】辰染低頭，赤紅的雙眼凝視住姚茜茜，面無表情的回答。

辰染盤結的黑髮就落在她手背上，而她玉色雙手正抓著他的上衣。姚茜茜像大師般以專業的手法把辰染脫了個精光，然後驕傲的看向辰染。

【笨茜茜。】辰染面無表情的回道。

「你會洗嗎？會嗎？」姚茜茜拿著蓮蓬頭問道。

【不會。】

「哼。」姚茜茜調好水溫，幫辰染洗澡。

當姚茜茜全套服侍完辰染後，擦著自己的滿頭大汗，鼻孔對著辰染。

事實證明一切，她才懶得和他爭！

【笨茜茜。】辰染垂著濕漉漉的頭髮，做總結發言。

「笨辰染。」姚茜茜不服氣的回嘴。

【笨茜茜。】

於是姚茜茜和辰染玩起了智商極低的拌嘴遊戲。

辰染目光柔柔的看著氣鼓鼓的姚茜茜，很喜歡她叫著他名字的樣子和聲音。看到她這個樣子，他總忍不住想讓她多叫叫。

沙發上，洗完澡的兩人坐在一起。姚茜茜手舞足蹈，辰染靜靜的看著她，房間裡迴響著姚茜茜的聲音，氣氛說不出的溫馨愜意。

但是好景不長，突然辰染猛的睜大眼睛，一把推開姚茜茜！姚茜茜飛出去撞到了牆壁，頭暈眼花好半天爬不起來，她還以為辰染發脾氣了，一看，他們剛才坐的地方已經融化出一個大洞！而辰染捂住了右臂，眼神肅殺的抬頭看向天花板——

一個臉色蒼白、身材高大的人正扭曲的倒掛在天花板上，金色的無瞳眼睛暈染著冰冷的寒氣，他的唇色幾近透明，頭髮像有生命般倒垂著，充滿了詭異和壓迫感。

攻擊姚茜茜和辰染的，正是這個人的左臂。他的左臂並沒有手，而是銳化的尖刀！

情況變得太快，姚茜茜有點反應不過來，明明前一秒還和辰染充滿童趣——無營養的對話著，下一刻卻……她緊張的看向辰染，發現他的右臂竟然破了個大洞，裡面正淌著黑血！

辰染抿著嘴，緊盯著天花板上的攻擊者。

【躲好。】

幾乎是向姚茜茜說話的同時，辰染像離弦的箭一樣撲向了那個人。

姚茜茜剛想問辰染到底怎麼了，卻反應更快的咬住嘴脣，擔心的看向兩道纏鬥在一起的身影。那個人應該是一隻喪屍，因為那種速度與殺傷力不是人類能有的，更別提他異化的左臂，但是他卻又不太像喪屍，因為他沒有喪屍青黑色的膚色、佝僂的體態、雜亂的頭髮。

這個偷襲者雖然臉色蒼白，但是能感覺到有生命力在流淌。可以這麼說，他就好像是活的喪屍，或者不健康的人一樣。

姚茜茜感覺自己的心跳快要失序了，她清楚的認識到，眼前這個人不人、屍不屍的怪物，應該是一隻高度進化的喪屍，而且比辰染強很多。

正如姚茜茜所想的那樣，金色眼睛的喪屍壓倒性的勝利，他左手的利刃比起辰染的爪子和牙齒不知鋒利堅固多少倍。辰染和他糾纏了一會，就迅速的退開。穩住身形後，辰染不由得舔舐了下自己受傷的手臂。

姚茜茜看著辰染的樣子，感覺到他受到的傷害一定不小。

就在辰染暫時休戰的瞬間，金色眼睛的喪屍突然撲向了姚茜茜，尖利的刀刃眼看就要捅破她的腦袋！姚茜茜呆滯的看著閃著寒光的刀刃逼向自己，雖然她意識到了危險，可是身體卻來不及反應！

辰染瞬移，不顧一切的用長長的青黑色指甲交叉在一起，擋住了對方的奇襲，險險護住了身後的姚茜茜。

【跑！】

姚茜茜顧不上多想，掉頭就跑。她在這裡只會成為辰染的累贅！

姚茜茜快速的朝門外花園逃去。

金色喪屍突然仰頭嘯叫一聲，狠狠的撲向了辰染——鋒利的指尖碎裂，血花四濺！

辰染從來不在乎有一天成為別的喪屍的飼料。對於他們喪屍而言，永遠活在吃掉或者被吃掉中；他們只是血與肉的存在，只是一具具行屍走肉，注定活在啃食與被啃食中。他一直是這樣想的，直到遇見了姚茜茜——一個除了食物以外，鮮明印入他腦海裡的特殊存在。

辰染覺得他又回到了誕生的最初，那時候他看這個世界都模模糊糊的，現在也是。

對方出乎意料的強悍。

不可以搏殺，因為連還手的餘地都沒有。辰染能深刻的感覺到，他的本能已經叫囂著屈服，但是只要一想到對方要去傷害茜茜，他就不由自主的拒絕失去意識。

辰染彎著身子，捂著胸前的血洞，一些臟器露了出來，伴著黑血半掛在外面。他應該感覺不到疼痛，但是不知道為什麼，一種撕裂般的疼痛隨著血液溢出而蔓延全身。

他突然感到害怕，害怕再也無法見到茜茜——這種感覺，竟然比眼前的敵人更讓他懼怕！

金色眼睛的怪物舔舐了下刀尖上的血，不太滿意的皺了皺眉，看向辰染，失去耐性的揮著左臂刺向他。

就在這時，姚茜茜拿著帶血的電鋸衝了過來，「你這個壞蛋嗷嗷嗷嗷！」

金色喪屍的手刀插入肉體的聲音和姚茜茜的吼叫幾乎同時響起，被刀奪走意識的辰染猛的抓住金色喪屍利刃般的手臂，使金色喪屍動彈不得，以便讓姚茜茜順利的將抖動的電鋸插入金色喪屍的頭頂。

霎時，血液和白濁的腦漿四濺！

金色喪屍嘶吼著奮力掙扎，用左手的利刃攪拌撕裂著辰染；辰染巋然不動，死死的抓著他。

姚茜茜強忍著反胃，不敢錯開眼的切割，直到金色喪屍的整個腦袋被劈成兩半。最後她抖著手，關了電鋸，隨手一扔，就彎腰嘔吐起來。

辰染力竭的滑落倒地，急急的吞下對方的幾口腦漿，就失去了意識。

姚茜茜在一旁吐了個昏天黑地，過了好一會，才敢看向這邊血肉模糊的一堆。這時她才發現辰染暈倒了，趕緊連滾帶爬的蹭過去。

「辰染、辰染！」姚茜茜推了推他，沒反應，趕緊把他翻過身來。

「啊！」姚茜茜捂嘴尖叫，辰染的前面早已血肉模糊，內臟都掉了出來，像是已經被斬斷的木偶般，只有些皮肉還連在一起。

姚茜茜嚇得直掉淚，好一會才自言自語的安慰自己：「喪屍不是腦子沒了才會死嗎……辰染一定不會有事……」

她不知所措的看著一地的內臟，又低頭看看辰染，實在不知道該怎麼辦才好。她害怕辰染昏迷的時候會有別的喪屍侵入，她必須找個看上去安全點的地方才行，比如……封閉的浴室。

一想到剛才自己還在和辰染吵架拌嘴，這時候辰染卻不知生死的躺在這裡，她就有說不出來的難受。

「不會有事的對不對？只要全部裝回去……」

姚茜茜咬著牙，雙手捧著各種內藏，放進了辰染的身體裡。然後她小心翼翼的拖著辰染進了浴室，並將浴室的門反鎖上。

姚茜茜背靠著牆坐著，雙手抱著膝，看著昏迷不醒的辰染。她根本不知道他是不是還活著，因為他早就失去了一切活人的特徵，沒有呼吸、皮膚青黑、硬直冰冷，現在內臟還散了一地。

想到這裡，姚茜茜把頭埋進膝蓋裡，無聲的哭起來。她覺得來到這個世界，失去擁有的一切，被喪屍追、被陷害、被拋棄、被傷害都已經夠絕望的了，卻沒有想到「辰染無法醒來」的這種念頭只要想想，就比那些事讓她痛苦一百倍。

如果辰染死了，她該怎麼辦？

隨著時間流逝，姚茜茜的抽泣聲越來越小，慢慢的，體力透支的她陷入了睡眠。

等姚茜茜再睜開眼，只看到地上的一灘血跡。她呼吸一窒，猛的爬起來，緊盯著凝固的血跡發愣，就在這時，只聽卡嚓一聲，浴室的門被推開了。

姚茜茜心臟狂跳，全身顫抖得無法行動，她不知道是因為興奮，還是害怕。

【辰染……】

【辰染！】

【辰染……】

「茜茜……」沙啞像砂紙摩擦的聲音響起。吞噬掉這隻喪屍後，辰染終於可以說話了，只是剛開始發聲，聲音還很乾澀。

滿嘴是血的辰染站在門口，面無表情的看向姚茜茜。

姚茜茜愣住，隨即臉色難看的別過頭。她感覺自己和一隻喪屍為伴已經很重口味了，可現在辰染的樣子卻不是她這等凡人能直視的了——皮膚像多年斑駁的牆壁般起了皮，露出裡面的肌肉紋理，全身也沒一塊好的，還有黑色肉塊從他身上掉下來。

「茜茜……」辰染發現姚茜茜對他的牴觸，面無表情的臉上浮現出一抹焦躁。

姚茜茜迅速調整好心態，看向辰染，「你沒事太好啦。」

姚茜茜假笑了一下。她只是還沒適應，等她看多了，就沒事了。不管辰染變成什麼樣子，他們還會跟以前一樣。

辰染默默的讀取著姚茜茜此刻的想法，赤紅的雙眼閃過一抹柔光。

【這裡不安全，我們回倉庫。】辰染走過來，說完就抱起姚茜茜，帶她回到倉庫。

辰染需要找一個封閉的地方完成進化，他拿著金色喪屍的血肉進了倉庫中的一個貨櫃裡。進去之前，他叮囑姚茜茜不要亂跑，一旦他開始進化，對外面的感知會變弱，尤其是進化初期。他的氣息足夠威懾附近的喪屍，只要姚茜茜不離開這裡，就不會有危險。

【乖乖聽話。】辰染不放心的再次說道。姚茜茜可是有逃跑前科的。

【放心吧，我不是那時候的我了啦。】她現在連他這麼血肉模糊的樣子都能接受。

辰染又看了姚茜茜一眼，爬進貨櫃裡。姚茜茜幫他關上貨櫃門。

【我等你哦，辰染。】

【好，茜茜。】

關上門後，貨櫃裡陷入一片黑暗。

辰染一身血肉淋漓，快要看不出人形，只有他那雙閃著熾熱柔光的眼眸在黑暗中熠熠生輝。

★※☆※★※☆※★

姚茜茜注視了貨櫃一會，肚子突然發出「咕嚕」一聲。她摸摸小腹，確實也餓了快一天了。光這一天就把她折騰得如此狼狽。

姚茜茜把藏著的大米拿出來蒸上，又把香腸掰成一塊一塊放進小碟子中，然後打開一罐金槍魚，最後削起蘋果。

試著不斷皮，聽說這樣可以許願……不過好像對於從來沒拿刀子削過蘋果的她來說，有那麼一點點難……

全身心投入做飯中的姚茜茜，沒有發現頭頂盤旋著的轟鳴聲。

姚茜茜正興致勃勃的做飯，突然一陣腥風吹來，這時候她才察覺不對勁，一抬頭，只見幾管黑漆漆的槍口正默默的對著她的腦袋，還有三個荷槍實彈的軍人凶神惡煞的盯著她……

姚茜茜呆住，下意識的舉起手。她很疑惑，不知道怎麼突然冒出一群穿防彈衣的軍人來，她以為這個地方已經沒有活人了。

一時靜默，只有火上煮著的米飯冒出咕嚕咕嚕的聲音。

雙方僵持了一會，拿著槍的三人都不約而同的隨著咕嚕聲轉移了視線，看到姚茜茜面前的美食，不由自主的嚥了嚥唾沫。

三個人之中的女性，看著呆愣的姚茜茜挑眉，迅速低聲對身邊的戰友說了幾句話，然後冰冷的問道：「妳的同伴在哪裡？」

姚茜茜立刻警覺起來，面色不變的對開口的金髮美女說：「就我一個人。」她可沒說謊，人類就她一個啊……

金髮美女掃了眼姚茜茜的周圍，看到只有一個人的炊具，就信了幾分。她向旁邊一個褐色頭髮、個子比較矮的男子使了個眼色，那男子就收起槍，越過姚茜茜，檢查她的背包和食物儲備。

姚茜茜像被侵占了領地的小動物一樣，警惕的盯著對方的一舉一動。

翻到姚茜茜背包裡血跡斑斑的砍刀，金髮美女挑眉，收起槍，拿出對講機，「呼叫總部，發現一名女性倖存者。請求支援。」

「收到，十分鐘後直升機到達指定地點。」

「是。」金髮美女——南娜掛了對講機。

「哇，這小女孩藏了不少好東西！」翻背包的士兵驚喜的拿出幾個罐頭。

姚茜茜臉一下子就黑了，這些軍人已經把這些東西當成自己的了嗎？

南娜和另一個長得挺壯實的黑人士兵也露出高興的表情，全然不徵求食物主人的意見，就開始搜刮搶奪這些食物。

「巴特、瑞克，你們兩個給我放手！這鍋米飯要交給總部！」南娜氣場十足的奪過煮著米飯的鍋子。

黑人瑞克像看情人般痴迷的看著金髮美女南娜手裡的米飯鍋，卻如軍人般遵守了命令，只是一邊盯著鍋子，一邊意猶未盡的舔著金槍魚罐頭。

而個子矮小的巴特卻撲了上來，不管不顧的要搶鍋裡的米飯，「什麼總部？妳是想款待妳的老情人吧！」

南娜眼神一凜，一個勾拳打了出去。巴特反應不及，一下子飛出五、六公尺，躺在一個貨櫃上，半天爬不起來。

「巴特，不要讓我說第二遍。」南娜抱著鍋子，滿臉殺氣的怒道。

姚茜茜捂嘴。這女人下手好狠，他們就這樣窩裡反啦？那樣就太好了，她可以伺機逃跑。她才不要和他們走，她還要等辰染……

為了不讓辰染分心，姚茜茜一直盡量放空自己的想法，雖然她很害怕面對這些殺人成習慣的軍人，但她一直催眠自己保持鎮定。

「南娜，妳！」巴特擦著嘴角的血，陰鷙的瞪向南娜。

瑞克趕緊來做和事老，按住巴特想要掏槍的手，勸道：「喂，你冷靜點！米飯充公就充公，反正放不久！」他又轉頭對手摸著槍的南娜說道：「我們都是夥伴，別動不動就拔槍啊！我都不敢把妳當成性幻想對象了！」

南娜美目一瞪，一個閃身就把高大的瑞克推到了貨櫃上，用槍抵著他的脖子狠道：「你敢再說一遍？」

瑞克佯裝害怕的舉起雙手，哇哇大叫道：「不敢了不敢了！求女王饒命！」

南娜哼了一聲，收了槍，轉身對姚茜茜命令道：「帶上妳的刀，跟緊我們。」

姚茜茜露出便秘般的表情，「我留在這裡，你們走吧。食物都給你們。」說著，還主動上交她藏的零食。

南娜冷笑一聲，不客氣的將食物都裝了起來，朝另外兩個人做了一個手勢，走在了前面。

巴特也跟了上去，還不屑的掃了眼姚茜茜。

只有瑞克好心的朝這個看上去有點呆的小女孩解釋道：「外面全是喪屍，不知道什麼時候他們就破門而入了。妳還是跟上我們，總部那裡已經決定接收妳了，妳不用擔心。」

姚茜茜的臉色更像便秘了，明明方圓百里之內的喪屍都被辰染嚇跑了，這群敗家孩子，又把他們招回來!她偶爾殺幾隻喪屍還行，面對屍群就沒辦法了，而現在又不可以呼喚辰染……

「我們也不是壞人，瞧，先前我們搜索物資的時候還救了一個女子，妳問問她就知道我們不是壞人啦！」瑞克指著一直躲在他們後面的女子。

姚茜茜這才發現他們身後還有一個人。那個人身材嬌小，雖然也是黑髮黑眸，但五官立體，一看就是白種人。女子周身的氣息很憂鬱壓抑，又一直默不作聲，難怪她一直沒發現對方。

糾結了一會，姚茜茜怕時間長了，他們會發現貨櫃裡的辰染，那就不妙了。她只好先跟上這群人，等有機會再聯繫辰染。

姚茜茜想留封信給辰染，怕他出來發現她不見而著急，可是這群人很小心，尤其是那個叫南娜的女子，一直像盯犯人一樣盯著她的一舉一動，直到出了門口，她也沒找到機會。現在只能寄望辰染早日進化完、主動聯絡她了。

第三章！

不只實驗喪屍，還抓她做實驗？

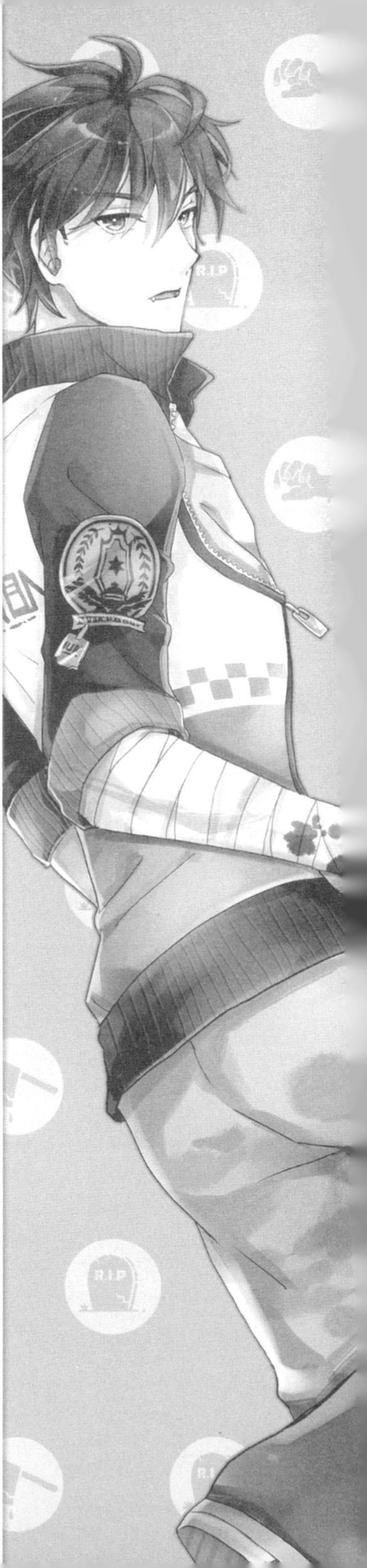

就這麼半推半就著，姚茜茜跟著這群人到了他們所說的「總部」。

總部像是一個軍事基地，面積不小，足有兩個足球場那麼大，外圍有一圈堅固的鋼鐵圍牆，還有兩座高樓哨口，一個平頂建築，封閉性十分好，喪屍只能在圍牆外面張牙舞爪。

他們乘著直升機降落到空地上，馬上有人來接他們。

「將軍呢？」南娜向接他們的士兵問道。

「將軍在休息室裡。」

「休息？」瑞克做了一個很誇張的驚訝表情，「將軍大人原來也有休息的時候啊！我還以為他可以不吃不喝二十四小時運轉呢。」

說完，所有人都露出敬畏又擔憂的表情來。

「在做什麼嗎？」南娜繼續追問。

迎接他們的士兵卻不答，笑著敬了一個禮，就幫著搬物資去了。巴特嗤笑出聲，立刻收到南娜射出的眼刀。姚茜茜則在恍神中，沒太注意這些人的互動。

下了直升機，姚茜茜和那名氣質陰鬱的女子跟著這三個人進了平頂建築，站崗的衛兵按下了鐵把手，地面上的鐵皮升起，竟然是地下建築！

姚茜茜有些感嘆，簡直像某部活死人的電影一樣啊！

他們順著樓梯到了地下，一段長長的走廊，昏昏暗暗的，只有很遠的地方亮著一盞應急燈。

瑞克體貼的告誡姚茜茜注意腳下，並解釋道：「基地資源有限，能節約就節約了。還有，武器要上交，這裡只有出去尋找資源和值班的時候可以來武器庫取。」

姚茜茜點點頭，表示理解。這樣有序的管理，倒是滿安全的。

瑞克一行先帶姚茜茜去了武器庫，姚茜茜交出自己的刀時，還有些不捨的摸了摸。

「那我們什麼時候吃飯？」她其實最關心這個問題，剛才她忙了大半天，最後竟然一口都沒吃到！

「我們現在就是去餐廳。」瑞克想了想，又接著道：「在這裡，每天每人一頓飯，戰鬥人員兩頓，搜索物資回來就可以吃。妳要想在這裡吃飽飯，就要付出勞動呦。」

姚茜茜嘆了口氣，果然還是跟著辰染的時候滋潤，一天三頓想吃什麼就吃什麼，零食不斷，還不用勞動！

才離開辰染不過幾十分鐘，她就有點想念他了。

「那我需要做什麼？」

「妳呀，可以跟著出去搜索物資，或者值夜、打掃環境。」瑞克頓了頓，看著姚茜茜如月光般純潔的眼睛，沒把最後一種相對容易的方法告訴她。

根據瑞克多年來的直覺，這個小女孩很有可能還「不諳世事」。他一直以為「不諳世事」的女孩大概只有幼稚園裡有，但是看到她的一瞬間，他就知道她不會喜歡那種方式。

姚茜茜差點翻出白眼來，跟辰染在一起時，這些工作都是他做的。

之後，瑞克帶著姚茜茜來到餐廳。剛進餐廳，就聽到有人驚喜的喊道：「茜茜？」

姚茜茜尋聲仔細一看，也驚喜的叫道：「貝貝！」書中女主角出現啦！

姚茜茜雀躍的跟女主角耿貝貝抱成一團，聽耿貝貝笑著說：「茜茜，真的是妳！謝天謝地，妳還活著！當我發現妳不見時，別提多擔心了。」耿貝貝熟稔的拉著姚茜茜檢查了一圈，「沒受傷就好！」

找到船票的喜悅讓姚茜茜無比振奮，「沒想到還能見到妳！和你們失散後，我也好擔心妳，看到妳也沒受傷，我很高興呢！」她真誠的說著，又問：「妳怎麼也到這來啦？那群傭兵呢？」

「喏。」耿貝貝白皙粉嫩的手指一指，姚茜茜就看到坐在不遠處的高大男子。

那個高大的男子正是傭兵團的團長，凱撒。

姚茜茜忐忑的想：不會凱撒就是男主角吧？

要知道，和女主角有關的男人，最有可能是男主角！

「你們認識？」站在一旁的瑞克和善的問道。

耿貝貝對瑞克粲然一笑，介紹起自己和姚茜茜的關係來。

瑞克眼神閃了閃，對姚茜茜笑道：「既然妳有同伴，我們就不打擾了。」說完就告別她，和南娜、巴特以及那名消沉的女子找了張桌子坐下。

姚茜茜很高興的揮別瑞克，拉著耿貝貝的手絮絮叨叨起來。耿貝貝熱情的邀請姚茜茜和他們坐同一桌，姚茜茜當然求之不得，她非常願意被女主角光環照拂。

然而，當姚茜茜取了食物、剛想坐下時，就被耿貝貝身邊的凱撒阻止了：「這裡不歡迎妳。」男人的聲音低啞陰沉，煞氣十足。

「凱撒……」耿貝貝低低叫了聲，撒嬌著拉了拉凱撒的衣袖。

沒有理會耿貝貝的求情，凱撒的眼眸像狼一樣危險的盯著姚茜茜，眼底翻湧著被壓制的晦暗不明的情緒。姚茜茜下意識的全身一抖，端著盤子後退，她差點忘了這群傭兵一直以為是她害死了約翰。

耿貝貝看凱撒沒有一點遷就的意思，只好陪姚茜茜坐去另一張桌子，握著姚茜茜嚇得冰冷的手，柔聲安慰道：「茜茜，妳別放在心上。約翰的事我知道妳也很內疚難過……」

耿貝貝剛說完這句話，姚茜茜就感覺到凱撒飆出了更濃的殺氣，她的小心肝抖啊抖。這都什麼糟糕的事啊！真不想再提了！

姚茜茜怕耿貝貝繼續提起舊事，惹得這位血腥的傭兵團團長忍不住要了她的小命，她趕緊轉移話題：「貝貝，我看這個基地滿安全的，管理也挺有制度，你們打算常駐嗎？」

耿貝貝眼神閃了閃，她對姚茜茜的牛皮糖功夫深有體會，於是她故作思考了下，說道：「我也不清楚呢，妳可以問問凱撒。」

姚茜茜洩氣，雖然她對跟班系女配角這個定位很渴望，但也要有命在才行。她可不敢跟凱撒說話。可是就算這樣，她也沒放棄打入女主角的圈子。這個世界太危險，強大如辰染都有可能成為其他喪屍的佳餚。還是主角光環無敵，她如果能取得女主角信任，成為她的好夥伴，說不定男主角到時候也會賞她和辰染船票呢！

想到這裡，姚茜茜更是賣力的向耿貝貝展現自己的存在感。

耿貝貝有些同情姚茜茜，她早看出來姚茜茜想纏著她。在這種朝不保夕的世道，她能理解像姚茜茜這種弱小的女子很難生存、想尋找依靠的想法，畢竟她也曾如此過。但這不意味著她就願意像聖母般的收留每一個需要依靠的人，她只要做到無愧於心就好。

耿貝貝倒是不介意和姚茜茜多聊一會，因為姚茜茜有意親近她，自然會揀著她喜歡聽的說，誰不喜歡聽好話呢？

於是兩人相談甚歡，聊了很久，一直到工作人員來找姚茜茜，要帶她去宿舍安置。

耿貝貝和傭兵團的人在一起，自然無法與她一同去，姚茜茜只好依依不捨的告別耿貝貝，跟著工作人員走了。

走出餐廳後，姚茜茜才突然反應過來，凱撒憑什麼一副和她仇大苦深的樣子？先不說她沒有害死約翰，就算是她害死了約翰，凱撒不是也把她遺棄在喪屍堆裡了？

不過姚茜茜很快就把這個想法拋到腦後，她認為清者自清，總會有真相大白的那一天。只是耿貝貝對她客氣又疏離，看上去她還要加把勁才行。

★※☆※★※☆※★

姚茜茜被帶到宿舍，看到裡面已經坐著南娜三人，還有那個陰鬱女孩，臉色就不太好了。

「男女竟然不分開住嗎？」姚茜茜難以接受的看向工作人員。

穿著迷彩服的工作人員給了姚茜茜一個「有得住就不錯了」的鄙視眼神，姚茜茜乖乖閉嘴。

工作人員向她簡單交代了幾句，大致意思就是不要亂走亂跑，不聽話就扔到外面。一說完，他沒給姚茜茜抗議的機會，大步離開了。

姚茜茜默默目送他離開，這個工作人員一臉疲憊、眼底青黑，大概每天也很辛勞，她還是不要給他增加工作難度了吧，雖然她實在接受不了和兩個男的共睡一間九坪左右的房間……

姚茜茜深吸了一口氣，踏進房門，向南娜他們打招呼。然而，除了瑞克搭理了一下她，其他人都當她不存在。姚茜茜尷尬的放下揮動的手，訕訕的踱步到房間內唯一的空床邊，她有些感嘆的看著這張簡陋的行軍床，這大概就是她的床位了。

就在這時，房門再次被打開，陰鬱女孩走了進來，逕自繞過姚茜茜，坐在了那張空床上。

姚茜茜：「……」

所以說，她其實連床位也沒有嘛！

陰鬱女孩大概覺得姚茜茜看自己的眼神太「深情」，竟然破天荒的主動瞥了姚茜茜一眼——這給了姚茜茜莫大的鼓勵！

情況所迫，姚茜茜不介意跟別人擠一張床，就怕別人介意。這幾個人當中，就這名氣質陰鬱的女孩還算好相處。姚茜茜試著和她攀談，只可惜除了知道她叫安琪，什麼也沒問出。幾乎是姚茜茜說十句，安琪一句也不說，不時還一副心事重重的樣子，讓姚茜茜倍感壓抑。最後姚茜茜實在受不了了，只好出去透透氣。

因為被告知過不要亂跑，姚茜茜聽話的只在門外走廊上溜達。可溜達了一會，她就發覺自己不知道溜達到哪裡了。看著陌生的通道，姚茜茜對自己的智商有種深深的挫敗感，她只好順著記憶原路返回。

這時候姚茜茜沒有注意到，她原本確信無誤的線路……也不對！

彷彿被指引般，她最後來到一扇雙開的大門前。

姚茜茜看著陌生的大門，差點跪倒捶地。她再也不相信自己了！辰染一直說她笨，她還不願意承認，現在看來他是多麼有洞察力啊！

姚茜茜終於明智的停下來，決定找個人問問。然而眼前只有這扇門，她只好敲了敲，等了一會，沒人應。她有些好奇的碰了碰門把手，握住，往外拉。

使了半天勁，無果。門應該是鎖住了，姚茜茜想放棄，再想其他辦法。

這時候門卻「吱呀」一聲，自己打開了……

「……」望著門內黑漆漆的一片，這種被主動邀請的感覺讓她有點心慌慌。

姚茜茜猶豫了片刻，還是把頭探進去，裡面一片漆黑，什麼也看不到。她害怕的縮回來，乾脆把門大大的敞開，自己躲到了一邊。

走廊上的光線在門裡投射成一塊長方形亮塊，等了一會，沒有任何人走出來。於是姚茜茜走了進去，好奇的左看右看。還是一片漆黑，卻有些細微的響動發出。姚茜茜側耳傾聽，仔細辨別聲音的方向，皺著眉往右手邊緩緩轉頭。

一顆沒有眼睛的黑洞洞的頭顱正張著嘴向她撲來！

「嗷！」姚茜茜嚇得一跌，坐在了地上，顧不上其他，趕緊朝反方向急速後蹭，直到背抵上什麼冰冷堅硬的東西。

她害怕的緊緊抵住後面的東西，側頭看著一個沒眼睛、沒鼻子、沒耳朵的喪屍，像看到鮮肉一樣朝她揮舞著雙手。幸好喪屍似乎被什麼捆住了身子，無法移動，姚茜茜這才鬆了口氣。可還沒等她心跳恢復，一雙青黑色的大手突然從後面伸了出來，抓住她的兩條胳膊。

「嗷嗷！」姚茜茜被突如其來的禁錮嚇得叫出了聲，低頭一看，胳膊被一雙慘綠又黑不溜丟的手死死抓住，那絕不是人類的手！姚茜茜死命的掙扎起來。

就在這時，姚茜茜覺得自己的腦袋劇痛無比，好像有人在用鋸子割裂她似的，脖子上還傳來陰冷的氣息，她覺得自己快瘋掉了。

她現在才適應房裡微弱的光線，從前面一人多高的鏡子裡，發現自己的背後是一座巨大的鐵籠。而一隻青黑可怖的喪屍臉正在鐵柵欄之後，他一雙紅色的眼睛閃著懾人的光芒。

姚茜茜臉色瞬間變得慘白，愣了一秒後死命掙扎，大聲呼救：「救命！救命啊！嗷嗷……」強忍住朝辰染呼救，她怕驚擾到辰染進化。她現在已經很倒楣了，不要再拉一個墊背。然而她越是掙扎，後方的喪屍抓得越緊，她覺得手臂上的骨頭都要碎掉了，但更痛的是腦袋，那刀割般的鈍痛，讓她想撞牆！

任自己如何呼救，都沒有人前來，姚茜茜嚇得大哭。哭著哭著，她身子就軟了下來，她絕望的想自己大概就要交代在這裡了，除了辰染，不會有人在意她。

姚茜茜沒有注意到，那隻抓著她的喪屍沒有趁機把她撕爛吃掉，而是也放鬆了力道。

當姚茜茜以為自己就要這麼掛掉的時候，卻聽到門外響起皮靴踏在金屬地板的噠噠聲，她掛滿淚水的臉驚喜的看向門口。

背著光，一抹修長的身影站在門口。

如記憶中熟悉的場景，讓姚茜茜情不自禁的低喃：「辰染——」

可隨著那身影大步的接近，一把閃著肅殺寒光的武士刀脫鞘而出，姚茜茜露出疑惑的表情。

不是辰染。

那是一個金髮碧眼，像油畫裡天使般秀美的男子。他穿著一身筆挺的黑色軍裝，領口別著一枚鐵十字徽章，戴著白手套的手正握著一把武士刀。那雙碧綠的眼睛，此時陰沉得能碎出冰來。

他居高臨下的看著她，就好像是在看一具屍體，一個要丟棄的物品。

大大的不妙！

姚茜茜全身一僵，突然意識到，她好像撞破了什麼秘密——基地裡竟然關著喪屍！

那俊美軍裝男子的刀尖一抖，刀身光華閃現，直指姚茜茜。陰冷的殺氣順著刀傳給了她，姚茜茜跟著一抖，腦海中立即閃現出知道太多秘密死得快的箴言來。

作孽啊！一想到自己可能因為喪屍而被人類殺掉，那滋味就讓她鬱悶到不行。

「路德維希將軍！」

這個時候，一個戴著金邊眼鏡、穿著實驗白袍，長得很斯文的美青年閃了進來。

眼鏡美男隨手打開了燈，瞬間整個房間燈火通明。姚茜茜這才發現，這房間裡擺著很多實驗用品，還有各種被解剖的喪屍部位，以及兩隻被鐵鍊鎖著的喪屍。

ORZ果然像她猜的那樣……姚茜茜心裡淚流滿面。炮灰撞破秘密後的悲劇下場，她剛才回憶到哪段了？

眼鏡美男扶了扶眼鏡，朝姚茜茜的方向觀察了下，對路德維希恭謹的說道：「您看！」

路德維希朝籠中的喪屍看去。雖然路德維希面色未變，但是姚茜茜看到他的瞳孔縮了縮。

姚茜茜背對著喪屍，不知道這兩個男人看到了什麼，但是從他們兩人嚴肅的表情來看，絕不是什麼好事。

她還被一隻喪屍抓著呢！他們居然在那裡自顧自的圍觀！

突然，路德維希將刀尖抵在了姚茜茜的脖子上。姚茜茜嚇得一僵，下意識的頭就往後倒，她感覺到了刀尖抵著皮膚的刺痛感！

她身後的鐵籠也跟著噹啷一聲，傳來喪屍威脅的低吼。

——這算什麼？往前一步是死，後退一步也是死，別這麼折磨人啊！我也是有脾氣的，要死要活給個痛快！

姚茜茜氣憤的在心裡吼了幾句，不過也只敢在心裡吼吼，現實裡她緊張兮兮的一直盯著脖子上的刀，生怕一眨眼，對方就真的給她一個痛快……

只見路德維希和那個穿實驗白袍的眼鏡美男交換了一個眼色，眼鏡美男點點頭，路德維希就收了刀。

那收刀的動作行雲流水，姚茜茜跟著鬆了口氣，看上去這兩人是不打算要她的命了。

眼鏡美男小心翼翼的靠近姚茜茜，走到離她幾步遠的位置，朝她做了個安撫的手勢，「小女孩別害怕，我叫洛克，是這間實驗室的主人。我們不會傷害妳，妳現在試著掙脫抓著妳的喪屍。」

姚茜茜露出鄙視的表情，心想：不會傷害我？剛才是誰拿刀頂著我脆弱的脖子啊！

叫洛克的眼鏡美男和路德維希盯著她的背後，竟然同時露出了詫異的表情。

洛克有些急切的對姚茜茜說：「妳試試看，讓他放開妳！」眼神狂熱的看著她背後的空間。

姚茜茜自動將對方從路人轉進了瘋子列表。除了辰染，她可沒自信讓別的喪屍和她溝通，又不是所有喪屍都擁有神智。

想到這裡，姚茜茜突然瞪大了眼睛，她反應過來了，過了這麼長時間，對方只是抓著她不鬆手，卻從來沒有傷害她！

來不及多想，姚茜茜在心裡嘗試的說道：【請放開我。】

沒等到對方的回答，姚茜茜只覺得頭痛欲裂，好像有什麼東西想強制鑽進她腦子裡似的，逼得她再次飆淚。

在姚茜茜痛得抱頭的時候，喪屍抓著她的青黑爪子奇蹟般的鬆開了。

洛克的眼神簡直不能用狂熱來形容了，他略帶神經質的朝姚茜茜笑了起來，像哄小孩似的說道：「試著到我這裡來！」

姚茜茜鄙視的看著這個叫洛克的科學家瘋子。如果能動的話，她早拔腿跑了……她被嚇得腳軟了好不好！

【是辰染嗎？】姚茜茜不確定的在心裡問道。

其實她覺得不大可能，辰染還在貨櫃裡進化呢，可她又有點擔心他們發現辰染，把他抓了過來，所以多嘴問了一句。

心裡剛問完，姚茜茜就嗷的叫一聲，喪屍本來鬆開的手又抓緊了她，比剛才的力道還要大。

對方用行動告訴她，不是……

姚茜茜又後悔又痛得飆淚，她竟然又找死了。

【對不起，我認錯人了。】姚茜茜心裡默默道歉，試圖自救。

路德維希和洛克也小心注意著姚茜茜後面的鐵籠子，路德維希微微蹙眉，洛克見事情不妙，趕緊安撫姚茜茜道：「冷靜！冷靜下來，小女孩！聽我說，妳別動，不要刺激妳後面的喪屍！」

路德維希突然周身煞氣暴漲，冰冷的瞥了洛克一眼。

洛克面部表情一僵，趕緊改口：「別刺激妳後面的人……」

姚茜茜瞪向洛克，心道：我還不夠冷靜嗎？讓你被一隻喪屍抓著試試看！如果不是我有和喪屍相處的經驗，正常人都應該嚇癱了好嗎？

洛克意會錯了姚茜茜的表情，以為她不知道怎麼做，於是引導道：「放鬆！想像一下剛才他鬆開妳時候的情景。」

姚茜茜試著和喪屍溝通：【抓這麼久了，你也累了吧，要不要先鬆手休息一下？】狗腿討好。又是一陣劇烈的頭疼，姚茜茜覺得胳膊上的疼痛都不算什麼了。

【求求你放開我。】姚茜茜求饒道。

喪屍僵持了一會，最終慢慢放開了她。

這次姚茜茜可不敢多話了，連滾帶爬逃到了路德維希的軍靴旁邊。這時候她才有機會轉身，看清抓著她的喪屍到底長什麼樣。

一座巨大的鐵籠，裡面鎖著一個體型高大的喪屍，他穿著一身破爛的軍裝，青黑的皮膚和嘴脣，赤紅的眼睛——和辰染的一樣，沒有瞳孔。他的雙手正有力的抓著籠子，骨節分明，微低著頭，抬著眼，血色的眸子一眨也不眨的盯著她。

和辰染一樣的紅眼睛喪屍……姚茜茜腦中有什麼念頭一閃而過，卻太快沒抓住。

還沒等姚茜茜從地上爬起來，在旁邊站定的路德維希突然粗暴的將她拉起來，拖到了鐵籠前。鐵籠裡的喪屍的眼睛也隨著姚茜茜移動而轉動。

「放開我！」姚茜茜氣惱的掙扎，衝著路德維希吼道。今天她這句話說了好多次，怎麼大家都喜歡抓著她玩？她是人，不是玩具，輕拿輕放懂不懂！

路德維希一個眼神瞥過來，姚茜茜一抖，氣焰噗的一聲就澆滅了。

就像被蛇盯住的鼴鼠，她乖乖的閉嘴待宰。

路德維希提著她，將她湊近鐵籠，裡面的喪屍就抓著鐵柵欄搖晃，似乎想要破門而出。

姚茜茜嚇得往路德維希的方向撲騰，緊緊抓著路德維希的手臂，以至於他軍裝袖子上的裝飾釦都被她扯掉了。而路德維希的手就像鍋鉗一樣，牢牢的攥住姚茜茜，不讓她掙脫。

他眼神冰冷的把她按近鐵籠。

姚茜茜感覺到自己的臉都被冰冷的鐵柵欄擠得變形，她的眼前就是那隻喪屍放大的臉。她連喪屍嘴角的痣都看得一清二楚，這讓姚茜茜崩潰了。她發狠的對著路德維希拳打腳踢，並死死的咬住嘴唇，鼻涕眼淚無聲的往外流。

她的命真的很賤，隨便就被一個實力強大的人當作逗引喪屍的逗貓草。姚茜茜再次深深的體會到，人命如草芥是什麼感覺。

被姚茜茜打著的路德維希突然微瞇了下眼，嘴繃成了一條線。

洛克看著姚茜茜默不作聲的反抗，有些不忍，對路德維希說：「將軍……還是先放開她吧，我需要進一步研究。」欺負小女孩什麼的實在太沒品了！

「不行。」路德維希沉著眼神說道。

——你這個壞人！

姚茜茜滿臉淚水的怒瞪眼前這個金髮碧眼天使般的男人，惡從膽邊生，嗷嗚一聲，對著他的手腕就咬了上去。

路德維希抿著嘴，面無表情的看著姚茜茜，絲毫沒有鬆開的意思。

鐵籠裡的喪屍像是沒感覺到外面發生的一切，只是緊盯著姚茜茜的一舉一動。她越靠近，他越平靜。

姚茜茜都能感覺到路德維希手腕上震顫彈性的肌肉在自己嘴裡，她真想咬他一塊肉下來。可惜她的牙齒不爭氣，咬得都有點鬆動了。她怕最後沒咬下他的肉，反而毀掉了自己的牙齒……那就太得不償失了。

姚茜茜理智的鬆了口。隨後她眼珠一轉，想到了什麼似的，一腳踹向了路德維希的腹部！

其實她短胳膊短腿，沒多大力氣，路德維希卻神色隱忍的鬆了手。

姚茜茜的眼神都亮了！反應迅速的爬起來逃跑。

路德維希卻比她更迅速的擋在了她前面，張開雙臂，她一腦袋就扎進對方的懷裡。一時間姚茜茜只覺得鼻間充滿了血腥味。

路德維希微微後退了一步，穩住身體，再次抓住了她。

洛克倒吸了口涼氣，「將軍，您的——」

路德維希抬手，阻止洛克繼續說下去。洛克露出擔憂的神色，說道：「把她交給我吧，研究一下，可能會有所進展。」想了想，他又補充道：「我們也不急於一時……」

姚茜茜惱怒的在路德維希懷裡掙扎，吼道：「你們這些惡魔，人渣！快放開我！誓死不當小白鼠！」研究喪屍就算了，還要研究她？她寧可死也不要被解剖！

鐵籠裡的喪屍不知何故，突然被激怒了，他嘶吼著，雙手用力的晃動鐵柵欄，嚇得外面兩個被捆著的喪屍哀號著躲到了一邊。

路德維希看了看發狂的喪屍，陰冷的對姚茜茜說道：「由不得妳。」

姚茜茜憤怒的和他對視，心中怒吼：這個人心腸真壞，白白浪費了他長得這麼好看！

洛克費勁的把使勁掙扎的姚茜茜捆在血跡斑斑的實驗床上，擦了把汗，對筆直的站在一旁、拿白色手套擦血的路德維希說：「就這麼把她扣下，難免會落人口實。她好像認識那個傭兵團，現在這種非常時期……」洛克說到這裡，忍不住看了眼被關在籠子裡的喪屍，「要是亂起來，我們就腹背受敵了。」

路德維希垂眼盯著想掙脫鐵索的姚茜茜，突然上前，大手箍住姚茜茜的下巴，眼神銳利的和她對視，「留在這裡，或者到外面送死。」

「呸！留在這裡才是死。你快放我出去！」姚茜茜掙扎著對路德維希說道。反正裡外都是喪屍，出去是死，留在這裡是被折磨死。

路德維希沉眼盯著姚茜茜一起一伏的胸脯，綠色的眸子像結了冰霜，蘊含著冰冷的憤怒。

姚茜茜被盯得發怵，但是她不會屈服！她已經把死置之度外了，說不定死了還能穿回去。

路德維希是誰？年紀輕輕就是將軍頭銜，末世後快速的建立基地，並且還能在幾個勢力複雜交錯下游刃有餘的平衡發展它。如果不是事情特殊，一個沒什麼閱歷的小女孩都不配他出手。

路德維希面無表情的坐在床沿上，俯下身靠近姚茜茜，他雙手各拄在姚茜茜的頭部兩邊，鼻間的熱氣噴薄在她的臉上。

姚茜茜本來一臉捨生忘死，路德維希突然湊近，使她感到萬分的危險。

——他想做什麼？

他們實在離得太近了，姚茜茜都能清晰的從他綠色的眼睛裡看到自己的倒影；他的鼻息和她的交融在一起，她聞到了菸草味裡夾雜著淡淡的血腥；醇厚的熱力順著她的氣管流下去，把她的胸腔都燙熱了。

他戴著白色手套的手，輕輕掐住她的脖子。

「或者強姦妳。」路德維希聲音低啞深沉，極富侵略性的說道。

他的眼睛也變成了深綠色，冰冷鋒利。

「好的，我明白了，將軍閣下。我都聽你的，閣下。」姚茜茜瞬間服貼，「我一定乖乖留在這裡，指東不往西。」

姚茜茜用極為虔誠的眼神看向路德維希，一臉討好。

開玩笑，她是不相信眼前這個男子會真的殺了她，從剛才他們的對話來看，這個人應該就是這座基地的領導人。從他收留倖存者以及有序和諧的管理就能看出，他是一個不會濫殺無辜的人。就算他建了一個喪屍實驗室，多半也是為了研究克制喪屍的方法。

正因為如此，她才敢極力反抗。

但是現在用這種威脅方式，她就不敢肯定了。萬一對方不挑食呢？

姚茜茜不想冒險，所以立刻變聽話。

洛克臉上露出古怪的神色，他是聽說過有些國家的女子把貞潔看得比生命還重，但現代這種女子好像已經很少了。

路德維希就快摸到少女柔軟處的手驟然停住，他沒想到她這麼快就屈服了，還以為得讓她吃些苦頭。

姚茜茜戰戰兢兢的看著路德維希，一句話都不敢多說。

那種敢怒不敢言、小心翼翼且害怕他有下一步舉動的眼神，竟讓路德維希有了一種彆扭的感受。她是真的害怕，他能感覺到手心下的她在微微顫抖，就好像不知道他接下來要做什麼似的，全然的對某種未知的恐懼。

這真的有些奇怪。好像第一次經歷一樣。

路德維希壓下心中的疑惑，毫無留戀的鬆了手，直起身，整理一下自己的衣領，冷冷的對姚茜茜說：「記住妳說的話。」

姚茜茜拚命點頭表示忠心。

路德維希看了一眼洛克，洛克點點頭，路德維希放心的轉身，大步離開。

走到門邊，路德維希想起什麼似的，又回頭深深看了一眼關在鐵籠裡的喪屍，那喪屍卻對他視若無睹，眼睛一直專注的盯著被束縛在床上的姚茜茜，十分著迷的樣子。

路德維希扶在武士刀上的手，攥成了拳，神色隱忍的走出門口。

姚茜茜如蒙大赦的鬆了口氣。

——這個變態！無恥混蛋，下次碰到，一定……一定繞道走！

路德維希走後，洛克很敬業的開始對姚茜茜進行檢查。姚茜茜乖乖的被抽了一大管血，被各種儀器掃描，貼上奇怪的電線……她成了喪屍實驗室裡的小白鼠。

洛克熟練的擺弄著儀器，看著出爐的資料，眉頭皺得死緊，害姚茜茜緊張死了。

洛克做完檢查，將姚茜茜放了下來。

「我是不是有什麼毛病？」姚茜茜從實驗床上坐起，擔心的問。

「妳很健康，比一般人都健康。」洛克埋頭看資料，敷衍的回答道。

姚茜茜可不這麼想，洛克一臉嚴肅的樣子，她正常才怪。可惜人為刀俎、她為魚肉，姚茜茜謹慎的沒繼續追問。

「我可以走了嗎？」姚茜茜小心的問道。

「嗯，請便。」洛克收集了不少資料，需要整理，也就不再理姚茜茜，逕自走到擺著一堆實驗品的地方開始忙碌起來。

姚茜茜心裡比了個V字，不用被解剖實在太好了。她整理好衣服，滑下了床。這麼危險的地方，她一刻也不想待了。

姚茜茜踏出實驗室，決定找機會溜回倉庫。還是和辰染在一起安全，外面的世界太危險了。

「您好，女士，這邊請。」一個士兵早已等候在門口，攔住了姚茜茜歡快的腳步。

姚茜茜表情瞬間如同便秘。

★※☆※★※☆※★

「這裡就是您的房間了。」士兵領著姚茜茜走了一小會，在一扇門前站定。推開門，他向姚茜茜做了個請的手勢。

這裡離實驗室非常近……

「我餓了，能不能先吃飯？」從餐廳到門口的路線，她還隱約記得！

「不好意思，女士，您已經用過餐了。您可以等明天早晨。」士兵恭敬的回答道。

——太沒天理了！被抽了那麼多血，還不讓人多吃一頓！(╯`□´)╯┻━┻

「我申請值夜！」她就不信路德維希會讓人知道她被實驗的事！

士兵有些不信任的掃了姚茜茜一圈，欲言又止。

「別小看我，我在X市獨自待了一個多月！」姚茜茜驕傲道。她可沒說謊，人類就她一個。

士兵這才考慮了一下，拿出對講機請示。

此時正在休息室的路德維希，拿著對講機，手指無意識的蹭了蹭，同意了姚茜茜的申請。

於是姚茜茜拿回了她的小砍刀，還得到一把小巧的手槍。上頭交代她跟著另外三個人一起巡邏，等看到那三人，姚茜茜的表情又像是便秘了。

竟然是熟人……

第四章 ! 又見有心智的喪屍

和姚茜茜一起來值夜的，其中兩個是傭兵團成員──凱撒和他的副官蓋斯；另一個是南娜解救的那位不愛說話的安琪。

姚茜茜對安琪的出現很納悶，值夜絕不是輕鬆的工作，除了勞累還有危險，如果不是她想看看逃跑路線，才不會申請呢！那兩名傭兵出現她可以理解，這種事情肯定會分派給他們，可是安琪一個弱質女流，真不知道路德維希是怎麼想的。

凱撒提著一把重型衝鋒槍，看清來人後，連一個眼神都懶得賞，轉身就走。蓋斯則驚訝的看了看要跟他們來值夜的姚茜茜，嘟噥了一句「竟然沒死……」，就跟上了團長。

姚茜茜聽到後，無語望天……

只見……月黑風高，陰風陣陣，一群喪屍在歡樂的圍觀……

太……不祥了……

姚茜茜搓搓手臂，看著消失在夜幕裡的兩人，好心的問站在一旁、一直垂著頭的安琪：「我們做個伴吧。」

安琪面色哀痛的搖搖頭，「請離我遠一些，我只能給妳帶來危險。」

姚茜茜瞧著安琪一臉快要哭的表情，忍不住安慰道：「現在危險還少嗎？不在乎多一個吶……其實我也比妳強不到哪去，我們一起戰鬥就好啦。」

安琪見姚茜茜誤會了她的意思，更是痛苦無比，堅決不和姚茜茜一同巡邏。

姚茜茜也不好強求，想到有兩名傭兵巡邏應該就夠了，她決定留下來保護這個女孩。這個女孩的精神狀態太糟糕了，希望別出什麼意外。

於是姚茜茜拿著刀，站在安琪附近，警惕的觀察著周圍。

「團長，她們沒跟上來。」蓋斯觀察了一下他們身後，對凱撒說道。

凱撒點了點頭，腳步不停的往前走。壯碩的手臂提著槍，狼一般凶狠的雙眼注意著每個可能出現喪屍的地方。

「團長，她們兩個小女孩，這深更半夜的很危險啊……」蓋斯忍不住再次回頭尋找姚茜茜和安琪的身影。

凱撒不理。

蓋斯跟著凱撒沉默的走了幾步，又忍不住說道：「我覺得，可能約翰不是她害死的。」蓋斯說出了他一直憋在內心的疑惑，「她既然能一個人在X市生活那麼久還平安無事，那她自己逃出來也並非不可能。」

凱撒腳下一頓，頭也不回的問道：「那又怎樣？」

「這……」蓋斯驚覺自己失言。如果不是姚茜茜害死的，姚茜茜當時說的便是真話，那麼耿貝貝說的就是……想到這裡，蓋斯心中一跳，再抬頭看凱撒，只見他那雙黃玉般的眼，幽幽的在夜晚裡盯著他，就像盯住獵物一般。蓋斯嚇出一身冷汗，剛才有一瞬間身體像失去控制一樣，僵在了原地。

其實，有時候真相並不是真實發生的事，而是願意相信、想要相信的那個。

凱撒不會管是誰害死了約翰，關鍵是讓他的兄弟相信是誰害死的。一個不相干的人，和自己的女人，想要保護哪個，多麼顯而易見。

所以，不管害死約翰的是不是那個小女孩，她都必須承擔兄弟們的怒火和仇恨。

姚茜茜找了塊平整的大石頭坐下，明目張膽的偷起懶。

她邊捶著腿、邊望著面對警戒網站立的安琪，心中不由得升起疑惑：警戒網外除了被人肉味吸引而來的喪屍，應該沒什麼好風景吧。安琪難道不覺得在夜晚看一群群的喪屍尤其恐怖嗎？

哪怕她和辰染相處了很久，也只是向網外望了一眼就不敢看了。

那種彷彿撲面而來的絕望，實在讓人窒息，安琪竟然能對著空氣做出很多豐富的表情，好像在和人激烈爭吵似的，這讓姚茜茜覺得安琪也是個人才。

沒過一會，姚茜茜就有點昏昏欲睡。她這一天也是累壞了。

正當姚茜茜的眼睛將闔未闔時，突然聽到一聲大喝——

「離開！」

然後她就覺得天旋地轉，身子被重重的甩了出去，狠狠的摔在地上！

姚茜茜只覺得五臟六腑都移了位，她疼了半天還爬不起來，伏在地上直咳嗽。一下子她的瞌睡蟲全跑光。

——到底發生了什麼事？

沒等她詢問，又被人大力的拉著衣領，飛離了地面。接著她又再次俯衝倒地，吃了一嘴土。

兩次重摔使得姚茜茜腦袋發懵，四肢抽搐。她好半天才反應過來，只見突然出現的路德維希和一抹黑影已經戰成一團。

——偷襲？

姚茜茜扶著頭搖搖晃晃的站起來，先看向了安琪，發現她也正目不轉睛的盯著前面的戰局，衣服平整，沒有受傷的樣子。

等看清楚那抹黑影，姚茜茜倒吸了口氣。

一隻眼睛是藍色的喪屍！

他正以超越人類的速度和力氣攻擊著路德維希。路德維希只穿著軍裝裡的襯衫，拿著武士刀，從容應對。

那隻喪屍不時瞥向姚茜茜，那種森然嗜血的目光讓姚茜茜打從心裡恐懼。高級喪屍她見過幾個，除了被辰染吃掉的，其他就是對她沒有敵意的。而這種好像把她當作盤中餐的森森惡意，她還是第一次感受到。

可是她從辰染身上理解到的，這種喪屍他們不是專吃其他高級喪屍嗎？為什麼會對她這麼一個人類感興趣？

而且在場的有三個人類，這隻喪屍卻只對她有食欲。從他對路德維希只是招架脫戰就能看出來，他的目標只有她一個……真奇怪，她是人類啊，又不是喪屍。

姚茜茜害怕得顫抖起來，她不知道路德維希能不能頂住這隻喪屍，也不知道自己是不是應該先逃跑。

「回基地！」路德維希見兩個女孩都傻氣的呆立在原地，低沉喊道。

姚茜茜簡直像是得了聖旨般，掉頭欲跑。可這時候她才發現，她的腳動不了了！姚茜茜臉色慘白，她感覺自己就像被黏在蜘蛛網上的昆蟲，只能任人宰割。

「妳怎麼還不走！」路德維希分神關注兩人，發現安琪跑了，但是姚茜茜卻一動不動的站在原地。

「我動不了了……」姚茜茜聲音顫抖的說道。

路德維希眉毛一皺，手下都慢了半拍，藍眼喪屍得此空隙，一下子越過路德維希，直逼姚茜茜。路德維希再回救已來不及，只好把武士刀扔了出去，直刺對方心臟。然而，藍眼喪屍根本無視此刀，連頭都沒回，僅是輕輕一撥，就讓刀刃偏離了軌跡。

姚茜茜看著瞬間來到自己面前的藍眼喪屍，他張開布滿利齒的嘴，帶著口水，直逼她脆弱的脖頸！

她害怕的閉上眼，拚命遏制住向辰染求助的呼喊。她反正就要死了，不能再破壞辰染進化。

此時，遠在倉庫貨櫃裡，在一堆血肉中，一具骸骨掙扎著露出半邊身子，卻又迅速的被彷彿有生命的血肉拖回。

「茜茜——」

嘶啞低沉的悲鳴從中響起，被厚厚的血肉阻擋，只化做了低喃般的聲響。

讓人意想不到的是，本來應該跑進基地的安琪又折了回來，現在正勇敢的站在姚茜茜面前，阻擋藍眼喪屍的攻擊。

藍眼喪屍的嘴險險的停在安琪的脖子旁，喪屍只呆了幾秒，就收回了牙齒。

安琪流著淚，悲憤的朝這隻喪屍吼道：「為什麼！為什麼只要有人對我有一點善意，你就要殺死她呢？你要殺就把我殺了吧！」

藍眼喪屍沉默的盯著安琪。

「你想吃了她，就先殺了我！」安琪再次吼道。

姚茜茜瞪大了眼睛，看著眼前的一幕。雖然從表面來看，安琪好像在對著藍眼喪屍自言自語，但是她知道，他們是在交流——就像她和辰染那樣。

原來不止她被喪屍飼養啊！

藍眼喪屍只猶豫了一會，就上前抱起掙扎不已的安琪，看都不再看姚茜茜一眼，轉身離開。

路德維希這時候也提著刀趕來，拿起對講機呼叫其他人增援。交代完事情，路德維希扭頭看向姚茜茜，只見她呆呆的站在原地，像是失了魂。他只當她被嚇壞了。

他俐落的收了刀，走上前，翻看了下姚茜茜的傷口，發現沒有大礙，就冰冷的命令道：「今天出了意外，不用妳值夜了。趕緊回去。」

姚茜茜呆愣愣的點點頭，同手同腳的蹭進了基地。

路德維希看著姚茜茜的背影，拳握得指尖泛白，喪屍已朝著他最不願意看到的方向發展了。

而那藍眼喪屍的模樣，也透過姚茜茜的視網膜，深深的印在了辰染的腦子裡。

今夜，注定所有人都無法安眠。

★※☆※★※☆※★

第二天，姚茜茜就接到了要去尋找物資的任務。

早上，基地裡還通報了安琪不幸罹難的消息。

姚茜茜倒是不擔心安琪，她知道藍眼喪屍絕不會傷害她。但是她感謝安琪的慷慨相救，等有機會再遇到，她一定要想辦法回報對方。

這次搜索物資，由路德維希親自坐鎮，帶姚茜茜和搜索小隊飛到指定的搜索地區。

上了直升機，姚茜茜就看到一堆熟人。

「小女孩，又見面啦。」瑞克大叔和藹的朝姚茜茜招手。

姚茜茜趕緊向瑞克、南娜和巴特問好，縈繞在心中的不安也減少了一分。

巴特窩在角落裡，沒有理睬姚茜茜。而南娜眼睛就沒離開過路德維希，看到姚茜茜也只是點點頭，對著路德維希的痴迷目光和臉上緋紅透露了她的內心。

「妳脖子怎麼了？」瑞克敏銳的發現姚茜茜脖子上的繃帶，關心的問道。

「一點小傷……」姚茜茜摸了摸脖子，下意識的看了一眼路德維希，昨天晚上被路德維希當麻袋甩出去兩次，換來了一身的傷。最嚴重的就是脖子上這個，被利石割破了。

等她回到宿舍才發現這道傷。幸虧她有實驗品待遇，洛克幫她處理了傷口。

路德維希自始至終都在耐心的解答南娜的問題，沒有看姚茜茜一眼，好像她並不存在似的。

瑞克看看南娜和路德維希，又看看姚茜茜，露出一個了悟的表情，然後開始岔開話題，問些例如在基地習不習慣之類的無關痛癢的問題。

瑞克是一個很開朗和煦的黑人壯漢，姚茜茜和他很談得來，兩人一路聊天聊到了目的地。伸頭看清楚下面的景物，姚茜茜頓時眼前一亮，他們回到了X市！多麼熟悉的街道建築！她突然升起了放虎歸山般的豪情……

下了直升機，路德維希沉聲命令道：「下午三點，在這裡會合，直升機會準時來接我們。注意安全，隨時保持聯繫。」

「是的，將軍！」南娜一行人嚴肅的敬了個軍禮，目送路德維希離開。

姚茜茜也在一旁眼神亮亮的揮別，開心想著：再見，再見，再也不見～

她終於可以向這群人說拜拜了！她要找機會脫離隊伍，回去找辰染啦！只要實力強到可以PK高級喪屍的路德維希不在，她就方便許多了。

姚茜茜雖然遺憾不能繼續跟著女主角，但是她已經決定乖乖的跟著辰染，再無旁念。女主角身邊雖好，可卻沒有辰染來得安心吶！尤其是在高級喪屍視她為食物的條件下。

路德維希走了幾步，便停了下來，轉身，目光盯著姚茜茜，「還不快跟上！」

姚茜茜一愣。

「我們一隊。」路德維希說完，逕自大步向前走。

姚茜茜晴天霹靂般的震在原地。

「將軍讓妳跟著去，妳還不快去！」南娜拉了保險栓，端著槍不耐的說道。

姚茜茜下意識的就想舉手，好險忍住，在南娜的奪命催促聲下，只好追上路德維希。她以為南娜喜歡路德維希，就願意和她交換同行的機會，沒想到南娜更服從命令。

——這是不是就叫樂極生悲？前一秒還想著脫離了最難纏的人，下一秒就要跟著他一起走。

路德維希找來一輛可以駕駛的車，和姚茜茜一起上了車。他邊開車邊說：「我們去東南方的別墅區，那裡可能有食物和水，以及一些太陽能板。」

姚茜茜垂頭喪氣的點點頭，他是老大，她有說不的權利嗎？

她覺得路德維希真是一個沒有絲毫人性、極為苛刻的人。她昨天才經歷了驚嚇，今天有那麼多軍人士兵可派，卻非要派她這個小女子去。雖然她也願意出來，但她不是要被他們做實驗嗎？就這麼放她出來，他們還怎麼做？

就在姚茜茜胡思亂想的時候，她腦袋裡突然響起一道熟悉的聲音。

【茜茜——】

【辰染！】姚茜茜驚喜得差點跳起來，辰染竟然主動聯絡她了，她的淚水一下子湧了出來。

【辰染，你進化好了？】

【茜茜……】辰染無力的應和著。

路德維希皺眉的看向突然面部表情變得激動的姚茜茜，默默觀察起她。

姚茜茜感覺到路德維希的目光，身體一僵。路德維希是見過藍眼喪屍與安琪的互動，只要是有點智商的人，就會明白這一人一喪屍之間一定有點什麼。而那隻鎖在鐵籠裡的喪屍明顯對她態度不同，別讓路德維希發現什麼才好。

姚茜茜乾脆埋首在副駕駛座上，痛哭起來。

【辰染，你怎麼了……】姚茜茜一邊假哭一邊關心的問。她從辰染的應和中感覺他的狀態還不是很好。

辰染沉默了一下，【還需要一些時間。】

姚茜茜突然想起一句廣告詞——「消化不良？胃好難受。請認準XXX。」

【……】

辰染突然想擁抱這個走失的小傢伙。她腦袋裡總是有些新奇的東西。

其實每一次進化，都好像從一堆爛肉中重塑般，舊的血肉剝離，新的血肉生長。失去的感知也在這時候跟著復甦，那被撕裂的痛楚每時每刻都在折磨著他，嚎叫、撕咬、破壞，都無法減輕半分。

但是，只要一想到姚茜茜，他就奇蹟般的平靜下來，就像有一隻小手在安撫他快要破體而出的靈魂。

【需、需要我幫忙嗎？】姚茜茜不確定人類治療消化不良的方法是否對喪屍有效。

【不需要。】辰染可不希望自己一個控制不住，傷害到姚茜茜，【等我吸收完，去找妳。】

【需要多久？他下午三點就走了。】

【他？】

【就是在我旁邊的這個人。】

【在哪裡？】

【就在我旁邊啊，開車的這個金髮碧眼的軍裝男子。】

辰染閉眼感覺了一下姚茜茜的周圍，除了食物，就是茜茜。思索了一會，辰染答道：【是那隻帶著金屬的食物？】

姚茜茜默，【就是他……】

原來喪屍和人類看事物的角度如此不同。

【……辰染，在你眼中只要是活物就都是食物嗎？】

【嗯。】

【那我呢……】

【是茜茜。】

姚茜茜囧了。茜茜牌會走食物？

【不是食物，是茜茜。】辰染停了下，又道：【我的茜茜。】

姚茜茜聽到這個回答，眨了眨眼，嘴角忍不住上揚。

太好了，不是食物。她徹底放心了！

「哭夠了沒有？」

路德維希冰冷的聲音響起，嚇得姚茜茜一激靈。她剛才和辰染聊嗨了，都忘記自己正和路德維希一起搜索物資中。她趕緊坐直身子，裝作擦眼淚的點頭。

「下車。」路德維希冷漠的說完，先推開車門，走了下去。

姚茜茜手忙腳亂的從另一側開車門跟上。他們來到一片別墅區，姚茜茜看著眼前的別墅異常眼熟，祈禱別是她曾經和辰染來過的那棟。

別墅頂部排落著幾塊太陽能板，姚茜茜猜這就是路德維希停下的原因。路德維希將袖口微微挽起，抽出武士刀，率先進了別墅。姚茜茜緊跟在他後面進去，並且十分不敬業的跑神，又和辰染聊起來。

【辰染，我去找你吧。】姚茜茜本來就不是自願到基地的，她怕辰染誤會，也怕回去繼續當實驗品，更怕把她當成食物的喪屍再次出現。

【不行。】

姚茜茜一聽就有些著急，臉上帶出了一抹落寞，【辰染，你不要我了嗎？】>_<

【不是。】辰染一如既往的平靜答道，【我馬上要失去意識，無法保護妳，先跟著他。】

姚茜茜有多弱，辰染非常清楚，那些帶金屬的食物正好能幫他掩護住她。

在辰染看來，只有姚茜茜是特殊的，其他不管是喪屍還是人類，都是食物。比辰染等級低的喪屍，會因為姚茜茜身上有他的氣味，而不敢靠近她；方圓百里之內，比辰染高級的喪屍，幾乎已經被辰染吃光了，也不用擔心。

所以，有其他食物在，辰染是比較放心的。

【好吧！】姚茜茜答道。

姚茜茜不知道辰染的考量是建立在如此神邏輯之下，否則她絕不會如此痛快的答應。再回基地，對她來說是沒有選擇的選擇，畢竟在外面沒有辰染，她可活不了多久。

【辰染，你的進化真的不要緊嗎？】姚茜茜擔心辰染現在的身體狀況。竟然還要失去意識！

【沒事。】

辰染明白現在的情況，就好像本來已經很消化不良了，全身都在為消化系統供應能量，突然他強行加快消化速度，使得他的消化系統雪上加霜。於是，身體本能的選擇最有利的消化進化模式——沉眠，讓全身所有的能量高度集中到只供應一點。

【好的，辰染！】姚茜茜壓下擔心，按照辰染說的做，不讓他分心，才是對他最大的支持。

「妳要恍神到什麼時候？」路德維希猛然轉身，停住腳步，手上握著的武士刀頂在了姚茜茜的鼻尖，眼神森然的看向她。

「對不起。」姚茜茜被嚇得趕緊道歉，小心看著離自己咫尺的刀尖。

昨天還覺得安琪對著空氣做表情的樣子怪異，今天她就步了後塵。

路德維希懶得跟姚茜茜廢話，直接掃落她一縷頭髮以示警告，然後快速收刀，上樓去找太陽能板。姚茜茜敢怒不敢言，她確實做得不對，而且她也知道路德維希雖然行為危險，卻是為她好，平常人如果這麼分神，早成了喪屍的盤中餐了。

她也不是不知好歹的人，小聲說了聲謝謝，撇撇嘴，然後跟上路德維希。

就在這時，別墅裡突然湧出了好幾個喪屍，從四面八方朝路德維希襲來！

路德維希武士刀一揮，招架住喪屍，命令姚茜茜先走。姚茜茜哪有不聽話的，扭頭就跑，還差點跟迎面而來的喪屍撞到一起。

姚茜茜差點叫出聲，胡亂揮舞起自己的武器，過了一會她就發現，這些喪屍根本無視她這個大活人，只攻擊路德維希。

【到底是怎麼回事？】姚茜茜被晾在一旁，疑惑的問向辰染。

【不知道。】辰染用意識指揮喪屍幹掉這隻竟敢傷害他的茜茜的食物，一邊正直的回答。

姚茜茜想了想，還是決定去幫路德維希。可還沒等她去砍翻離自己最近的喪屍，就見別墅的門被推開，一個嬌小的身影衝過來撞向了自己。

姚茜茜被撞倒在地，並當了那個人的墊子。

「安琪？」姚茜茜揉著屁股，驚訝的看向肇事者。

安琪也驚異略帶惶恐的發現了姚茜茜和路德維希，她的小臉立刻變得慘白。姚茜茜馬上反應過來，安琪在這裡，說明藍眼喪屍來了！

【辰染……】姚茜茜對於昨晚的事還心有餘悸。

【不害怕，茜茜。我拖住他。】

【好的，辰染！】

姚茜茜眉毛一豎，有辰染在她就勇氣無限！不再理會安琪，她一往無前的衝出別墅。

幾秒鐘後，姚茜茜又衝了回來，拉住路德維希，再次衝了出去。

路德維希本來正在和喪屍搏鬥，先是以為已經死了的安琪出現，接著圍攻他的喪屍突然放棄了攻擊，轉而向安琪襲去；緊接著姚茜茜越過安琪逃跑，而他正要制止這幾隻喪屍，姚茜茜又一陣風的跑回來，竟然拉住他，帶他逃離。

路德維希正要掙脫掉她的手，就聽姚茜茜說：「昨天那隻藍眼睛的喪屍要來了！不用擔心安琪，那隻喪屍會保護她。」

路德維希雙眼一瞇，冰冷的寒眸泛起微瀾。他順著姚茜茜，一起跑到外面，一路暢通無阻。

果然，不一會，路德維希和姚茜茜就聽到一聲尖厲的吼聲。

姚茜茜之所以去而復返，是因為她覺得就這麼跑了太不厚道，路德維希雖然一直對她不假辭色，但關鍵時候卻保護她。她要知恩圖報。

可讓姚茜茜沒想到的是，安琪趁著藍眼喪屍對付普通喪屍的工夫，自己又跑了出來。

姚茜茜從安琪身上看到了自己的影子，可能是因為被保護的緣故，她們都不太怕死——明知道脫離了藍眼喪屍的保護，自己可能落入其他喪屍口裡，卻還是忍不住逃出來——真的和她剛開始遇到辰染時的情景好像！

不過也正因為這樣，姚茜茜知道藍眼喪屍會救安琪，一定不會讓她出事。

從旁人的角度來看，姚茜茜才突然明白，遇到辰染，她是多麼幸運。

安琪並沒有與姚茜茜他們為伍，而是越過他們繼續奔逃。路德維希也不做阻攔，帶上姚茜茜，開車衝出了這片別墅區。

汽車行駛在路上，他們還看到藍眼喪屍掠過車窗的身影，驚起一片喪屍四散逃跑，而坐在車裡的兩名人類，被藍眼喪屍華麗麗的無視了。

路德維希飽含深意的看了一眼鎮定自若的姚茜茜，對眼前詭異的喪屍行為有了初步的分析。

因為發生意外，他們只好到附近的便利商店搜索物資，結束後就去約定好的地點集合。

直升機已經停靠在約定地點的樓頂。

除了沒有電梯，路德維希和姚茜茜爬樓梯時遇到了點困難；其他的危險，比如喪屍，他們是一個都沒遇到。

姚茜茜大概知道原因，八成是辰染幫忙。而路德維希一臉稀鬆平常的樣子，倒是有些不尋常；可是姚茜茜沒有注意到，更不會深究，以至於錯過了路德維希探究的目光。

來到頂樓，路德維希先讓姚茜茜帶著物資上直升機，他在外面等候南娜幾人。

姚茜茜爬進直升機裡，表情突然像便秘——凱撒和蓋斯也在！

凱撒依然裝作沒看到姚茜茜，蓋斯則對姚茜茜點了點頭。

想到彼此之間的過節，姚茜茜識相的找個離他們遠一點的地方坐下。她猜凱撒他們是來接應的，估計是怕遇到屍群。

等了半天，大概三點都過五、六分了，南娜三人依然沒有來到約定地點。

凱撒看了看手錶，朝蓋斯使了個眼色。蓋斯下了直升機，走到路德維希身邊提醒：「將軍，已經過了約定的時間，您看我們？」

路德維希背挺得筆直的站在天窗旁，沉默了一會，說道：「再等十分鐘。」

「是的，將軍。」蓋斯恭敬的退下。

姚茜茜托著下巴，透過窗戶望著外面，看著路德維希遺世獨立般的背影，總感覺南娜他們凶多吉少。瑞克是她到這裡以來，唯一對她有善意的人，說實話，她真不希望他掛掉。

沒過多久，路德維希再次看了看懷錶，打算離去，卻突然聽到細微雜亂的腳步聲，他立刻警覺的抽出腰間的武士刀。坐在直升機裡的凱撒和蓋斯一見路德維希有動作，也馬上提起槍，觀察了一下，就衝了出去。

姚茜茜拿出刀也想跟上去，後來一想還是別添亂了，遂改成趴在窗戶往外看。

只見天窗被踹開，南娜和巴特衝了過來，後面還尾隨著一大隊的喪屍……

沒有瑞克……

南娜和巴特明顯體力不支，喘著粗氣，灰頭土臉，身上也髒兮兮的，又是泥又是血。

路德維希立刻揮刀支援，把喪屍個個斬首；凱撒和蓋斯也拿出軍刀，一捅一個，為南娜和巴特爭取時間，五人且戰且退。

喪屍卻源源不斷的從門口湧入。

「怎麼回事？」路德維希邊斬邊沉聲問南娜。

「不知道……我們被屍群追趕，好不容易來到附近，突然就湧來了大批喪屍。」南娜咬牙，頓了頓，「瑞克犧牲了。」

「嗯。」路德維希顧不得多說，只見喪屍像潮水般湧來。

姚茜茜覺得這就像潰堤，她是第一次見到這麼多密密麻麻的喪屍。她拿著刀的手握得死緊，心跳加快起來。

路德維希率先突破屍群，登機，然後朝眾人吼道：「撤退！」

凱撒和蓋斯聽命，快速脫離戰圈，跨上了直升機。南娜雖然體力消耗嚴重，卻狼狽的緊隨其後，被路德維希拎上了直升機，隨即倒在一旁，喘息不止。

巴特就沒那麼幸運了。直升機已經飛離地面有一層樓的高度，他卻無法擺脫被包圍的局面。

他已經一顆子彈都沒有了，力竭的揮著匕首。他把一手伸得高高的揮舞著，發瘋似的喊著：「救我！不要扔下我！」

從直升機上往下看，巴特就像即將被流沙淹沒的螞蟻，無助的抗爭、無謂的掙扎，卻只會讓自己越陷越深。

路德維希漠然的看著下方被包圍的巴特，轉頭命令飛行員升空；南娜咬牙別過了眼；凱撒和蓋斯連看都沒看垂死掙扎的巴特。

直升機上有一瞬間的寂靜，只有引擎的轟鳴聲。

這個世界，生離死別就像家常便飯一樣普通。為了大多數人的生命，總要犧牲少數人。

姚茜茜不知道自己當時在想什麼，可能被傭兵團拋棄的事情在她心底留下了創傷，己所不欲、勿施於人，她大概無法眼睜睜的看著有人被同伴無情拋下……總之，等回過神來，她已經跳下了直升機……

由不得姚茜茜唾棄自己愚蠢的行為，就被撲上來的喪屍逼得以命相搏。

姚茜茜一直是練習模式，單人ＰＫ，經驗不足。她告誡自己，小心小心再小心，別被喪屍抓了撓了咬了，那樣就太冤了。

也許是一個多月的練習沒白練，最後硬是讓姚茜茜砍出了一條血路！

巴特不管不顧的越過姚茜茜，逃出了包圍圈，拚命爬上了升空中的直升機。

好吧，現在角色對換，她成了那隻流沙裡的螞蟻了……

姚茜茜本來就身嬌體弱，作戰沒多久就雙手發軟，汗流浹背。眼看喪屍的包圍圈越來越小，直升機越升越高……但是她這次一點也不害怕，因為她總覺得只要她遇到危險，那隻笨拙的喪屍就會出現來保護她。

連姚茜茜自己都沒意識到，她已經如此信任並依賴辰染了。

最後，當她這隻小螞蟻快被洶湧的屍群吞噬了的時候，突然有隻手臂大力的從天上伸下來，環住了她的胸部，把她抓上了空中。

「嗷！」姚茜茜痛叫了一聲，胸部像被石板擠得生痛，雙手就下意識的抓住了胸前的手臂，懸在半空的雙腳亂踢幾下。

他們已經上升到至少三層樓的高度，竟然還有喪屍不死心的抓住姚茜茜的鞋子不放。姚茜茜踹了幾次沒踹掉，乾脆把鞋踢掉，喪屍抓著她的鞋掉了下去。

看著變成小黑點的屍群，姚茜茜舒了口氣，終於得救了。

姚茜茜只覺得身子一輕，自己就被轉交到另一雙有力的手中，被抱進了直升機裡。這時她才看清楚救她的人，竟然是路德維希！

路德維希隨後拉著直升機邊緣的手一使力，跳上了直升機。他審視了一眼姚茜茜，然後挺直了背，到飛行員那邊去指揮了。

姚茜茜再一看，接她進來的人竟然是凱撒……

——囧，好想拉開安全距離！

不過，就在姚茜茜這麼想著的時候，凱撒已經放開她，逕自回到了自己的位置上。

她有些脫力，身子軟軟的，只能扶著座椅，就近找了個位置坐下喘氣。她再找找剛才被圍困的巴特，發現他正躲在一個角落瑟瑟發抖，眼神亂晃。

南娜正在一旁安撫他，察覺到姚茜茜的目光，她回過頭，朝姚茜茜露出感激的笑容。

姚茜茜傻笑回禮。

回去的路上，機艙內出奇的安靜，可又有些不同。

★※☆※★※☆※★

到了基地，上繳了武器和物資，路德維希就帶領著眾人到餐廳用餐。

一直擔心的等在基地入口的耿貝貝也跟上來，關心的詢問凱撒。凱撒邪氣的黃玉般的眼睛終於露出些許笑意，任由蓋斯打趣他和耿貝貝。

姚茜茜摸著下巴思考了一下，看耿貝貝和凱撒的親密程度，凱撒很有可能是男主角啊！

這可不太妙……凱撒和她有仇！

「姚茜茜，跟上。」路德維希瞥了一眼在隊伍末尾恍神的姚茜茜，停住，轉身沉聲命令道。

「哦。」姚茜茜小跑了幾步，追上路德維希。

路德維希這才繼續向前走。

耿貝貝尋聲看過來，視線在姚茜茜和路德維希身上晃了晃，突然放開凱撒，非常親熱的挽上了姚茜茜的手臂，和她攀談起來。

「茜茜妳也去了啊？要是知道，我就拜託凱撒照顧妳啦。」

「謝謝，真不用。」

「搜索物資辛苦嗎？有沒有遇到危險？」

「還好吧。」

「妳認識路德維希將軍？」

「不太熟……」

「他知道妳的名字耶！」

「人名罷了……」

「我怎麼聽說將軍最近交了一個相貌普通的小女朋友？」

「真的嗎？」姚茜茜敷衍的問道，她對路德維希的私生活沒興趣。

「茜茜，妳是裝傻還是真傻啊？」耿貝貝嬌嗔的推了姚茜茜一把。

姚茜茜眉毛一皺，耿貝貝思考跳躍太大，她有點跟不上。

到了餐廳，耿貝貝熱情的拉著姚茜茜，非讓她和那群傭兵坐在一起！姚茜茜猶豫了一下，看了看四周，都沒有空位。發現不坐這裡，就要和路德維希或者南娜坐一起，或者是其他不認識的人，選擇都不怎麼樣，於是姚茜茜只好不情不願的坐在耿貝貝旁邊。

「茜茜，我幫妳盛好了。」南娜端著兩個盤子過來，將其中一個遞給姚茜茜。

姚茜茜趕忙站起來，有點受寵若驚的接過盤子，道謝。

南娜點點下巴，瀟灑一笑，隨手將另一個盤子遞給了鄰座的巴特。巴特卻有些不正常的蜷縮著身子，將頭埋得很低，發抖不止，好像根本沒注意周圍環境似的。

南娜無奈，坐到巴特身邊，推了推他。巴特像嚇壞了的大孩子一樣，大叫著鑽到桌子底下，引來餐廳不少人的目光。南娜不好意思的向大家笑了下，就板起臉，彎下腰，壓低聲音對在桌底下縮成一團的巴特警告。

姚茜茜望著盤子，一大堆不知道是什麼的大雜燴……但是料很足，比她昨天吃的稠多了。

「喂，如果妳不想吃的話，分給我啊。」蓋斯探過頭來，「光盯著不吃，可飽不了。」

「……」姚茜茜朝蓋斯做了個鬼臉，拿起湯匙，吃了起來。

她吃著吃著，突然敏感的發現今天和昨天有些不一樣，但到底是哪裡不一樣，她說不上來。

本來大家都專心吃著飯，畢竟這是拿命換來的，一點都不想浪費，也不想吃得太快，卻突然聽到一聲慘叫。

「我們是在等死！根本就沒有什麼倖存者了！啊啊啊啊！」巴特撕扯著頭髮，滿眼血絲，歇斯底里的叫起來。

「巴特！」南娜扯住巴特的領子。

「李死了，瑞克死了，很快我們也會死！」

「閉嘴！」南娜也撕破了平靜的面具，開始打巴特，「我叫你閉嘴！」

「我們都會死！我們都會死！都會變成喪屍——」

最後一個詞，巴特聲音變了調，因為南娜將巴特踹了出去。

路德維希眼神冰冷的看著已然崩潰的巴特，命令士兵把他帶出去。可是巴特卻不讓任何人碰他，還拿出染血的匕首瞎揮舞。

南娜趕緊急的對路德維希懇求道：「請您讓我來處理。」

路德維希微微頷首。

南娜也沒啥好辦法，就是狂揍巴特，力道重得都能聽到骨頭斷掉的聲音。姚茜茜覺得再揍下去，巴特就掛了。

「請等一等。」耿貝貝站起身來，阻止焦急惱怒的南娜，「讓我來試試。」

南娜懷疑的看向長得柔媚的東方女孩。

「請相信我。」耿貝貝目光堅定的對南娜說。

南娜也沒什麼好主意，看向巴特，就讓開了。

耿貝貝對凱撒點點頭，清了清喉嚨，粉嫩的嘴脣裡溢出了優美的歌聲，宛如天籟。

狂躁的巴特安靜了下來。

女主角進入開掛模式——美妙的歌喉可以秒殺一切。

大家都露出了迷醉的表情，連路德維希也一瞬間失神。

「聽著那天樂般的歌聲，靈魂都得到了淨化，忘記了苦難、悲傷和痛苦，歌聲彷彿有力量般，指引人不斷前進。」

姚茜茜猛然記起小說裡的描寫，也是一臉的陶醉。

女主角一首歌驚豔全場，眾人看她的目光立刻多了幾分熾熱。

歌聲伴飯，飯菜也算有滋有味。

晚飯結束後，路德維希突然提出要轉移基地的事，要帶他們去位於東海岸的一個更大的基地。這事有人贊成、有人反對，很是激烈的爭論了一會。最後路德維希拍板，想留下的留下，想走的他會用直升機運走。

姚茜茜當然是不想走，東海岸離X市更遠了，辰染進化完怎麼找她啊？可是若不走，她也沒理由留下，也沒發言權說留下，或者更進一步說，路德維希沒給她選擇的權利。

最後商定名單的時候，姚茜茜看到自己被放到最後帶走，才算鬆了一口氣。反正還有一段時間，她決定靜觀其變。

散會後，耿貝貝邀請姚茜茜去他們那裡玩，姚茜茜婉拒，她還有工作要做……她除了搜索物資，還要免費當小白鼠呢。

耿貝貝也沒強求，挽著凱撒的手向姚茜茜揮別。

★※☆※★※☆※★

「你真的聽得懂嗎？」姚茜茜垮著肩問籠子裡正專心致志看著她的喪屍。

姚茜茜一來實驗室，洛克就給了她一本聖經，讓她搬椅子坐在籠子旁邊，讀給喪屍聽，希望藉此觀察喪屍的反應。喪屍確實有反應，姚茜茜一進來，就像嗑了藥一樣活潑，扒著籠子使勁瞅著姚茜茜，並且目光一直跟隨著她。

姚茜茜發現，進到實驗室後，她沒像上次那樣腦袋陣痛，隱隱的，她覺得是她和辰染再次取得聯繫的原因。

「看你聽得挺專心，說實話，我都不知道唸的是什麼……要不然我們說點別的吧。」姚茜茜唸書唸到無聊，洛克又被路德維希召見未歸，正好是天高皇帝遠的時刻。

喪屍當然不會回答她了，只是近乎痴迷的盯著她。

姚茜茜覺得這隻喪屍很乖很聽話，滿意的點點頭，「先來個自我介紹。」姚茜茜就介紹了下自己的名字、星座和愛好。然後她好奇的問道：「你是怎麼被抓的呢？他們有沒有給你吃的？不會給你吃的是人肉之類的吧？你和路德維希是什麼關係？我看他好像挺在乎你。」

「要是給你吃人肉就慘了。如果沒猜錯的話，你應該吃喪屍吧？」就像辰染一樣。

喪屍似乎也聽不懂她的話，一直沒有反應。

正當姚茜茜興致勃勃的自言自語的時候，實驗室的門突然被打開，走進來兩位女士。一位金髮碧眼、皮膚白皙，眉宇間透著嫵媚風情，看打扮像個上流淑女。另一位女子則是小麥色皮膚，鼻子比較高，栗色的頭髮，黑色的眼睛，嘴唇紅潤，穿著一身皮質的緊身衣，腰間挎著槍，身材前凸後翹，野性感十足。

姚茜茜好奇的看著她們，笑著向她們打招呼。

像淑女的那位深情的注視著籠子裡的喪屍，別著槍的女士跟在她身後。兩人像沒看到姚茜茜一樣，矜持的走到鐵籠邊。

姚茜茜趕忙拉開椅子，讓出位置。看這排場，也知道這兩人大有來頭，現在她可不要惹事。

喪屍的腦袋隨著姚茜茜拉椅子的動作轉過去，連看都沒看走到他面前的兩位女士，見姚茜茜移到了籠子側面，他跟著一起去了籠子側面，繼續扒著籠子看姚茜茜。

姚茜茜無奈的看了眼跟來的喪屍，那兩位女士一定是來看他的，他卻不理她們，這情況有點微妙了……

果然，淑女裝扮的那位眼神裡流露出難過，卻不言不語的緊盯著喪屍，一副怎麼也看不夠的樣子。

而一旁的女保鏢卻氣憤的先說話了：「妳是誰？怎麼還在這裡？還不快出去！」

姚茜茜了然的點點頭，這是嫌她礙著他們敘舊了。

「我先出去了啊，一會再來看你。」姚茜茜從善如流的朝喪屍揮揮手，就往門口走去。

喪屍可不幹了，朝姚茜茜低吼嘶叫，雙手抓著鐵籠猛晃，弄得鐵籠噹啷啷的響，像一個得不到玩具的小孩似的。

姚茜茜走得更快了。

「親愛的，是我啊！」淑女模樣的女士望著籠子裡的喪屍，終於忍不住了，雙手捂著嘴流下了眼淚。

喪屍看都沒看這位淑女一下，只顧著吼叫威脅要離開的姚茜茜。

「凱思琳……」女保鏢連忙安慰。

叫凱思琳的女士默默看著喪屍，淚流不止。

女保鏢有些生氣，轉頭厲聲叫住了姚茜茜：「妳是什麼人？」

「我是姚茜茜。」姚茜茜停住腳步，認真的回答。

「不想說是嗎？」女保鏢瞇起了眼。

「……我剛才說了……我是姚茜茜，在這裡幫忙的。」姚茜茜無奈的補充。

女保鏢抽出了槍，「說，妳為什麼認識路易先生？」

「呃……我不認識什麼路易先生……」姚茜茜頓了頓，突然恍然大悟，看向籠子裡的喪屍說道：「哦！原來你叫路易！」

鐵籠裡的喪屍竟然愣了一下，隨即朝姚茜茜點了點頭。

「哇！」姚茜茜和凱思琳動作一致的捂住了嘴，這個喪屍竟然和辰染一樣，有心智！完了，人類真沒法混了……這麼短的時間內，她已經碰到好幾隻進化的喪屍。

凱思琳則激動的握住了鐵籠欄杆，「路易，是我啊，凱思琳。你的凱普。」說著，又流下了熱淚。

喪屍路易像是沒聽到她說話似的，視線完全沒離開過姚茜茜。

見凱思琳梨花帶雨、傷心欲絕的樣子，女保鏢憤怒的舉槍對準姚茜茜，拉了保險栓，大聲質問道：「快說，妳是怎麼讓路易先生聽懂的？」

「我也不清楚……真的……」

姚茜茜下意識的做舉手投降狀，她知道拉了保險栓的槍很容易走火啊！

「再不說我就殺了妳！」女保鏢可不理姚茜茜這一套。她今天聽說路德維希被一個相貌平平的亞裔女孩勾引了，八成就是她！

「妳們怎麼說我就怎麼說的……我也不知道他為什麼能聽懂。」姚茜茜苦著臉。

——太沒天理了，這種事明明應該問關在籠子裡的那位，問我沒用啊！

姚茜茜眼珠亂轉的想了一會，「或許——我只是說或許，或許他也能聽懂妳們說的。」可能和辰染一樣，認為她們是食物，所以不搭理她們……

不等姚茜茜說完，凱思琳就深情的呼喚路易的名字，可是喪屍路易依舊不理她。叫了一會，凱思琳含淚的和女保鏢一起怒瞪姚茜茜。

姚茜茜囧了，又不是她叫他不理她們的，看她也沒用！

女保鏢詢問的看向凱思琳，凱思琳卻沒看女保鏢，只是深情的望著籠中的喪屍。女保鏢卻像得到某種啟示似的，舉起槍就要了結姚茜茜。

——還有沒有人性啊！(╯‵□′)╯─

姚茜茜舉著手皺眉，心裡怒罵著：這算怎麼回事？他不聽妳們的，就要拿我出氣？！

就在姚茜茜想和她們拚了算了的時候，突然響起了刺耳的警報聲。

「凱思琳夫人，不好，有喪屍入侵！」女保鏢臉色一肅，顧不得管姚茜茜了，扶起凱思琳，舉著槍就迅速離開。

女保鏢臨走的時候，還不忘威脅的瞪姚茜茜一眼。

姚茜茜面無表情的看她們走遠，才對她們的背影做了個鬼臉。

——如果有一天人類滅絕，一定是因為這種草菅人命的人太多！

★※☆※★※☆※★

被安撫的巴特睡不著覺，一閉上眼睛就看到朝他撲來的屍群。他揉了揉太陽穴，拿出藏在枕頭下的十字架項鍊，下了床，想去上面透透氣。到了地面，巴特找了個對著月光的地方，做起了祈禱。

萬籟俱寂，只有夜風和蟲鳴的聲音。巴特心中的恐懼和絕望漸漸在禱詞中慢慢退去了。當他虔誠的閉著眼睛詠誦最後一段禱告的時候，突然覺得前面一冷，一睜眼，正好看到一隻張著大嘴的喪屍向他撲過來。

「啊！」巴特大叫一聲，連滾帶爬的迅速逃跑，邊跑還邊喊：「惡魔來了！惡魔來了！」以為沒有危險的時候，危險卻驟然降臨，簡直擊碎了巴特本來就不堪一擊的心靈。

「這一定是上帝在懲罰人類！我們都會被吃掉！被消亡！」

不知道什麼時候，堅固的鋼鐵圍牆的一角被壓成了一個半圓，很多喪屍跨過了圍牆。而巴特所在之處，正好就是損壞的地方。

第五章 ! 與辰染重逢

在路德維希殺伐果斷的指揮下，入侵的喪屍很快被清理乾淨，而破損的圍牆也用卡車和輪胎堵上，並派人看守。損失極小，除了被嚇破膽的巴特。

「我們都會死的，我們一定會死！人類完了！」巴特眼淚鼻涕齊下，縮成一團顫抖。

南娜苦著臉在旁邊安慰。巴特卻好像聽不到她說的話，不停的自言自語。

路德維希皺起了眉，派了幾個人和南娜一起將巴特架走了。身為一名軍人就應該無所畏懼、拋卻生死。巴特實在太膽小，配不起他那身軍裝。

「這樣下去不行。」路德維希看著扭曲變形的鐵網，對洛克說道：「我們到上次雷達探測到的倖存者基地走一趟。」

洛克也正有此意，「好的，將軍。」

他們待在這個地方就像被困在屋頂上的人，看著安全，實則凶險，一旦圍牆被破壞，喪屍蜂擁而至，他們無路可逃。

各個觀察哨和看守的士兵到位後，路德維希剛想和洛克一起離開，卻在轉身的一瞬間，腦中突然炸開一個光點，本能的猛然扶刀回護。

洛克看到路德維希突然扶刀，馬上警惕的順著路德維希的目光看向圍牆外，可是他只看到一片漆黑，什麼也沒有。

路德維希表情緊繃，全身的肌肉都進入了備戰狀態，緊盯著黑夜外的某一處。

「將軍？」洛克看向路德維希，詢問道。

路德維希藍眸微瞇，「派南娜去保護夫人，再檢查一下路易的情況，我們現在就去雷達標記的地點。」

「是的，將軍。」洛克收起心中的疑惑，恭敬的敬了個禮。

路德維希又觀察了一會，才大步離開。

路德維希的手一直沒從腰間鬆開，身體也本能的處於警戒狀態。剛才他感到一股讓人噁心的氣息，多年來從軍的直覺告訴他，這個基地已經不能再留，他們必須快點找到新的落腳點安置，越快越好。

就在路德維希離去後不久，圍牆外的一片漆黑中，閃過一抹詭異的紅光。

為了讓巴特冷靜下來，南娜直接將他敲暈。

南娜嘆了口氣，彎腰幫巴特蓋好被子，起身的時候剛好看到周圍空出來的床位。她望著那些整齊的被褥、沾著汗跡的白色床單，彷彿還能看到昔日大家聚在寢室裡一起嬉笑怒罵的場景，而現在只有一片平整的空白，心中悵然。

壓下被勾起的悲傷，南娜深深的看了一眼閉目躺在床上的巴特，轉身掩門離開。她要去執行路德維希的命令——保護凱思琳女士。

南娜離開沒一會，巴特突然睜大了眼睛，表情絕望痛苦。他拉開被子，手哆哆嗦嗦的解開上衣，只見左胸上一片血肉模糊，隱約還能看到一排牙印。

巴特像是怕別人發現似的趕緊遮住。

他很快就會死，就像死去的其他人那樣。

——也許這就是天啟，是上帝在懲罰人類！

巴特死死的咬著牙，眼裡布滿血絲，瞳孔擴大，逐漸沒有了焦距。

——人類需要救贖。

——承認所有的罪過，求得天父的原諒。

巴特就像受到了啟示一樣，眼神狂熱的翻身下床，迅速從床底拉出一個箱子。他將箱子提起放上桌面，打開箱子後開始組裝內容物，沒幾分鐘，一把重型機槍顯形。他露出了牧師般悲憫的微笑，托著機槍拉開門。

一路掃射！

子彈和屍體撒了一地！

巴特哼著歌，衝著控制基地大門的開關開槍，通往地面的大門就像一隻怪獸，吱吱呀呀的張開了嘴，一層層樓梯像它的牙齒般被裸露出來。

巴特望了眼夜空中兩輪奇異的月亮，微笑著扛起槍，順著樓梯走上去。

頓時，基地陷入一片混亂。

圍牆被巴特破壞，大量的喪屍像蒼蠅看到血似的湧進基地。而巴特張開手臂，不躲不閃的任由喪屍撕咬，嘴裡喃喃的唸著禱詞。

★※☆※★※☆※★

姚茜茜看到兩個神經病一般的女子逃跑，她也在實驗室裡急得團團轉，她要一直躲著呢，還是逃出去？外面是什麼情況她不是很瞭解，喪屍進來了，進來了多少？這個地下基地還有沒有其他出口？這種情況簡直像是拆還有幾秒鐘就要爆炸的定時炸彈，時間緊迫，還不能猶豫。多猶豫一秒，處境就危險一層。

尤其她身邊還關著一隻和辰染一樣厲害的喪屍！要是趁亂跑出來，大家可就死定了。

想到這裡，姚茜茜一咬牙，在實驗室裡隨便找了把剪刀當武器，衝了出去。

關在鐵籠裡的喪屍望著姚茜茜，依依不捨的看著她離去。

姚茜茜一路上並沒遇到喪屍，卻能清晰的聽到各種槍聲，大概喪屍還沒有入侵得這麼深。她按照記憶裡的路線走著，還沒到門口，就碰到女保鏢和凱思琳朝她這裡跑來，後面還跟著南娜。

姚茜茜表情立刻如便秘般，只覺得冤家路窄。

南娜看到姚茜茜，趕緊幾步上前，隨手扔掉了她拿著的剪刀，拉著她著急的說道：「不能往外走了！上面已經塞滿了喪屍。妳跟我們來！」

說完，她就拉上姚茜茜一起逃命。

女保鏢不滿，剛想對南娜說什麼，卻被凱思琳阻止了。

「這邊右拐。」凱思琳冷靜的指引大家朝基地另一個出口逃去。

但願那個出口不要被破壞。

姚茜茜一路跟著，倒是對那對主僕多了些好感。當然，尤其應該感謝南娜，她要帶她一起走的時候，她還真的有點受寵若驚。

本來不安的心，開始有點平靜下來。

突然，姚茜茜停下腳步，她好像聽到什麼聲音……

「妳們有聽到什麼聲音嗎？」

「沒有啊，怎麼了？」南娜疑惑的問道。

姚茜茜又認真的聽了聽，臉色霎時慘白，來不及多說，拉著南娜反超主僕二人逃跑。

「喪屍來了！」

在狹長的走廊裡，無數喪屍正朝她們的方向湧來，簡直像是在玩貪吃蛇的遊戲。

姚茜茜四人氣喘吁吁的跑進了一間寬闊的酒窖裡。

「從這裡上去。」凱思琳平息著喘氣，指著東側天花板上的通風口說道。

女保鏢和南娜交換了一個眼神，合力將酒窖中間的桌子搬到東側天花板的下面。南娜爬了上去，用手去頂通風口隔板。

「不行！卡住了！」南娜費力的說道。

女保鏢趕緊上去幫忙，兩人一起用力。

「喪屍追來了！」姚茜茜站在最外面，一眼就看到了追來的喪屍們。

南娜和女保鏢一聽，趕緊更用力的去頂通風口隔板。

姚茜茜往四周找了找，拿起儲藏的葡萄酒，上前砸喪屍。凱思琳雖然害怕，但也學著姚茜茜的方式，一起阻止撲來的喪屍。

南娜額頭流出了汗，她突然抽出槍，朝通風口隔板開了幾槍，再和女保鏢一用力，終於推開了隔板。

「夫人，快來！」女保鏢驚喜的朝凱思琳喊道，卻在看到喪屍的數量時倒吸了口涼氣。顯然槍聲吸引來了更多的喪屍。

「我掩護夫人，妳們快走！」女保鏢跳下桌子，掏出槍，替換凱思琳，並將她託付給南娜。

南娜點點頭，先鑽進了通道，然後把凱思琳拉上去。

女保鏢看了一眼專心致志殺喪屍的姚茜茜，嘴唇微抿。眼看喪屍越來越多，而出口就在她身後，她只需要一點時間，就能逃出去。

女保鏢眼中閃過狠絕。

「嗷！」

突然姚茜茜覺得腿上一陣劇痛，身子一歪。她抬頭看到女保鏢收了槍，看都沒看她一眼，就快速的逃跑到桌子上，爬了上去。

南娜拉上來女保鏢以後，往下一探頭，發現姚茜茜一手捂著腿，一手艱難的阻擋著喪屍的襲擊，而她的小腿上有一個圓形的傷口在流血，顯然是被槍所傷。

南娜神色複雜的看了一眼逃上來的女保鏢，扭頭對姚茜茜喊道：「妳堅持住，我馬上去救妳！」說完，她就跳下去，幾槍殺死了逼近姚茜茜的喪屍。

「不要管我，妳先走！」姚茜茜冷汗直流，疼痛反而讓她清醒了很多，「我受了傷，跑不了多遠，妳快走！我還能拖延一會！」比如這些喪屍吃她的時候會給她們一些逃跑的機會。

姚茜茜說不上自己現在是什麼樣的心情，雖然一直知道人類本來就有好壞之分，但是……她真心想讓那個女保鏢下地獄啊！

「說什麼傻話，我抱著妳走！」南娜說著，就要抱起姚茜茜。

「小心！」姚茜茜拿著酒瓶子就砸向南娜身後。

南娜偏頭躲開，臉色微沉，喪屍數量太多了！

「我們一起！不能帶妳出去，我們就死一塊……我絕不會丟下妳！」

又不是沒丟下過……姚茜茜神色複雜的看著南娜。反正都要死了，她真的一點也不想拉個墊背的。

就是不知道死了以後，辰染還會不會記得她……

正當姚茜茜想著辰染的時候，圍著她和南娜的喪屍突然騷動起來四處逃竄，姚茜茜蒼白的臉上終於露出了「得救了」的表情。

爛軍裝、眼睛赤紅的高大喪屍出現在姚茜茜和南娜的面前！

兩人都露出了恐懼的表情。

邪惡得彷彿要將人吞噬殆盡的紅色眼睛，讓南娜難以遏制的噁心顫抖起來。

而姚茜茜則宛如便秘般的看著這個叫做路易的喪屍，他還是趁亂跑出來了！

——很好，屍群被嚇走了。

——輪到小 BOSS 出場。

南娜神色一肅，沒等姚茜茜反應過來，就像老鼠見了貓似的飛快爬進天花板的通風口裡。

——囧。

姚茜茜囧囧的看著南娜乾脆俐落、一氣呵成的逃跑，大汗。她再回過頭看喪屍路易，只見那雙殷紅的眸子緊緊盯著她，就像盯著一隻可口的獵物般。

和辰染一樣的紅眸，卻給她完全不同的感受。辰染的紅眸寧靜漂亮，而他的，閃著吞噬和狩獵的興奮。

看著他如閒庭信步般蹣跚著走過來的身影，姚茜茜害怕的拖著傷腿後退。

【辰染——】

一聲嘶吼，紅眼喪屍路易被撲倒！

一個高大的身影壓制住路易，並輕易撕扯掉路易的一隻胳膊。路易捂著斷臂，嘯叫一聲，奪門逃走。

那高大身影沒有追上去，而是立刻吃掉了撕扯下來的胳膊，然後滿臉帶血的看向了姚茜茜。

當南娜後悔萬分的將頭探出通風口的時候，就看到一個高大俊美的男子，背對著她，走向了姚茜茜，然後拉起她的腿，開始舔她褲腿上的血。

姚茜茜細小的痛呼。

南娜剛鬆了口氣，就發現那男子的眼睛沒有瞳孔，她立刻意識到對方是喪屍！南娜想要開槍，下一秒卻看到姚茜茜露出驚喜的表情，並且主動環住了喪屍的脖子，隨即喪屍把姚茜茜抱了起來。

兩個人神態親暱。

這時候，那名長相俊美的喪屍側過頭，冰冷的瞥了偷窺的南娜一眼，抱著姚茜茜離開了。

★※☆※★※☆※★

「痛！」姚茜茜眉頭微皺，抓住辰染的胳膊。

子彈還在小腿裡，血流不止，染紅了姚茜茜的褲子。辰染想把子彈取出來，但一碰姚茜茜的小腿，姚茜茜就阻止，然後淚汪汪的看著他。

他面無表情的回視她。

辰染進化完成後，及時救了她。

進化過的辰染，眼睛竟然變成了金色，燦爛得像陽光一樣；青黑色的皮膚成了蒼白，現在看起來像個身體不好的人。除了沒有瞳孔和呼吸，他完全像一個人了，而且還是一個眼眸深邃、五官立體的帥哥。

姚茜茜心中讚道。

辰染看著姚茜茜越來越蒼白的臉，終於狠下心，有著長長指甲的大手在她的傷口上方一展。

「嗷！」

姚茜茜只覺得一陣鑽心的劇痛，子彈被辰染吸到了手裡。

頓時，鮮血更歡快的往外湧。

——天啊！不是傷到動脈了吧？！

姚茜茜一陣頭暈，跌進辰染的懷裡，抬頭看著辰染，含淚的說：「辰染，我會不會死掉……」

辰染面無表情的看了姚茜茜一眼，隨即將目光轉到了她流血不止的腿上。他迅速撕開黏在一起的褲子布料，將傷口裸露出來。

一片血肉模糊，有些血已經凝固變黑。

姚茜茜痛得像小動物一樣呻吟。

辰染安撫的蹭蹭她的面頰，俯下身，細細的舔起她的傷口。

「嗷嗷嗷！」姚茜茜嚇了一跳，腿下意識的躲開，卻牽動傷口，不由得痛叫，「不要碰，我會變成喪屍的！」她雙手用力，想把辰染推開。

辰染不在乎姚茜茜這點小力氣，可是很疑惑她為什麼這麼抗拒。

這麼幼滑香軟甜膩，唇齒間都是她的味道，真是讓他著迷。

想到這裡，辰染任由姚茜茜抗拒，依舊俯下身舔舐著。

「我不要變成喪屍……嗚嗚嗚嗚……」姚茜茜怎麼也推不開辰染，嚇得大哭起來。

辰染這才停了下來，扭頭看姚茜茜一眼，發現她哭得都上氣不接下氣，這才戀戀不捨的離開她的傷處，盯著還往外流著鮮紅液體的地方，意猶未盡的舔了舔嘴角，眼睛微瞇。

姚茜茜這時候哪裡還管得上疼痛，趕緊找來繃帶，歪七扭八的纏上小腿的傷口，生怕辰染又欺上來。

基地覆滅，幸好辰染找到了她，可惜她的腿受了傷。辰染把她帶回原來居住的倉庫，她有些擔心留在這裡會碰到熟人，畢竟辰染抱她離開時，她看到路德維希的直升機從他們頭頂飛過，不知道有沒有看到他們。

辰染是隻喪屍，是倖存者的天敵。要是被看見了，他們兩個都會成為人類的追殺對象。

不過，只要辰染在身邊，她就什麼都不怕。

為了防止辰染又去舔她的傷口，姚茜茜對辰染進行了全方位的喪屍感染講解、人類的脆弱和大道理傳授。中心觀點只有一個，不能舔她的傷口。

辰染靜靜的聽著。

傷口痛，大量失血，加上耗費了很多腦細胞，姚茜茜覺得眼皮有點沉，她逼著辰染點頭保證不再舔她的傷口後，沉沉睡去。

睡著的姚茜茜做了一個很奇怪的夢。她夢見自己走在馬路上，發現路邊有個紙箱，裡面有一隻嗚嗚叫的小狗，不知道是誰遺棄了牠。看著小狗烏溜溜渴望愛的眼神，姚茜茜瞬間心軟，走過去，想抱抱牠。

似乎是感受到了她的善意，小狗衝著姚茜茜細細的叫喚，歡快的搖著尾巴，伸著頭撒嬌似的舔她的腿。被狗狗舔得癢癢的，姚茜茜不由得咯咯笑起來。狗狗也高興起來，一路從她的手指舔到臉，還親親她的嘴。一次不夠，又親了幾次。姚茜茜一邊躲著，一邊哈哈大笑，結果就把自己笑醒了。

姚茜茜睜開眼，就看到辰染蒼白的下巴、明顯的喉結。她一醒，那喉結就動了一下，隨即辰染低頭看著她。

【餓了嗎？】辰染問道。

姚茜茜搖搖頭，抿了抿嘴唇。濕漉漉的，有些難受。

查看了一下自己的小腿，繃帶整齊專業的綁著，已經沒有紅色滲出來，血終於止住了。謝天謝地，要是一直流下去，她早晚失血過多，GAME OVER。

「我們……」姚茜茜一說話，才驚覺自己的喉嚨沙啞乾涸，於是換成心裡說道：【我們去那間大型超市吧，我得找些藥。】別當下活過來，卻死在敗血症上。

人類真是脆弱……不對，是生命真脆弱。一點小小的傷口都能致命，不像喪屍，只要不被爆頭，就是打不死的小強。

姚茜茜每天按時吃藥，果然沒有發燒感染，隔幾天換一次繃帶，雖然每次都是纏得歪歪斜斜，但是只要醒來再看，就變得整整齊齊了。

傷口癒合得很快，只剩下一條小小的粉縫。

有時候姚茜茜會覺得很奇怪，明明應該是圓形瘡口，怎麼也會形成一條細疤？而現在卻明顯感覺到痂一退了，過一陣子連肉色細縫都不會留下。

難道在末世裡，人類的自癒能力也得到了進化？

不過，對於槍傷，姚茜茜是基於美劇、電影之類的做出來的推斷，她從來沒有受過類似的傷，說不定現實裡只要處理得好，就能癒合成一條小縫，然後連傷疤都不留呢。

在養傷的過程，不能隨意走動，時間長了，姚茜茜也覺得無聊，於是向辰染提議，去附近的書店看看。在末世裡，書店很少被洗劫，她想找幾本書來看，解解悶。

【辰染，你認識字嗎？】姚茜茜瘸著腿，一邊去書架上找書，一邊問道。

【不認識。】除了茜茜和他的名字，其他人的名字不在他的記憶範疇內。

【那就太遺憾了。】姚茜茜抱著一本漫畫書感嘆道：【不過，我可以唸給你聽～】

【好。】

姚茜茜去挑書，辰染慵懶的在書架間散步。眼角餘光掃到了旁邊的光碟片架子上，他突然一怔，轉頭朝某部電影的DVD看去。

那片DVD的封面，以黑色為底，有兩個白色的男女半身像。男子抱著女子，低頭吻著她的脖子，而女子仰著頭，閉著眼。邊緣虛化的兩人好像隨時都要散去。

深愛彼此，抵死纏綿。

辰染緊盯著畫面裡的兩人，視線從男子身上移到女子身上，又移到女子的脖子上。

姚茜茜挑好書，發現辰染竟然一動不動的盯著一片DVD看。她好奇的走上前，順著他的目光一看，問道：「辰染，你想看DVD？」

而且還是愛情類！經典的愛情故事《GHOST》，第六感生死戀！

——囧，其實喪屍的心也很纖細嘛！

「可惜沒有光碟機，也沒有電腦……」姚茜茜遺憾的搖搖頭，「不過我可以講裡面的故事給你聽！」

【好。】

辰染將那片光碟收進姚茜茜的背包裡，朝姚茜茜面無表情的點點頭。

自此之後，姚茜茜每次睡醒，總發現自己的脖子鎖骨上有一大堆的紫紅色痕跡。

「辰染，你說我是不是感染了？」姚茜茜擔心的照著鏡子，仰著脖子去撫上面青一塊、紫一塊的痕跡。

【不知道。】辰染一邊拿著ＤＶＤ封面比對，一邊裝作一無所知的回答道。

這問題，無解。姚茜茜只好裝作沒看到，嘆口氣，收起鏡子，換了件高領秋衣穿上。

辰染面無表情的瞄了幾眼姚茜茜的脖子，伸出尖錐般的舌頭舔了舔嘴唇。

幸好姚茜茜沒看到辰染不同於人類的舌頭，否則不知道會不會被嚇到……

「辰染，我的傷也好得差不多了。我們想想以後怎麼辦吧。」姚茜茜收拾好背包，抬頭對辰染說起了打算。

辰染靜靜的看著姚茜茜。

姚茜茜想要待在倉庫，卻怕被各種高級喪屍找上門；想離開，可一人一屍，去哪呢？還有男女主角最後去新世界這件事，也是個問題，她和女主角套不了交情，沒法獲得船票啊！

姚茜茜托腮頭疼的問：「辰染，我們怎麼辦？以後的路在哪裡？」求助的看向辰染。

辰染安撫的摸摸姚茜茜的背。

【餓了嗎？】

「……」

【睏了？】辰染覺得有些奇怪，還沒到睡覺的時間。不過他很願意！

「我們還是去吃東西吧……」那些煩人的問題以後慢慢想，船到橋頭自然直！

姚茜茜馬上扔掉浪費腦細胞的事，和辰染一起去慰勞自己的胃了！

吃飽喝足後，姚茜茜突然想起辰染上次受的傷。她不知道辰染進化後，那些傷口是不是也跟著癒合了。

她毫不猶豫的摸上辰染硬邦邦但很結實的胸肌，但找了半天，連個疤都沒找到。

「茜茜。」辰染摟住姚茜茜，也學著姚茜茜的樣子向她的胸部襲去。

「辰染！」姚茜茜趕緊打掉辰染的手，抱胸警告道：「不可以隨便摸女性的胸部！」

辰染一怔，也學著姚茜茜的樣子，抱著胸，警惕的看著姚茜茜。

「……」姚茜茜無語，「你的可以隨便摸。」

辰染皺眉，似乎無法理解其中的奧妙。

「因為你是男的，被占便宜天經地義！」姚茜茜握拳，極具正義感的解釋道。

辰染低頭皺眉思考。

姚茜茜有些心虛，她摸他明明是想檢查，怎麼被帶到這種思路上來了呢？害她現在必須白白心虛！

還沒等姚茜茜反應過來，辰染已經抬頭伸手摸胸，一氣呵成，根本沒給她反抗的機會。

姚茜茜的臉黑了。

難道辰染進入了高度模仿進化時代？

顧不得多想，她拍掉辰染的爪子，怒視他。

辰染看看自己的手，又瞧瞧姚茜茜胸前小小的起伏，意猶未盡的嘆了口氣。

姚茜茜眼珠正滴溜亂轉想主意報復辰染，並沒注意到辰染細微的表情變化，如果看到，一定會炸毛！

「辰染，你如果模仿我的話——」姚茜茜擺出一臉正氣，「會後悔的！」

說完，姚茜茜身子一斜，做出個瑪麗蓮夢露經典的嘟脣POSE。

辰染默默的看了看姚茜茜，轉頭走了。

姚茜茜石化，她怎麼有種被嫌棄的感覺！

「這是背包。背——包——」

姚茜茜指著背包，教辰染發音。

「背……包……」

辰染費力的擠出兩個字來，像剛開始學說話的孩子一樣。

姚茜茜獎勵性的鼓掌，而辰染也跟著鼓掌。

姚茜茜鬱悶了，他到底是想透過她學習人類的行為，還是純粹模仿她好玩呢？

姚茜茜嘀咕著，端詳起辰染。進化後的他，總讓她有種錯覺，好像在和一個成年男性相處！黑色柔順的長髮，立體的五官，尤其是深邃眼窩下金色的雙眼，特別有吸睛效果……

她替辰染找了一副墨鏡，戴上墨鏡遮蓋住辰染金色無瞳孔的眼睛後，辰染就和人類一樣了。

姚茜茜最終和辰染商議，一起去東海岸的倖存者基地看看，辰染現在的樣子完全可以混入人類社會，他們一起去觀察女主角，說不定會有意外的收穫。

是夜，姚茜茜睡得正香。

辰染高大的身軀伏在姚茜茜的身上，垂著頭，貪婪的舔舐著姚茜茜的脖子。他著迷的用長長的尖錐形舌頭不停的撫過姚茜茜的面頰、下巴、脖子，發出滋滋的水聲。

又軟又甜又香。

辰染不知道自己想要什麼，越舔越難受，但是如果停止，更難受！

他眼睛微瞇，陶醉又痛苦的享受著。

第六章

非禮勿視啊辰染！

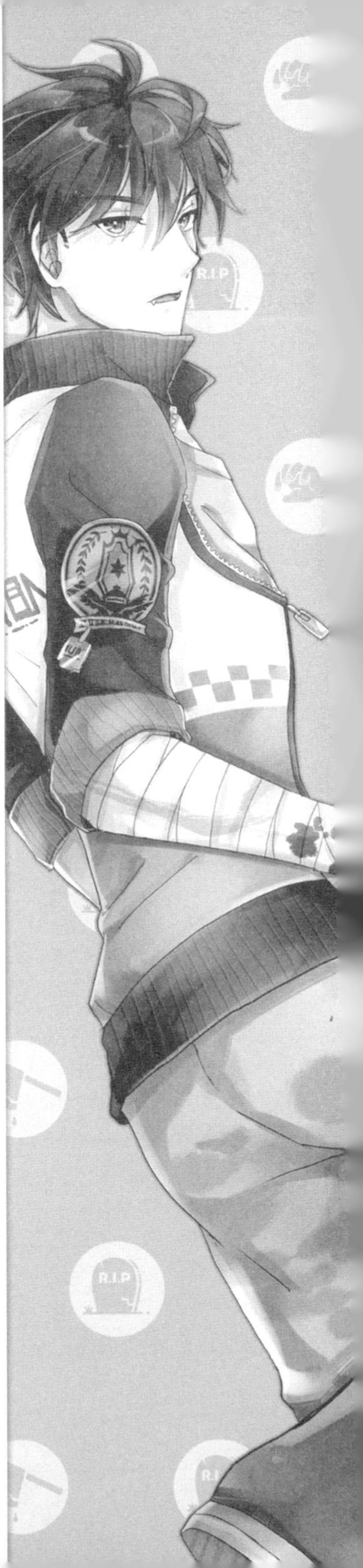

「嗡嗡嗡——」

公路上，一輛黑色鋥亮的摩托車在飛馳，兩側沙土飛揚。本來在前面遲緩行走的喪屍竟然加快動作，聞風而逃。

姚茜茜坐在後座，死死抱住辰染的腰。

辰染戴著墨鏡，騎著摩托車，吼走一路的喪屍。

【好刺激啊，辰染！沒想到你還會騎摩托車！】姚茜茜閉著眼，尖叫著。車速快得讓她以為他們要飛起來了！

這是百貨公司展覽的模樣極其華麗的摩托車，可能性能不是最好的，但是外表最拉風。姚茜茜就央求辰染和她一起坐上去過過乾癮，沒想到辰染跨上車後，不知道弄到了哪裡，摩托車竟然發動了！

後來，他們就把這輛摩托車當代步工具……向東海岸的倖存者基地騎去。

【不會。】辰染誠實的回答。

【什麼？】姚茜茜疑惑。

【不會騎。】

【……】姚茜茜囧了一下，【那你怎麼讓它動的？】

【它自己動的。】

【……】姚茜茜強迫自己必須冷靜，【那你知道怎麼讓它停下來嗎？】

【不知道。】

【……】

姚茜茜覺得自己屁股底下沉甸甸的，剛才高速下分泌的腎上腺素立刻被憋了回去。

她早該想到，喪屍怎麼可能會用現代化的交通工具！

【你別緊張啊……抓緊車把別鬆開，我來想想辦法。】姚茜茜緊張兮兮的說道。

【好。】辰染無所謂的回答。

【找找剎車……】姚茜茜覺得自行車既然有剎車，摩托車肯定也有！【對，我記起來了，握手剎車！】

辰染聽話的握了握，喀吧一聲，手剎車斷了。

辰染面無表情的看了看，把手剎車交到了姚茜茜手中。

【……】姚茜茜一手環抱著辰染，一手研究著手剎車，【應該還有別的剎車裝置吧？】她不是很確定的想。

果然，讓喪屍使用現代化交通工具簡直是自取滅亡啊……

「停車！停車！」

突然前面遠遠的顯現出一輛軍用裝甲車，橫亙在公路中央。一隊荷槍實彈的軍人正向著他們喊話。

姚茜茜探出頭，看著一票端槍姿勢標準的士兵們，欲語還休。

她也想停車啊！屁股都坐疼了！

「再不停車，就開槍了！」

姚茜茜想喊「我們停不下來」，結果剛開口就被灌進了滿嘴沙子和空氣，她立刻不爭氣的開始打嗝。

【辰染，怎麼辦嗝！】姚茜茜緊緊摟住辰染，邊打嗝邊問道。

【茜茜不怕。】辰染四兩撥千斤的回道。

對方一個戴著扁平軍帽的軍人做了個抬手的手勢，一個穿著迷彩服、手拿狙擊步槍的人就站在某輛汽車的車頂上，瞄準他們。

【狙擊手準備了！】姚茜茜伸頭看了一眼，趕緊縮頭埋進了辰染飛揚的衣服裡，【會被爆頭的嗝！】

【茜茜不怕。】辰染根本沒把這群食物當回事。

對辰染來說，怎麼越過障礙物，才是他思考的事情。

領頭軍人的手猛的一放。

姚茜茜只聽一聲悶響，身子一抖，立刻騰出一隻手開始檢查自己。隨後，她擔憂的問道：【辰染，你沒事吧？】

【茜茜不怕。】

【辰染……】姚茜茜感動，辰染什麼時候都先想到她，可出事時她只先想到自己，真讓她無地自容。

【茜茜。】辰染反射性的回應。

辰染突然發現有高速飛來的金屬物，一偏頭，雖然躲過了，卻被彈片劃傷了臉。頃刻間，一條血痕出現在辰染蒼白的臉上，尤顯突兀。

辰染伸出舌頭舔掉了血跡，那道血痕竟然以人眼可辨的速度癒合了。長長的異於人類的舌頭，被狙擊手從狙擊鏡裡看到了！

狙擊手端槍的姿勢一僵，以為是自己的錯覺。

「隊長，那個男的有點邪門！」狙擊手斟酌了下，還是如實報告。

「怎麼？」戴軍帽的軍士皺眉問道。

「他……」不像人類！

狙擊手的話還沒說完，突然覺得自己脖子劇痛，轉身一看，臉色瞬間猙獰。他們身後的防禦卡車，不知道什麼時候爬進了很多喪屍！而有幾個喪屍已經近得從後面撕扯他的肉！

隊長也立刻發現了，大叫一聲，讓所有人員向辰染他們這邊撤退。

槍聲、吼聲、怒罵聲同時響起，場面陷入一片混亂。

狙擊手一聲低吼，抽出腰間的匕首就斬殺了撕咬他的喪屍，跑到一個相對安全的車頭高處。剛一站定，狙擊手幾乎本能的再次拿起槍，對準了辰染。他直覺認為，這些喪屍都不如眼前這個人可怕！

他的眼神晃動，身體微微顫抖，脖子上的血還在源源不斷的流出來，劇痛和失血讓他眼前發黑。但是在死之前，他要為他的戰友做最後一件事。

辰染面無表情的騎著摩托車飛躍過橫亙在路中央的裝甲車。姚茜茜突然覺得身子在上移，忍不住抱緊辰染尖叫起來。

在摩托車飛躍的過程中，狙擊手看到辰染後面坐著的女孩，她尖叫害怕的樣子讓他的動作遲疑了一下。

辰染像是感知到什麼，斜眼瞥向狙擊手。

狙擊手眼前一黑，嘴角就流出血來，而後慌慌張張的扔了槍，後退幾步，捂住了胸口的大洞。他根本沒看清楚對方是怎麼做的！

狙擊手眼球凸出的瞪向辰染，不甘的重重倒在了鐵皮上。

辰染沒有給予狙擊手多餘的眼神，他和姚茜茜越過第一輛裝甲車，卻發現短距離內，還有一輛卡車並排停著。眼看他們就要撞在第二輛車上，辰染轉身抱緊姚茜茜，跳離了摩托車。

摩托車像脫韁的野馬撞向了前面的卡車，霎時火光沖天，爆炸吞沒了周圍。

不少喪屍在爆炸裡喪生，人類士兵們則在軍用車的掩護下，躲過一劫。

辰染抱著姚茜茜，幾個跳躍就脫離了爆炸範圍。士兵們還維持著抱頭的姿勢，而辰染腳尖輕點，輕輕巧巧的落到了士兵們的面前。

長髮垂落，辰染第一時間就把姚茜茜從懷裡拉出來仔細的檢查。

「茜茜。」

「辰染，我沒事。」姚茜茜看向戴著墨鏡的辰染，有些虛弱的搖搖頭。她覺得自己要癱了，坐摩托車坐得她腿軟屁股痛。下次要是再有喪屍邀請她坐車，打死她都不會再坐了。

「辰染還好嗎？」姚茜茜低頭檢查著辰染。看到辰染鮮血淋漓的手，她心疼的看向辰染，問道：「辰染！疼不疼？」然後控訴的瞪向士兵們。

「不疼。」辰染誠實的回答。

士兵們早在兩人互動的時候就已整裝好，等姚茜茜看向士兵們，只看到一把又一把黑洞洞的衝鋒槍對著他們了。

姚茜茜一愣，反射性的舉手投降。辰染跟著模仿她的動作，也舉起手。

姚茜茜囧囧的看了一眼辰染，默默轉過身，無語的看向士兵們。

「你們到底是什麼人？」對方的隊長走上前喊話了。

「我們從X市過來。正在尋找倖存者基地——」姚茜茜舉著手回答，並盡量讓自己看起來和藹可親，扯出了一個笑容。

「聽說東海岸有一個收留倖存者的地方，必須途經此處。」

「摩托車的剎車壞了，所以我們停不下來！想告訴你們，但是車速太快，說不出話！」

姚茜茜趕緊解釋剛才的事件，冤家宜解不宜結，一場誤會，他們還幫對方消滅了喪屍呢！

辰染早把手放了下來，插進褲袋裡，佝僂著身子俯視這群食物。

對方其實已經有了想把這個實力超群的男人納入麾下的意思，所以聽到姚茜茜的解釋後，很簡單的盡釋前嫌了。

「你們在找地方？要不然和我回去？雖然不比東海岸，但是也能提供必要的生活設施。」隊長示意大家放下槍，語氣和藹的誘勸道：「我們都是軍隊上的，紀律嚴明，提供食物和水，收留了很多倖存者。」

姚茜茜為難的看向辰染，她怕如果不答應這群人，起了衝突，辰染會把這些倖存者爆炒了。

辰染扭頭看向了姚茜茜。

【辰染，怎麼辦啊？和他們假意回去嗎？等夜深人靜了，我們再偷偷溜走。】

【不行。】夜深人靜茜茜睡覺，是他的福利時間！茜茜的意思竟然是要犧牲他的福利時間？

【那怎麼辦……】

【殺掉。】說完，辰染把手從褲袋裡掏出來，就要上前。

姚茜茜趕緊一把抱住他。

【不可以隨便殺。他們是人類！】姚茜茜想了想，覺得這話不太對，辰染殺喪屍的時候她沒阻擾過，現在卻出來阻擾辰染殺人類，雙重標準對他太不公平了。她決定換個說法：【我們可以去他們的基地看看，你也好感受一下人類社會，知己知彼！】

【夜深人靜再溜走？】他只關心這個。

【等他們讓我們倆出來搜索食物的時候吧？】姚茜茜覺得辰染不喜歡深夜溜走，於是改變了主意。

辰染同意了，又把手插回了褲袋裡，繼續俯視眾食物。

隊長只見那兩人眉來眼去了一會，然後女孩發話，接受了他們的邀請。

「那就麻煩你們了。」姚茜茜向隊長道謝。

隊長笑了笑。

姚茜茜拉著辰染走進這群士兵之中，笑著跟大家打了招呼。

辰染臉色一沉。

【茜茜，不許對這群食物笑！】

【辰染……為什麼？剛才我也對他們隊長笑了啊……】

【傻笑不算。】

【……】

大家正互相認識人名的時候，警戒的士兵突然臉色蒼白的喊道：「不好，有屍群來了！」

「該死！一定是被剛才的爆炸聲吸引過來！」隊長臉色凝重，立即下令：「大家準備迎戰！你們也來幫忙。」他從死去的戰友身上抽出一把衝鋒槍扔給了辰染。

辰染將槍口朝著自己、搶托朝下的抱著槍沉默不語。

姚茜茜趕緊上前說道：「我們都不會用槍……」

「……」隊長突然想知道他們是怎麼活到現在的。

於是，隊長又抽出一把匕首扔給辰染。辰染反應迅速的空手接白刃，順手遞給了姚茜茜，而他自己則手無寸鐵、面無表情的走向屍群。

姚茜茜拿著匕首，滿臉歉意的對隊長說：「我用匕首就好了，他不用……」

「那他用什麼？」隊長看著辰染有點駝背的背影，好奇的問姚茜茜。

姚茜茜沉默半晌，想編一個不那麼驚世駭俗的理由，卻看到辰染已經飛身到屍群前，開始一拳爆一個了。

「他用拳頭。」姚茜茜假笑道。

隊長和一干士兵震驚的看著辰染。許久之後，隊長才低下頭，有點口吃的問姚茜茜：「那、個……他是吃什麼長大的？」

姚茜茜乾笑。

【辰染，千萬別吼喪屍，他們會發現端倪！】

沒等姚茜茜說完，辰染就不耐煩的仰頭嘶吼一聲，一眾屍群像遭遇天敵一般，四散逃開。頃刻間，密密麻麻的屍群就變回了寬闊的公路。

【……】

眾士兵們倒吸了一口氣。

姚茜茜冒汗，她都不知道該怎麼圓話了。

辰染抖抖手上的血，回到姚茜茜身邊。

立刻有士兵上前，親熱的捶著他的肩說：「嘿，小夥子，挺厲害嘛。是被野獸養大的？」

辰染不予理會。

但是這個士兵卻沒有生氣，竟然更加親密的摟住了他的脖子，看得旁邊的姚茜茜都捏了一把冷汗。

但是辰染沒反應的任由對方勾著脖子。

對方一看，馬上把他歸為「沉默寡言，不知道如何和人相處，但是心地不壞」的類型，抬手一招呼，所有士兵像接到信號一樣，都上前捶他或者抱他來表示感謝。

辰染已經用他不是人的武力值，贏得了士兵們的尊重……

辰染依然一臉冷漠的俯視著這群食物，卻任由他們揉捏他。

那場面實在詭異。

姚茜茜擦著冷汗，一個喪屍被一群人類士兵圍著折騰，喪屍還保持著冷豔高貴的表情，被人看到，還以為被圍的那個人是面冷心熱的傲嬌男……這是食物鏈頂層人民的寬宏大量嗎？還是為了保持食物的新鮮度？

被敵人碰了，那叫冒犯。

被食物碰了……由他去……誰會和食物計較？

就是不曉得未來如果這些人知道了辰染的真實身分，會不會為今天的行為感到害怕呢？

「妳的男朋友真了不起！」隊長走到姚茜茜面前，看著其樂融融的好兄弟般的場景，感嘆的說道。

姚茜茜繼續乾笑，她也不知道怎麼解釋她與辰染的關係，索性就讓他們以為是男女朋友吧。

隊長覺得今天回去要好好的喝一杯，為了慶祝劫後餘生，也為了小女孩和野獸男到來。

★※☆※★※☆※★

姚茜茜和辰染坐上裝甲車，和士兵們一起來到了他們的基地。他們的基地是一座小型監獄。這也是能理解的，畢竟監獄的防護措施很健全完善，適合居住。

有人幫他們打開了鐵網門，姚茜茜好奇的四下打量。這裡有點像她原來看過的《陰屍路》第三季裡的監獄，果然外國的監獄長得都差不多！鐵網、瞭望臺、放風區，以及牢房……原來住的都是犯人，現在變成了軍隊高官的住所，稍微有點黑色幽默啊！

辰染面無表情的盯著姚茜茜，順著她的目光也看向了窗外。

一大片一大片的綠色。

奇怪的地方……辰染想。

軍隊的最高指揮官接見了他們。

最高指揮官是個上校軍銜，他面目英俊，五官深刻，有點像義大利人的鷹勾鼻子，一雙翡翠色的眼睛綠得有點嚇人。他嘴角一直掛著微笑，兩頰泛起兩個淺淺的酒窩，有點可愛。

姚茜茜皺了皺眉，總覺得這位叫做布拉德的指揮官像戴著面具生活似的，酒窩和他那雙銳利的眼睛配在一起，實在太違和了。真正的他，一定是個不愛笑的人。

自始至終，布拉德沒看姚茜茜一眼，一直和辰染寒暄聯絡感情；辰染沒聽布拉德在說什麼，只是盯著姚茜茜發呆；姚茜茜看布拉德一直拉著辰染說話，便也恍神發呆中。

三人雞同鴨講了半天，終於其樂融融的相約一起共進晚餐。

姚茜茜帶來的食物被上繳。她已經習慣了，一碰到人類，她的飲食品質就直線下降……

先前的隊長熱情的幫他們找了一間單人牢房。

「我覺得妳的小男朋友肯定不喜歡住大通鋪。」隊長朝姚茜茜眨眨眼。

姚茜茜扯著嘴角傻笑。

「你們好好休息吧。離晚餐還有段時間。」隊長領著他們進了門，就退了出去。走到門口，隊長想起了什麼，扒著門框說道：「如果快一點，說不定還夠來一發。」說完，他又俏皮的朝姚茜茜眨了眨眼，然後瀟灑的走了。

剩下黑臉的姚茜茜在心中吼道：真是為老不尊的大叔！

辰染對姚茜茜心裡閃過的圖畫好奇了。

【茜茜，來一發？】

姚茜茜震驚的看向辰染。辰染已經摘下了墨鏡，金色眼睛亮亮的看向她。

【不要被他們帶壞！話不能隨便說的！】

【茜茜——】辰染嚴肅的看向姚茜茜，【來一發。】這次是肯定句。

姚茜茜看著辰染執拗的表情，想到他的頑固，突然覺得從來沒像現在這般恨過一個人！

【好。來，我們躺下。】姚茜茜想了想，把辰染推到床上。

辰染從善如流的躺下，【來一發，來一發。】

如果是狗狗的話，現在一定在猛搖尾巴。

姚茜茜也跟著躺在了辰染身邊。床有點小，姚茜茜只能緊緊靠著辰染。

辰染抱著姚茜茜軟軟的身子，越來越喜歡這個來一發了！

【嗯，睡吧。】姚茜茜閉上了眼，【來一發的意思就是，睡一覺……】

辰染眼色一沉，他翻了姚茜茜的記憶，這絕不是來一發！

但是看著姚茜茜趴在自己身上，閉著眼緩緩呼氣的樣子，辰染又覺得這樣也不錯。等茜茜睡著了，他就可以有福利了！

因為是晚上，為了不讓士兵們起疑，姚茜茜央求辰染戴上隱形眼鏡。

為什麼是央求呢？因為隱形眼鏡在辰染眼睛裡時間長了就會乾裂，弄得辰染不舒服，戴了一次就不戴了。姚茜茜求了半天，最後差點沒急哭，才說服辰染。

其實她若知道自己一哭，辰染就會戴的話，她應該一開始就哭，害得她費了那麼多腦細胞。

共進晚餐，其實就是和基地的主要人員認識一下。晚餐也不知道是誰做的，難吃得要命，姚茜茜隨便吃了兩口就停下筷子，而辰染根本不會吃。

姚茜茜知道了他們主要領導人員的大概組成：一個指揮官，布拉德；兩個隊長，帶他們回來的叫做保羅，另一個隊長是臉上有條長長的疤，叫南森。還有什麼管後勤的，姚茜茜沒太記住，她反倒對一個總是大放厥詞的中年男子比較感興趣。

那個人拍著桌子說，末世是神要毀滅人類！人類製造出火車、飛機，讓各個大洲彼此相連，這才讓病毒有機會擴散到全世界。

姚茜茜聽著，就覺得滿有道理的。

那個人又說，末世始於災難，盛於惡魔，終於神意。這好像是他從某本預言書裡看來的。

——終於神意……

這句話頃刻間喚醒了姚茜茜的記憶，但是那念頭閃得太快，她沒抓住。

但是她能肯定，和男主角有關……

晚飯後，告別了所有人，保羅隊長邀請他們來練習射擊。

「嘿，小夥子，上校讓我幫你找了套軍裝，你穿上試試。」保羅搖晃了下手臂上掛著的一套衣服說道。

姚茜茜瞇眼，心想：迷彩服，一點也不萌！穿上跟隻熊似的，難看死了。

辰染更沒興趣了。

姚茜茜不願意，辰染現在的褲子和襯衫雖然簡單，但好歹是名牌！

保羅無語的看著這兩個挑三揀四的人。軍裝比普通衣服在隱蔽、保護和攜帶武器上強太多了，這兩人竟然一臉嫌棄！

「就讓他穿身上這件吧……」姚茜茜婉轉的拒絕。這套就貴得能買好幾件迷彩服！

「隨便你們！」保羅有些生氣的把衣服扔給姚茜茜。

姚茜茜只覺得劈頭蓋臉一股汗臭味，趕緊抓到手上，又不敢扔掉。

辰染伸出修長蒼白的手指，輕輕一彈，就把姚茜茜手上的衣服彈掉了。他抿著嘴，使勁搓了搓姚茜茜捏著的手指。

保羅看著兩人半晌無語。真拿這對熱戀中的小夫妻沒辦法！

「算了，愛穿不穿吧！只是上校的一番好意。」保羅聳聳肩。

「對了，這個給你。」保羅從口袋裡掏出一把可攜式自動手槍扔給辰染，「我們到外面去，我來教你射擊。」

姚茜茜不可置信的看向保羅，「你剛才說什麼？要教辰染射擊？」

保羅以為姚茜茜是感動的，畢竟辰染就像是被野獸什麼養大的，一點人情世故都不懂，連射擊都不會。這麼單純的人實在太好控制了！所以就想藉由教他射擊這件事，與他交好。

「不用感謝我，是上校的意思。」

謝個屁！姚茜茜黑臉。

——壞人！竟然教喪屍使用現代化武器！

——人類的千古罪人啊！讓喪屍進入現代化！

辰染拿著槍，很好奇的摸這摸那。

姚茜茜三人來到監獄外面的空地，保羅用爬滿鐵絲網的喪屍，對辰染進行罪惡的瞄準教學。

「槍口要對著喪屍！」保羅糾正辰染的動作。

一碰到辰染的皮膚，保羅就覺得冰冷無比。再看他蒼白無血色的皮膚，保羅忍不住扭頭問姚茜茜：「妳小男朋友是不是有什麼病？」

姚茜茜轉了轉眼珠，「他患有嚴重哮喘。」

保羅一挑眉，再看一眼面無表情直視前方的辰染，對他更滿意了。單純好控制，還知道他致命的弱點，簡直是天生用來當工具的！

「那可得小心點。」

「我們一直都很小心的。」姚茜茜從善如流的回答。

保羅點點頭，專心的向這隻喪屍傳授起用槍的知識。

等辰染學得差不多了，保羅做了幾次示範，次次打中了喪屍的腦袋。

「打他們的腦袋，一擊斃命。」說完，他示意辰染嘗試一下。

辰染單手持槍，看著夜幕下匍匐的喪屍，全身好像有意識般，扣動扳機，正中喪屍的額頭。他幾次嘗試，全部百發百中。

姚茜茜捂著耳朵，震驚的看著辰染準確無誤的射擊，腦子裡閃現出一句話——人類完了！

保羅也十分驚訝的看向辰染，在他帶的兵裡，不管射擊天賦多高，都不可能做到第一次用槍就百發百中。是他碰到的天才太少，還是辰染確實與眾不同？

保羅看向辰染的眼神裡，多了幾分探究。

「不錯喲，小夥子！下次有時間我教你使用重型機槍。」保羅鼓勵性的拍拍辰染的肩。

辰染垂著眼，盯著手裡的槍，依舊無視保羅的存在。

「這槍就留給你了。」保羅伸了伸胳膊，向兩人告別：「你們好好休息，明天見！」

「明天見。」姚茜茜看著保羅消失的背影，鬆了口氣。希望不會再有下次了，要是連重型裝備辰染都會了，真的會沒有人類的生存空間啦！

【辰染？】姚茜茜上前去拉辰染的胳膊，【你怎麼啦？】為什麼在發呆？

辰染看著姚茜茜，把她帶入了自己懷裡，【拿著它，很熟悉。】

姚茜茜在辰染懷裡看著他手中的槍，又想到第一次見到辰染時，他身上穿的軍裝。這很好理解，【說不定你曾經很熟練的使用呢，只是忘記了。或許有一天會想起來，也或許永遠不會想起來。這就是記憶啊！】屬於人類的記憶。

辰染垂著頭沉默了一會，突然又說道：【茜茜快睡吧。】

【……剛睡過了，現在不睏啊。】

【睡。】

【我們去牢房裡吧，外面有點冷。】姚茜茜轉移話題，拉著辰染往回走。

【去牢房裡睡。】

【等到了牢房再說。】

【睡。茜茜睡。】

【辰染，你夠了哦！】姚茜茜洩憤的拉了拉辰染的頭髮，【再說睡，我哭給你看！】連睡覺都要控制她嗎！

【到牢房裡，睡。】

【……】

姚茜茜：【不睡！】

辰染：【睡。】

姚茜茜：【就不睡！】

辰染：【睡。】

【睡就睡，誰怕誰啊！】姚茜茜表示現在很生氣。

辰染滿意了。

姚茜茜氣鼓鼓的看著辰染微勾著脣角的模樣，心有不甘：固執的辰染！

【咦？】姚茜茜正生氣的快步往前走，突然覺得腳下踩到什麼東西，於是停了下來。

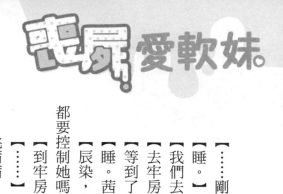

她蹲下身仔細一看，竟然是一支口紅，被鬆軟的泥土半埋在地裡。她在這裡並沒有看到女性啊！或許是哪個變態的？

【茜茜？】辰染站在前面，微歪著頭詢問茜茜。

姚茜茜趕緊隨手一扔，拍拍膝蓋上的土，拉起辰染的胳膊進到牢房裡了。

辰染正在討福利，舔舔舔。

突然，寂靜的月夜裡突兀的響起一聲淒厲的尖叫，瞬間姚茜茜就被驚醒了。

【辰染！】姚茜茜睜開眼的第一件事就是找辰染。她抓住他的胳膊，皺眉問道：【發生了什麼事？】

辰染臉色陰沉的望向門口。

【不知道。】

【有喪屍闖進來了？】

【不是。】

【辰染，你剛才聽到了什麼嗎？我好像聽到了尖叫聲。】姚茜茜覺得或許是自己在做夢。

【聽到了。】

【這個基地有古怪！】姚茜茜寒毛一豎。

一些被忽略的細節猛然湧現出來，到了基地以後，她沒有看到其他的倖存者！那個大放厥詞的中年男子每次看她的樣子都充滿了同情！

【我們得儘早離開！】姚茜茜不安的說道。雖然還沒看出什麼特別壞的端倪，但是這裡總給她一種不祥的感覺。

辰染思考了一下，覺得這裡真的不好，會被打擾，於是同意了，【好。】

【今天太晚了……明天我們找個搜索物資的理由，離開這裡。】姚茜茜摸了摸下巴說道。

【好。】辰染低頭嗅了嗅姚茜茜的脖子，非常滿意這個提議！

姚茜茜點點頭，繼續埋頭睡覺。

一夜無夢。

★※☆※★※☆※★

清晨，姚茜茜是被刺耳的集合鈴聲吵起來的，然後就聽到了整齊劃一的腳步聲和操練聲。果然是軍隊，起得就是早。

姚茜茜睡得有點腰痠背痛，辰染全身都硬邦邦的，她趴在他身上一點也不舒服。可是耐不住安心！總感覺只要在辰染身邊，就不用擔心任何傷害。即使喪屍在她身邊打呼嚕也不怕！

【辰染。】姚茜茜清晨傻笑。

【茜茜。】比陽光還燦爛的金色專注的看過來。

姚茜茜捶著腰，和戴著墨鏡的辰染一起到了牢房外面。

呼吸著新鮮空氣，姚茜茜伸了個懶腰。

「嘿，你們醒了？」保羅正在訓練隊伍，一看到辰染他們，立刻熱情的打招呼。

「看上去昨晚很激烈啊……」保羅曖昧的眨眨眼。

姚茜茜立刻放下插腰的手，做立正嚴肅貌，「早安，保羅！」接著向在場的指揮官布拉德，以及另一個隊長南森一一問好。

南森只是掃了一眼姚茜茜，沒說什麼；布拉德則抬手致意了一下。

姚茜茜眼尖的發現布拉德左臉有點微微紅腫。結合晚上的女聲尖叫，她竟然有了些聯想！她得找機會問問布拉德是不是結婚了。

姚茜茜和辰染看了一會士兵訓練。她覺得很無聊，想和辰染一起散散步，等著待會吃早飯。

上次親密接觸辰染的士兵正在做伏地挺身，眼角瞄到辰染的鞋子，趕緊站了起來，朝辰染他們搖著自己的上衣，打招呼。

「野獸男孩，和我來比一場啊！」

軍用背心下包裹的肌肉賁張的胸膛，墜著汗珠。在清晨的陽光下，清晰的看到汗珠慢慢沿著肌肉的線條滑動。

姚茜茜臉瞬間爆紅，趕緊別過臉去。

——非禮勿視！

辰染拉著姚茜茜的手一緊。他受到了嚴重的挑戰！伸手就把自己的襯衫一扯，露出蒼白又結實的上身。

對方隊員起鬨的吹口哨，還以為他應戰呢！而那個挑釁的士兵更是啐了口痰，做好了應戰的姿勢。

辰染看了一眼姚茜茜，發現姚茜茜猛瞧他的上身——他滿意了！然後森森然的看向這個敢挑釁他的食物，金色的眼中閃過危險的暗光。

可惜辰染戴著墨鏡，對方沒看到危險的訊號。

姚茜茜仔細觀察著辰染的上半身，一處處認真的看，沒有一點傷痕。

和那些士兵富有活力和彈性的身體不一樣，辰染的身體就好像是石刻上去的，更像是一個大理石雕塑——蒼白、結實、比例完美，卻毫無生氣。在陽光照射下，反著點點白光。

姚茜茜覺得她有必要擔心一下那個士兵，思考著如果他被撕爛了，他們要怎麼逃出去。

辰染慢悠悠的走過去，卻突然快速的撲向對方！

那士兵愣了幾秒，他覺得撲向他的不是人類，而是可怕的喪屍！他好像被暗色的死亡漸漸籠罩，臉上刷的褪去了血色。

辰染撲上去的時候，那士兵連抵抗都忘了，被重重的撲倒在地。

而圍觀的士兵們吹著口哨，保羅也樂滋滋的看著，誰都沒注意到被辰染壓在身下的士兵已經眼神渙散，四肢疲軟。

一切彷彿被放慢了很多倍，那士兵看著隊友們歡呼、手舞足蹈，而他卻只能聽到自己急促的呼吸聲，以及辰染張開嘴後從喉嚨裡發出的低喘。

就在辰染的牙輕輕刺到士兵脖子的時候，突然動作停住。

辰染猛的起身，看向鐵網外，嘴角輕抿。

圍觀的群眾都愣住了。歡呼聲、口哨聲剎那消失，大家都臉色凝重的望向外面。

觀察許久，什麼都沒有。大家鬆了口氣，再看向辰染。

辰染已經起身，退回了姚茜茜身邊。

姚茜茜擔心的上前幾步，捏捏辰染的胳膊，問道：【怎麼了？】

【茜茜，我去進食。】辰染將姚茜茜擋在身後，扭頭對她說道。

【附近來了強大的喪屍？】姚茜茜瞪大了眼睛。

【勉強入口。】辰染淡定的評價。

聽聞不太厲害，姚茜茜的心放下一半，她再也不想遇到上次那麼可怕的喪屍了。

那邊一陣吵鬧，姚茜茜奇怪的望過去，原來大家終於發現了被辰染壓的士兵不太對勁，竟然已經口吐白沫暈過去了。

於是這個士兵有了一個新外號，膽小的傑瑞……

姚茜茜趁亂，趕緊跑到保羅那裡，向他申請出去搜索物資。

「可以，沒問題。正好和大部隊一起去。」保羅頓了頓，又看著姚茜茜說道：「但妳就別去了，到時候還要分心保護妳。這和你們倆單獨在一起的時候可不一樣。妳在這裡很安全。」

「我也會殺喪屍……」姚茜茜有些心虛的辯解道。

「可是我要向兄弟們的生命安全負責啊。」保羅隱晦的暗示，姚茜茜去了會扯他們後腿。

【辰染——】姚茜茜捏捏辰染的胳膊，氣鼓鼓的指指保羅，無聲的告黑狀。

「茜茜乖，留在這裡。」辰染摸著姚茜茜的後背，安撫的說。

在辰染不太多的語句裡，這句說得最溜，而這句也最像詛咒。

只要一說出口，姚茜茜準要出事。

【辰染！】姚茜茜使勁的捏辰染的胳膊，神色急急的看著他，【不可以！我一和你分開就有不好的事發生！】

「就是啊，姚小姐就留在基地吧。」保羅幫腔道。別給他們添亂了。

姚茜茜狠狠瞪了保羅一眼，又乞求的搖著辰染的胳膊。

【茜茜不怕，妳一叫，我就回來了。】

【萬一回來晚了呢！】

【不會回來晚了。】辰染目光柔和的盯著姚茜茜，【不會讓茜茜流血，疼。因為如果茜茜流血，疼，這裡——】他指了指自己的腦袋，【比茜茜還疼一百倍。】

姚茜茜臉紅紅的看向辰染。

【這怎麼可能？那是幻覺。】

【不，非常疼。】辰染看著姚茜茜，認真的說。

姚茜茜抓著辰染的手，低著頭，看不清表情的點點頭，同意辰染獨自一個人前往了。

姚茜茜覺得，辰染的回答是——

最誠實的身體反應。

最誠實的大腦。

最誠實的回答。

吃完早餐，辰染顧忌到姚茜茜在這裡，便沒有單獨行動，而是跟著大部隊出發了。

那個挑釁辰染的士兵再也不敢出現在辰染面前。

姚茜茜擔心的望著坐在裝甲車車頂上的辰染，直到他們變成一個黑點消失。她垂下頭，不知道自己該做什麼來消磨辰染不在的時光。

「妳要不要洗個澡？」突兀粗啞的男聲響起。

姚茜茜抬頭一看，是另一個隊的隊長，南森。真奇怪，他竟然沒和隊伍一起出去。

「可以嗎？」姚茜茜問道，她倒是很想洗澡，「會不會麻煩？」

「不麻煩！妳跟我來！」說完，南森小熊似的爪子就抓住了姚茜茜。

「南森隊長！我自己走就行！」姚茜茜被那濕熱的大手一碰，寒毛都豎起來了，立刻想甩掉那個抓人很痛的爪子。

南森隊長突然猙獰的看了一眼姚茜茜；姚茜茜炸毛，動作一僵。

繼而南森隊長又擠出一個和藹的微笑，「我怕妳走得慢，跟丟了我。」

姚茜茜以為南森隊長長得壯，不苟言笑，是像《浴血任務》裡席維斯史特龍那樣的真漢子，結果現在看來，好像不是那麼回事……

姚茜茜踉踉蹌蹌的被拉著走，心裡猶豫是呼喚辰染還是不呼喚……

——看吧，果然辰染一走就出事！

不過，可怕的南森真的把姚茜茜帶到了一間浴室。是個單間，並且有門。南森還捲起袖子，有些笨拙的幫姚茜茜調好了水溫。

姚茜茜趁機問道：「南森隊長，指揮官有家室嗎？」

南森想了想，誠實說道：「家室沒有，女人倒是有一個。」

姚茜茜了然。

「妳快點洗，水源寶貴。我幫妳在門外守著。」南森說完，轉身出去了。

姚茜茜有點摸不準他了。她剛開始以為他是強姦犯，想趁辰染不在，做掉她！可是現在，好像真的是單純讓她洗澡……

他們好像不太熟吧，一共見過兩次面，怎麼這麼優待她呢？想到之前，她被路德維希強迫當小白鼠，也沒被這樣對待過呢……

事出反常必有妖……姚茜茜絕不相信自己有什麼女性魅力，可以吸引這個熊一樣的隊長。

而且好歹給她一條毛巾吧，難道是要讓她用內衣擦嗎？

姚茜茜在浴室門前躊躇了一會，覺得南森這麼個大男人在外面守著，她根本無法安心洗澡。

於是，她洗了把臉之後就出來了。

姚茜茜走到門前，禮貌的道謝：「我洗好了，真是謝謝你了。」

南森突然臉紅紅的掃了一眼姚茜茜，擺手，「不用謝、不用謝。」

「那我就不打擾你了，我先走了。」姚茜茜說完，腳底抹油，想開溜。

「不著急、不著急。」南森露出詭異的笑容，大力的抓住姚茜茜，「我帶妳去個好地方！」

姚茜茜馬上搖頭拒絕。她突然明白了，洗完澡，好辦事！還等什麼——

【辰染，救我！】

【茜茜。】

【辰染！】

【就來。】

【>.<】

姚茜茜本來很慌張，可辰染一回應了她的呼喚，她的小心肝立刻回到了肚子裡。她氣狠狠的盯著南森，「你快放了我！不然一會辰染弄死你！」

「小女孩，妳放心。妳的男人去得很遠，一時半會回不來。」

「那可不一定！」

「呵呵呵，他能不能活著回來都難說！」南森顯然沒打算在這件事上和姚茜茜糾纏，舔著嘴唇瞧了瞧姚茜茜的胸部，「不知道妳的男人把妳調教得怎麼樣……」

姚茜茜受不了對方那種侵犯的眼神，全身雞皮疙瘩直冒。長這麼大，她還沒被任何男人覬覦過，怎麼一來到這個世界，總碰到變態呢？真是一方水土養一方人吶……

七轉八轉的，南森拖著姚茜茜來到一個挺大的房間，兩旁全是牢房，中間有塊空地，空地上還擺著鐵索、皮套、鞭子、刺球之類的刑具。

刑具上面還有未乾涸的血跡。

姚茜茜看得小心肝一抖一抖的，警惕的盯著南森的一舉一動。

「聽說東方女孩都比較含蓄，我們先不玩大的。」南森臉上緋紅，腰間蠢蠢欲動。

「妳也別反抗，這樣大家都好過。一會妳男朋友回來，我就把妳送回去。」說完，南森猛的粗喘幾聲，迫不及待撲向姚茜茜。

「他已經來了。」姚茜茜沉聲說道。

「怎麼可能！」南森笑了，拉下姚茜茜捂眼的手，放在手裡捏了捏，「小胳膊還挺滑。」

沒等摸夠，南森突然一愣，察覺背後異樣，還沒等他反應，脖子就已經被掐住，而自己龐大的身軀也被大力的拎了起來。

南森凸著眼球，像隻缺水的魚一樣大張著嘴，卻發不出半點聲音。窒息的痛苦讓他不停的踢騰著懸空的雙腳，卻無濟於事。

姚茜茜一見辰染來了，趕緊捂著眼睛躲到他背後。

辰染真是噁心死了這些蒼蠅般弱小又揮之不去的食物，一而再、再而三的碰他的茜茜。這麼噁心的生物簡直不配存在於這世界上！

辰染的雙眼霎時亮成了妖冶的紅色，手中一用力，啪嚓一聲，對方的頭癱軟到了一側。

【辰染，他死了沒？】姚茜茜躲在辰染背後，閉著眼問道。

【嗯。】辰染輕聲應道。

【這個變態！】姚茜茜唾罵。

辰染丟垃圾似的把南森扔到一邊。轉身，他拿起姚茜茜被摸過的胳膊，放在嘴邊使勁的舔。

姚茜茜第一次看到辰染不同於人類的尖錐狀舌頭，好奇的看著。

【茜茜，妳不怕？】辰染邊舔邊問道。上次舔她還抵死不從的樣子，害得他只能等她熟睡了再進行。

【如果有傷口，就怕，成了喪屍就只能做辰染的食物啦。沒傷口，當然沒關係……】

【……】辰染突然覺得他浪費了很多時間！

【辰染的舌頭不一樣呢。】姚茜茜任由辰染把她的胳膊舔得濕漉漉，【像蜥蜴。】她試著用手碰了碰。

軟軟的！濕濕的！

這是辰染上上下下唯一軟軟的東西吧！

辰染立刻放開她的胳膊，拿舌頭纏住了她的手指。眼睛彎成月牙，他直直的盯著姚茜茜，舌頭卻一個手指挨著一個手指細細密密的舔，舔得津津有味，嘖嘖有聲。

都是口水……姚茜茜有點嫌棄的想。但看著辰染玩得不亦樂乎，她又不好阻擾。

——沒想到除了小狗喜歡舔人，辰染也喜歡。

姚茜茜笑咪咪的看著辰染，伸出另一隻手，踮起腳尖，摸了摸辰染的頭。

【我們快走吧。】姚茜茜抽出自己濕淋淋的手，正色的對辰染說。

辰染不依的追著姚茜茜的手又舔了一會。

姚茜茜堅決的把手背到了身後，她發現了，只要她不喊停，他能一直舔下去……

——好像一隻撒嬌的狗狗……

辰染覺得來日方長，這裡也不是辦事的地方，於是意猶未盡的瞇著眼舔舔嘴脣，【好。】

辰染說完，就抱起姚茜茜，從另一個方向出去。

剛走了一段路，就突然被牢房裡的聲音叫住。

「救命……請救救我們！」嘶啞無力的女聲。

辰染當然和來時一樣不予理會，而姚茜茜卻聽著有點耳熟。

示意辰染停下，姚茜茜從辰染的懷裡出來，小心的走進右側的牢房，但是卻被眼前的場景驚呆了……她匆匆的收了視線。

只見兩具雪白的軀體，一個被掛在牆上，一個匍匐著抓著門口的鐵欄。

多麼變態的傢伙才能這麼侮辱女性！簡直是女性的公敵！

【辰染，快轉身，不能看。】姚茜茜首先反應過來讓辰染迴避。

辰染抓住姚茜茜亂晃的手，掃了牢房裡一眼，他對這種食物已經厭惡到極點了，連眼神都懶得給，更不要說看了。

【好。】辰染乖乖的轉身。

姚茜茜這才放心的收回手。

姚茜茜對著牢房轉了好幾圈，對於這兩個人，她不知道怎麼辦才好。

「妳們不要怕，我馬上救妳們出去。」受到了這麼大傷害的女性，她怕說什麼都能引起她們自殺，於是正對著她們，只當沒看到那些傷害般的和她們說話。

「謝謝，謝謝妳。」對方感激的流著淚道謝。

姚茜茜叫辰染脫下上衣，她手上套著上衣，先幫她們摘掉刑具，再為她們擦拭。擦著擦著，姚茜茜看清了眼前這個女人的臉。

這不是拿槍射她腿的那位保鏢嗎？竟然被抓到了這裡！

那另一個……

「南娜？」姚茜茜不確定的問道。

兩人也因姚茜茜的問話，身子激動得抖起來。

「妳認識南娜？太好了！」另一位金髮女郎開口，「她被這裡的指揮官帶走了，現在不知道怎麼樣。都怪我……要不是我抵死不從，她也不會被帶走……」金髮女郎泣不成聲的說著。

姚茜茜嘆了口氣，看來這名女子是凱思琳。這兩人曾經丟下她獨自逃走，還為了拖延時間射傷她。姚茜茜認為她們現在遭遇的事簡直是報應。

姚茜茜整理好她們倆，深吸了一口氣，嚴肅的對她們說道：「可能妳們不記得我了。在路德維希的基地，妳們曾兩次想置我於死地，並且為了逃跑，射傷了我。」

本來已目露喜色的兩人，在聽到救她們的人竟然是她們得罪的人後，臉上立刻露出絕望的表情，哀求的看向姚茜茜。她們知道現在道歉已經沒用了，自己能不能得救，完全憑這個女孩的意志。唯一的希望眼看就要破滅，她們的目光灰敗下來。

姚茜茜沒理會她們，繼續說道：「我們那裡有句古話叫『報應不爽』。我想這句話是極其靈驗的。所以，既然妳們已經受到報應，我也就忘了我們之間的過節，救妳們出去。」

姚茜茜說完，哼了一聲，停了一會後又問道：「妳們還能走嗎？」

心情像剛經歷過搭雲霄飛車的兩人，呆呆的點點頭，恍神想著：她好像是要救我們？

姚茜茜雖然厭惡這對主僕仗勢欺人、自私自利、草菅人命，但是如果就這麼拋下她們不管，那她和她們又有什麼區別呢？

「那妳能不能救救南娜……」凱思琳試探的問道。

姚茜茜也願意去救南娜，南娜是個英姿颯爽的女軍人，她很佩服南娜，她不想南娜出事。

【辰染，能去救個人嗎？】她可沒能力救人，於是徵求辰染的意見。

【隨妳。】辰染根本不關心這些食物的死活，茜茜想去，他就陪她去。

姚茜茜高興的給了辰染一個大大的微笑。

★※☆※★※☆※★

他們先出了監獄基地，安置好主僕倆，又根據她們的提示，去找南娜。

在辰染超強感知的指引下，他們迅速的找到了布拉德指揮官的住所——一間看上去裝修得挺舒適的獄警司休息室。

辰染負責悄無聲息的弄死看守的士兵，姚茜茜悄悄的推門進去，卻發現門被反鎖了。

姚西茜使勁推了推，無果。

辰染想直接破門而入，姚茜茜趕緊阻止：【我們先躲起來查看一下裡面，不要惹出大動靜，省得南娜遭殃。】

辰染停下動作，靜靜的看向姚茜茜。

她喜歡怎麼做，他便怎麼做。

【我們去窗戶那邊看看。】獄警司休息的地方應該會有窗戶吧。

辰染抱住姚茜茜，輕巧的用指甲在天花板上劃出一個洞，和她一起鑽了上去。

窗戶離房頂比較近，辰染一手扒著頂沿，一手抱著姚茜茜，兩人悄無聲息的爬到窗戶上，光明正大的偷窺起房裡的情況。

床上的幃布半遮著，影影綽綽間，只見一個黝黑緊實的臀正埋在一雙白皙修長的大腿間，一下一下有力深刻的擺動著。

姚茜茜覺得自己的眼睛要瞎了。

【辰染，快閉眼。非禮勿視！】姚茜茜臉色爆紅的捂住眼睛，心裡尷尬到死。

辰染比姚茜茜感知得更加清楚，連對方歡愉又痛苦的表情、緊繃難耐的臉都看得分明，更別說那些挑釁的話語了。

姚茜茜不知道如何是好了，他們來晚了一步……

她急急的對辰染說：【我們快衝進去救她！】

辰染沒回話。

姚茜茜疑惑的拉了拉辰染，他不動。他專心致志的看著裡面兩人的動作，目不轉睛。

【非禮勿視啊辰染！】姚茜茜臉紅的教訓辰染，【這種事你好奇也沒用呀！你是喪屍，辨不到的。】

辰染沒理會姚茜茜，看著裡面軀體交纏到一起的食物，突然覺得口有點乾涸，下意識的伸出舌頭舔了舔姚茜茜的下巴。

姚茜茜摸著下巴上的水漬，炸毛！這麼關鍵的時刻，南娜需要他們，他們不能再耽誤了！

【辰染，快走！】姚茜茜又使勁推了推辰染，卻像推一堵牆似的紋絲不動，她急道：【這到底有什麼好看的！】

兩人推擠間，動靜著實太大了點，布拉德警惕的停下動作，摸出槍，小心走向窗戶。

正較勁的兩人只聽一聲槍響，辰染敏捷的摟住姚茜茜偏身躲開，窗戶上就多出了一個彈孔。

姚茜茜看到布拉德溜著鳥，拿著槍對著他們。她不小心看到不該看的，只覺得眼睛都要被刺瞎，噁心極了。

【辰染，這個暴露狂太可惡了！】姚茜茜惱羞成怒的向辰染告狀。

辰染也生氣了，他直覺認為，除了他的，其他不管是人類還是喪屍的下部器官，姚茜茜都不能看。

——都是這個食物的錯！

辰染如閃電般撲向布拉德，幾下就解決了他。

第七章

!

女主角鐵定有弄死別人的光環

辰染和姚茜茜迅速救出南娜，然後和凱思琳主僕兩人會合。

姚茜茜雖然深感帶著她們三人去東海岸會十分不方便，可又不想把她們丟在這裡。正當她提出帶她們三個一起走的時候，南娜她們卻拒絕了姚茜茜的好意。

「你們先走吧，我們還要留在這裡報仇。」南娜果決的說道。

凱思琳主僕也一臉堅毅，她們三個準備好槍枝彈藥，要給折磨她們的那些人一個終身難忘的教訓。

姚茜茜見她們主意已定，也不強求，向她們珍重告別，跟著辰染一起離開了。

走出去一段時間後，再也看不到那三人，辰染就揹起了姚茜茜跳躍急行。這是姚茜茜強烈要求的，她再也不敢讓辰染嘗試其他現代化的代步工具。

姚茜茜趴到辰染的肩膀上，深吸一口氣，擔心的望著監獄基地的方向，心裡祈禱她們平安。

【辰染，我們中午吃什麼？】姚茜茜百無聊賴的玩起辰染的頭髮。

【茜茜說。】辰染直視著前方，邊飛身跳躍邊回答。

【吃多了速食罐頭……我們找個農場之類的地方，自己做菜吃！】

【好。】

姚茜茜笑著扭了扭，還是和辰染單獨在一起的時候好，想吃什麼就吃什麼。如果不是為了去找女主角，她真的不願意再去人類領土。

【對了，辰染，監獄基地時你發現的那隻喪屍，吃掉了嗎？】

【吃了。】

【好棒，那辰染又要進化了嗎？】姚茜茜興奮的問道。

【不會，他的能量不夠。】

【辰染吃多少喪屍才能進化？】姚茜茜對這個很好奇，抱著辰染的脖子問。

【不知道。越強越有可能。】辰染想了想，回答道。

【哦……】原來辰染都不知道自己怎麼升級。

她趴在辰染臂頭，隨著辰染一上一下的跳躍，慢慢起伏，像在跳彈簧床，心頭在每次落下時都癢一下。風聲劃過耳際，兩人的頭髮在空中飛舞交纏，像嬉戲的蝴蝶般難捨難分。

姚茜茜把下巴枕到了辰染的肩膀上，雖然像大理石一樣硬，卻能保護她不受到任何傷害。辰染身上散發著淡淡的腥味，好像墓碑和泥土的味道，一點也不好聞。但是每次聞到這種味道，她就覺得特別安心。

【辰染，以後如果看到有人光著身子，要趕緊走開，知不知道！】姚茜茜閉眼趴了一會，突然想起剛才的事，紅著臉拉了拉辰染的頭髮，告誡道：【會長針眼！真的！】

【好。】辰染痛快的答應。他本來就對食物穿不穿衣服沒有興趣，他只是對他們做的事情有興趣！

姚茜茜滿意的點點頭，辰染只要答應就會守諾，她可害怕這些成年人把辰染教壞。要知道，她的辰染像白紙一樣純潔！尤其他也沒那方面的能力……知道還不如不知道來得幸福！

夏天正午的太陽曬得姚茜茜有點懵，全身要被曬熟了似的。於是找農場的事暫時擱置，兩人先找了河流樹蔭，稍作休息。

「辰染，我們來捕魚吧！」姚茜茜拎著鞋子，興奮的指著河水裡的小魚說道：「這樣一會就可以吃烤魚了～」

姚茜茜挽著褲子下了水，毫無預警的突然朝岸邊的辰染一潑。辰染立刻被淋了一身，他呆呆的看著姚茜茜。

姚茜茜哈哈大笑。

辰染抿著嘴沉默了一下，手虛空的推起一道水牆，就砸到了姚茜茜身上。霎時，姚茜茜被潑了個透心涼，成了落湯雞。

姚茜茜還保持著扠腰大笑的動作，接著吐出幾口水。她震驚的看向辰染。

——可惡！居然來真的？太欺負人了！

姚茜茜恨不得現在自己會點異能什麼的，掀起一道巨浪，可惜她只能用手不停的潑。辰染回推。

幾次下來，姚茜茜就受不了的怒吼道：「嗷嗷嗷，這不公平！辰染你住手！」

「笨茜茜！」

辰染的嘴角像上了發條的機器人一樣抽搐了幾下，突然露出一個大大的笑容。

這一幕，立刻讓站在河裡的姚茜茜看呆了。

簡直像是沒有生氣的雕塑突然變成了人的感覺！

正午耀眼的陽光都比不上他現在眼睛裡驕陽般金色的光彩，黑色的長髮柔順的隨風輕輕飄蕩，臉龐被地面上升騰的熱力蒸發得有些朦朧，光線在他的髮際間形成零散交疊的圓色光片。

靈動又耀眼……

像森林裡的精靈……

姚茜茜可恥的發現，自己的心跳突然加快了幾下。

「辰染……」姚茜茜假意咳嗽，「你是人類的時候，一定很受歡迎。」背過身臉紅。

辰染好奇的體驗著姚茜茜現在微妙的感情。突然覺得胸口暖暖的，像是有什麼在跳動似的，但是他撫上去後，卻又空空如也。

辰染茫然若失的望著姚茜茜。

姚茜茜背對著辰染，低頭羞澀的盯著水面，一團黑色水藻似的模模糊糊的東西漸漸浮現在面前，她皺眉仔細的觀察，那東西的輪廓越來越清晰的浮現……

待姚茜茜看清楚，立時慘叫的撲向辰染，「嗷嗷嗷嗷！」

竟然是一個青白色、緊閉眼睛、雙唇褶皺的女人臉……

——這該死的世界，玩個水都要出人命！

姚茜茜委屈的窩在辰染懷裡乾嚎。

驚嚇過去之後，姚茜茜不是那種見死不救的人，她央求辰染把那個女人撈上來，有氣就告訴她，沒氣就算了。

等辰染把對方撈上來，姚茜茜又覺得對溺水的人做人工呼吸，似乎就有活的希望。但是讓她口對口來接觸，她可沒那麼大的勇氣。

不過，一看清楚救上來的人，姚茜茜驚訝道：「安琪？」

竟然是熟人！

鑒於安琪救過她的命，她趕緊靠近安琪，壓了壓安琪的肚皮，希望這樣做她就能醒來，不用自己再口對口人工呼吸了。

在姚茜茜如此草率的救治中，對方竟然奇蹟般的醒來了。

「……這裡是？」安琪艱難的轉了轉眼珠，疑惑的看向姚茜茜，覺得眼前的人有點眼熟，又問道：「我們是不是見過面？」

「是的。」姚茜茜滴汗，原來對方只當她是點頭之交啊，「我們一起在基地待過，妳還救過我的命。」

安琪聽完，露出一個恍然大悟的表情。

「這裡是哪裡我也不知道。」姚茜茜繼續誠實的回答，「我們剛好在這裡休息，看到妳溺水，就救妳上來了……」

沒等姚茜茜說完，安琪就好像突然想起什麼似的，無聲的流下了眼淚，喃喃道：「為什麼要救我……」

聽完這話，姚茜茜臉一黑，敢情人家是自願投河？

她覺得很奇怪，有那麼一個強力喪屍保護，安琪為什麼還要尋死？不過，她是個尊重別人選擇的人，也不願多問對方的私事，於是有些歉意的說道：「不好意思啊，我們當時不知道。妳看，妳是再跳一次，還是？」先湊合著活著。

「不不不，對不起，我應該謝謝妳。」安琪勉強的笑了笑，「謝謝妳救了我。」

「不客氣……」姚茜茜也勉強笑著回應，心裡抓狂道：一點也沒有救人的喜悅！對方臉上的笑比哭還難看！

「我們正要吃魚，妳也吃點吧。」姚茜茜不知道剛獲救的人應該吃什麼，但是吃些東西總是沒錯。

「謝謝。」安琪虛弱的笑著答應，頭卻扭到一邊，兩眼焦距漸失，好像陷入了什麼不好的回憶裡。

姚茜茜嘆了口氣，如果自己想死，卻被人傻傻的救了，估計也很難過。於是，她看了辰染一眼，辰染順從的去河裡撈了條魚上來。

拿著活蹦亂跳的魚，姚茜茜才發現她缺少野外炊具……和辰染逃出來的時候，什麼都沒帶。她只好又讓辰染跑腿了，到最近的便利商店取了一大堆沙丁魚罐頭……

這也是魚對不對！

姚茜茜笨手笨腳的餵了安琪幾口，安琪就表示飽了。

姚茜茜驚訝安琪吃得少，卻後知後覺的想起來，說不定人家肚子裡有好幾條魚了，還要人家吃，這不是存心整人嗎？

——自己果然笨手笨腳，連腦袋都不大靈光……一_一|||

姚茜茜默默的就著水吃光自己的那一份，然後把剩下的罐頭全堆到安琪身邊。

「只有魚了……都留給妳吧。妳是要留在這裡呢？還是？」姚茜茜以為安琪和那隻喪屍走丟了，她可能願意在原地等，而不是和他們一起行動。

「你們快走吧！我只會給你們招來厄運。」安琪自暴自棄的搖著頭，淚花四濺，枯枝敗葉沾得她滿頭都是。

姚茜茜心裡越發覺得奇怪，她上次就發現安琪和那隻喪屍相處得不大愉快，難道這次又吵架了嗎？

「快走！他不知道什麼時候就找到我了……」安琪強迫自己坐起來。

姚茜茜一看，趕緊扶住顫顫巍巍的安琪，心裡浮現出一個念頭：可能安琪並不喜歡和藍眼喪屍在一起。

——難道那隻喪屍欺負她了嗎？

這個想法讓姚茜茜異常憤怒，在經過監獄基地的事情後，她對欺負女性的男性或者男喪屍都抱有最大的惡感。

於是，姚茜茜豪氣的拍拍胸脯，對安琪保證：「沒關係，一切交給我們，我們會保護妳。」她又看看沉默不語的辰染，趕緊指著辰染補充道：「他會保護我們的！」

安琪匆匆掃了一眼身材高大、臉龐俊美的辰染。因為辰染的外形已經和人類沒有太大分別，安琪自然的把辰染當成人類，她以為他就是個武技超群的普通人，她不想拖累他們，只好咬著嘴脣使勁搖頭，「不行，那個人不是……」

沒等安琪說完，就聽辰染突然爆出一聲嘶吼，一個穿著破爛衣服的喪屍突然撲向她們這裡，但是辰染更快的把他撲倒在地。

姚茜茜趕緊拉著安琪躲遠。

等姚茜茜看清楚來的喪屍是藍眼喪屍後，就轉頭對安琪說：「還是那隻喪屍啊！看他的樣子滿擔心妳的。你們是不是吵架了？」

安琪怔愣的看著姚茜茜，覺得她說的話有點古怪，「喪屍擔心我？吵架？」人類和喪屍不是天敵嗎？為什麼她會用這麼人性化的詞語形容對方？

「是呀，我上次看你們之間的關係就不大好，是不是有什麼誤會？」姚茜茜繼續說道。

安琪好笑的冷哼一聲，嘲諷道：「我和喪屍之間能有什麼關係？不過是你死我活罷了。」她很氣惱姚茜茜的用詞，好像她和這隻喪屍有染似的，他可是殺了她的所有親人和她的未婚夫！

看著姚茜茜一臉呆愣反應不過來的表情，安琪又覺得姚茜茜是被保護得太好了，有那麼一個強大的男友保護，才會對喪屍懷有人性化的感覺，於是又說道：「喪屍就是一群行屍走肉，他們吃人，傳染人病毒，滅絕人類。身為一個人類，應該以消滅他們為己任！」

「……」姚茜茜無言以對的看著安琪。

安琪的表情很認真，她是真的這麼想。她恨不得藍眼喪屍此刻就死在這個強悍的男子手上。可是辰染右手突然變幻出來的武器以及他的嘶叫，讓安琪疑惑起來，她越看他越不像人類。

「妳的這個男友怎麼了？」安琪臉色難看的對姚茜茜說道，她心底有個不好的猜測。

姚茜茜礙於安琪對喪屍的厭惡，沒敢說辰染其實也是喪屍。現在既然安琪猜出來了，她也實話實說：「他其實不是我的男友，他和妳碰到的那個喪屍是同族。」

「他也是喪屍？可他的樣子？」安琪不敢置信的問道。

「妳沒發現辰染……哦，就是和妳那位正在撕扯的喪屍，他沒有瞳孔嗎？他可能比妳那位進化得高一點，或者方向不一樣？」姚茜茜不太確定的說。

「他們還會進化？」安琪震驚在原地。

「當然了……吃掉對方就能進化！」姚茜茜使勁的看了看藍眼喪屍，發現藍光閃過，「這藍色眼睛代表什麼等級呢？」

她只知道當初認識辰染的時候，他的眼睛是紅色；在路德維希的基地，她看到有心智的路易也是紅色眼睛。這說明紅色應該是比較低的等級。而她和辰染曾經遇到的金色眼睛喪屍，明顯段數很高，辰染吃完後直接進化了。之後辰染吃了很多喪屍，卻沒啥變化，更能證明那隻金色喪屍可遇不可求。可是藍色，她至今為止沒見過。

「妳和一隻喪屍在一起？」安琪眼神晃動，像看怪物一樣看向姚茜茜。

「妳不知道嗎？喪屍吃人殺人啊！即使是進化的、有心智的喪屍！」安琪咬著牙，終於又忍不住的流下眼淚。

「……那是當然的了……」姚茜茜無語的回答，「在他們眼裡，人類只是食物的一種吧。」還應該是被嫌棄的那一種……

安琪痛苦的低泣，「他殺了我的朋友、我的戀人，和我的父母！」

「那是因為他在乎妳吧。」辰染也沒少弄死她身邊的人。

「他在乎我？」安琪拔高了聲音，「我跪著求他，請他不要殺我的爸爸媽媽！他根本不聽！這叫在乎我？」

「就是這樣！辰染也不聽話！」姚茜茜感覺自己突然找到了有共同語言的人。

安琪驚痛的捂著嘴，一臉傷心難過，好像辰染弄死的是她親人似的。

但是姚茜茜顯然沒她那麼在乎這裡人類的生死存亡……

「你們之間一定有什麼誤會。辰染從來不濫殺人類，他們的食物是其他高級喪屍，並不是人類。而且最起碼他保護妳。」姚茜茜覺得安琪的反應有點激烈，趕緊補充道。

隨後，姚茜茜拍了拍安琪，用手幫她抹了抹眼淚，安慰道：「妳看，生氣只會傷害自己，趕緊和好吧。」

「和好？」安琪再次拔高音調，不敢置信的看著姚茜茜，「怎麼可能！他是我的殺親仇人！他讓我失去了所有！我一輩子都不會原諒他。我恨不得他現在立刻就去死……」眼淚再次流了下來，她的眉宇間全是不能訴說的苦痛，失去至親至愛是那麼的刻骨銘心。

這次姚茜茜徹底說不出安慰的話來了。

到目前為止，辰染殺過不少人，可她真的沒太多記憶了。在這世界上，她既沒親朋好友，也沒兄弟姐妹，甚至對這世界都存在著隔閡——她只是稀里糊塗的被強迫穿越到一本小說裡。

對方的痛苦，她一點也體會不到。

但是如果辰染出了什麼事，那種痛苦她可不想體會第二次。

姚茜茜瞪大了眼睛，她突然明白她們之間的不同——她，只有辰染。而對方，擁有的太多，所以失去的也多。

試想一下，如果她是這個世界上的人，必定會有對她重要的人，也會對這個世界充滿歸屬感，而辰染是認為除了她以外的全是食物，到時候會是什麼樣的局面，眼前的這個女孩簡直是寫照。

不由得，姚茜茜有點同情她。被喪屍看中，果然是一件極其悲慘的事。

姚茜茜不知道該說什麼好了，「正好我也期望辰染贏，妳希望那隻喪屍去死，我們在這件事上的意見還是一致的。」她扯了扯嘴角，笑。

安琪垂下頭，頭髮在她眼部留下一道陰影，她並沒有應和姚茜茜的話。

兩隻喪屍都很強大，身形似影，絞殺在一起，而且同樣擔心會波及到不遠處觀戰的兩位，都不約而同的把戰線拉遠。

姚茜茜看得眼花，也分不清哪個是辰染，哪個是藍眼喪屍。戰了好久也沒分出勝負，姚茜茜索性和安琪攀談起來。

「你們是怎麼認識的？」

「在被喪屍追殺的時候。」

「我也是！那……他也會讀心嗎？」

「呃……」安琪遲疑了。

「不會嗎？」姚茜茜好奇的問。

「不，剛開始會，後來、後來他說他聽不到了……」

「怎麼做到的？」姚茜茜覺得自己有必要學習一下！

「我也不知道。」

姚茜茜失望的垮下肩。

「妳和他關係很好？我是說，辰染？」安琪試探的問姚茜茜。

「是啊，沒有辰染，我早死啦！」姚茜茜聳聳肩，「不過我比妳幸運，我沒有父母和兄弟姐妹，也沒有朋友。認識辰染的時候，獨自一人。」

「對不起。」安琪道歉。

姚茜茜無所謂的擺擺手，「我想他們在另一個世界，活得不錯。」

那個世界沒有瘟疫、災難和喪屍。這麼說來，比起在這世界上，失去了她卻活在另一個世界裡的父母還是幸福的呢！

「辰染對我來說，就像是長到了一起的草莓。」姚茜茜歪頭比喻道：「往哪咬一口，都是兩個人一起痛！」

「他長得可真像人！」安琪仔細的回憶一下辰染的樣貌，她只匆匆看了幾眼，卻記得是一個高大英俊的黑髮帥哥。

「……還好吧。」姚茜茜不知道怎麼解釋，辰染是因為碰到了一隻像人的喪屍，吃掉後才像人的。

姚茜茜摸著下巴回想，說起來，剛開始辰染活脫脫就是一隻喪屍啊！青面獠牙的，她怎麼就一點也不嫌棄的抱著不放呢？

安琪的黑色捲髮濕濕的貼在臉龐，眼睛像泰迪熊那般又圓又黑。姚茜茜想想自己，難道喪屍的審美觀就是黑髮黑眼？

那些痛失親人和戀人的創傷，讓安琪的眉宇間多了一份堅強，姚茜茜看著也覺得心疼。她真的希望安琪和藍眼喪屍之間的誤會能解開，因為她能感覺到安琪是個溫柔善良的女孩，她希望他們的關係能更好一點。

看著安琪垂落在臉上的頭髮，姚茜茜忍不住伸手幫安琪把濕髮攏到耳後去。

可是不幸的事情發生了，姚茜茜的手還沒碰到安琪，突然被一股大力帶出去很遠！等她反應過來，那隻藍眼睛喪屍已經面色猙獰的一手抓住她的脖子了！

「咳咳咳……」

那力道絕對是想讓她早死早超生。

姚茜茜死命抓扯著藍眼喪屍青黑色的手腕，雙腿亂踢。

這隻喪屍也太聰明了，知道對付她。

【辰染……】

辰染金色的眼睛裡爆出了紅光，極快速的飛馳而來，左手在抬起的瞬間化成利刃，硬生生斬斷了藍眼喪屍掐著姚茜茜的手。

姚茜茜覺得力道一鬆，趕緊把斷手從脖子上拔下來，摸著自己的脖子，痛苦的咳嗽。

藍眼喪屍扶著斷腕，朝辰染嘶吼著。而辰染不予理會，緩緩俯下身，檢查了下姚茜茜的脖子後，才站起來，金色的眼睛像結了一層冰，而那璀璨的金色卻在冰層裡燃燒起來。

兩人又戰在一起，這次卻是飛沙走石，周圍的氣流都混亂扭曲成了漩渦，明顯是要以命相搏。

姚茜茜看看藍眼喪屍血淋淋的後背，再看看他被斬斷的手。難道是因為她對安琪的舉動，才招致他的攻擊？只因為她靠近安琪，這隻喪屍就能放棄攻擊，不顧一切的殺死她？即使遍體鱗傷，也要保護安琪……

姚茜茜突然覺得這隻喪屍好可憐……明明捨命的去保護對方，可對方卻是深沉的恨著他。

唉……跨物種的虐戀情深！

重傷的藍眼喪屍已經無力和辰染再戰了，何況還是狂暴化的辰染。

辰染一嘴就撕扯掉他肩膀上好大一塊肉。雖說他們無痛感，可藍眼喪屍還是爆出了低吼，卻掙脫不開辰染。

也許他們的血肉就是他們的生命力。吃掉對方的，獲得生命力；被吃掉，失去生命力。

藍眼喪屍的低吼很快變成了絕叫。

那場面太過驚悚，因為不管吃得多麼血肉模糊，只要腦子還在，這傢伙就能撲騰……

姚茜茜不忍的轉過頭，卻驚訝的看到安琪眼睛一眨不眨的死死盯著被壓在地上的藍眼喪屍。

她不明白安琪眼中閃著的複雜感情是什麼。也許是不想讓他死？也許是在對方臨死前終於察覺到了，如果沒有他，自己活不了這麼久？還是希望他早死早超生……

藍眼喪屍似乎感受到安琪炙熱的目光，突然朝她們這邊看了過來。

姚茜茜察覺到威脅的視線，驚嚇回頭，那雙像藍寶石一樣晶瑩的眼睛就砸進了她的腦海裡，那絕不是死前最後一眼的溫柔。

因為那隻喪屍在盯著她！

她感覺要出事！出大事！

姚茜茜警惕的注視著戰局，害怕他又像剛才那樣，突然來個「弄不死他就弄死妳」的悲劇。

不過辰染這次也很聰明，察覺到這傢伙要圖謀不軌，喀嚓一聲，先把他另一隻手掰下來，扔出去。

姚茜茜嚇得往後一躲，那隻斷手直直的躺在泥土地上，長長的青黑色指甲僵直的攏合在一起，各個鋒利，在陽光下還反射著點點黑光，像豎在陷阱裡的刺刀。

雖然是殘肢，卻也是個大凶器，姚茜茜有些膽寒的往後退了退。

姚茜茜只顧著盯著藍眼喪屍，卻沒發現在她身後不遠處慢慢浮起來的喪屍斷手。

也許誰都不會想到，藍眼喪屍可以不逃走，也要弄死姚茜茜。

安琪不知道為什麼，她的腳自己有意識的動了。在看到姚茜茜和辰染的相處之後，她才知道竟然有人類不知羞恥的和喪屍為伍。

——反正姚茜茜沒有父母姐妹，死掉的話，也不會有人傷心。

——沒有那隻喪屍，她也早就死掉了吧。

——那麼現在，我，安琪，就來修正姚茜茜本來的命運吧！

安琪近乎偏執的正義感，讓她緩緩的走到姚茜茜的背後，她想將姚茜茜推進湖裡，然後和她一起淹死。

在決定行動之前，安琪還是猶豫了。看著姚茜茜不設防的背後，她退卻了。

這是一個活生生的人，而不是喪屍。

「辰染……」

姚茜茜吶吶的低叫出聲，顯然是和辰染在進行心靈交流。

安琪覺得自己的身子突然不受控制的往前一衝！

幾乎同時，辰染放棄啃食，猛的起身，幾道殘影閃過，他已經將姚茜茜攬在懷裡，飛離了那兩隻斷手的攻擊範圍。

安琪失去重心的向前撲倒。

於是，悲劇發生了——

偷襲的手，和掉落的手，一前一後的刺入了安琪的胸膛！

瞬間，安琪的嘴角就流出鮮血。她倒在地上，身體不停抽搐著。

姚茜茜捂住嘴，她猜到藍眼喪屍對她圖謀不軌，可沒想到他竟然還能控制自己的斷肢！

……是安琪救了她？

「辰染……」姚茜茜在辰染的懷裡抬頭，看向他的側臉。剛才嚇死她了，只覺得眼前一花，一陣天旋地轉，待反應過來，她已經在辰染懷裡。

她看著辰染，平復心跳。

「茜茜，好害怕。」辰染第一次用姚茜茜覺得呼吸困難的力道箍緊著她，然後低頭看她。驕陽般的眼睛好像瀰漫上了一層薄霧。

「有辰染在，我不怕！」姚茜茜安心的仰靠到辰染身上，抓著他摟住她腰的緊繃的手臂。

「茜茜，我好害怕。」辰染輕輕嗅了嗅姚茜茜的髮頂，伸出舌頭胡亂舔著。

姚茜茜一怔，「辰染？」她疑惑的看向他。

然後被迎面舔了滿臉口水。

多麼慌不擇路的舌頭啊！姚茜茜摸了一把臉，趕緊低下頭，抿起嘴。

辰染低下頭，弓著身子，把姚茜茜緊緊的裹進他的懷裡，不留一點空隙。

他真的無法想像，如果現在躺在地上的是茜茜，他會變成什麼模樣。他從來沒像現在這樣清楚的意識到，茜茜是他唯一的、絕不能失去的存在。

她屬於他，她所有的一切都屬於他。

「辰染，不要怕。」姚茜茜拿頭蹭了蹭辰染，想了想，安慰他道：「我不會讓自己再踏入險境，永遠在辰染身邊，絕不分開。這樣就不會遇到危險啦！」她只能如此保證，她倒想讓自己像末世小說裡的主角那樣，擁有異能，開天闢地。這樣她不僅能保護自己，也能保護辰染。

可是，姚茜茜覺得上天賜予她的已經太多了。她大概永遠不會像辰染那麼厲害，但是她會盡量保證自己不任性、不輕率、不輕易的相信他人，也不輕易救人、接觸人，避免為辰染和自己帶來危險。

辰染凝視著姚茜茜憨憨的笑容，眼神像慢慢融化的溪流，輕輕的、小心翼翼的、像蝴蝶般的，舔過她的嘴角。

姚茜茜一僵，摸著嘴角嘆氣，這一點半點的，應該不會被感染吧……

姚茜茜無奈，安撫的回吻了辰染的臉頰。

一觸即離，輕輕柔柔的，卻讓辰染呆立當場。

那溫暖、濕潤、柔軟的觸覺，讓辰染的腦子都要沸騰了。

辰染發瘋似的伸出舌頭亂舔姚茜茜。他也不知道自己想要什麼，但是此刻他一點也不因姚茜茜的回吻而滿足！如何也無法滿足！

姚茜茜黑了臉，被舔得滿頭滿臉全是口水，喪屍的口水啊！她只能緊緊的閉著眼、抿著嘴，心裡大喊辰染停下來！

與辰染這邊溫馨的畫面不同，那邊失去了安琪的藍眼喪屍，藍寶石般的眼睛沒了光澤。他艱難的爬到安琪的身邊，哀傷的撫摸著安琪的傷口。

他還是殺死了她……親手殺死了她……

他將臉埋進了安琪的頭髮裡，狠命的嗅她身上的氣息，好像這樣做，就能讓她活過來一樣。

等姚茜茜終於掙脫了辰染的亂舔後，擔憂的看向安琪，發現藍眼喪屍竟然爬到安琪身邊，他的身後有一條長長的血道，凝固的黑色的血塗灑了一路。

姚茜茜深深內疚的看著這悲傷的一幕。安琪為了救她，死在藍眼喪屍的手裡。而她到現在為止，還無法遏制心中的那份慶幸，不是她在哀悼辰染的死亡，或者是辰染哀悼她的。

【辰染……】姚茜茜雙眼含淚的看向辰染。

辰染垂著眼瞼，望著那隻喪屍。

他殘肢斷臂、遍體鱗傷，胸前露出森森白骨，狼狽的抱著失去溫度的屍體。

這幅畫面永遠印進了辰染的腦海裡，比什麼都深刻，在每分每秒裡提醒著他，稍有差池，這就會成為他和茜茜的結局。

姚茜茜忍不住驚訝的低叫一聲，藍眼喪屍的眼眶裡竟然在源源不斷的湧出紅色的液體。

他在哭泣。

用人類的方式。

姚茜茜轉身，把頭埋進辰染懷裡，默默不語。

——如果我們能在一起的幸運，是用別人的不幸換來的……

——那……還是讓別人繼續不幸吧！

可是眼淚，卻像不受控制一樣的掉下來。

辰染輕輕撫著姚茜茜微微顫抖的背，卻冰冷肅殺的看向藍眼喪屍。

藍眼喪屍也抬起他紅痕交錯、像小丑一樣的臉，望向辰染。他輕蔑又瘋狂的對辰染笑了笑，好像在說：終有一天，你們也是如此下場。

電光石火間，辰染放開姚茜茜，撲向了對方。

藍眼喪屍所在的地方突然暴起一陣煙霧和亮光，辰染想到的第一件事就是再次將姚茜茜護在懷裡，遠離那光亮。

姚茜茜卻看得分明——是閃光彈！果然現在喪屍都用高科技了……

等辰染再去尋對方，卻沒了蹤影，也感受不到對方的氣息了。

辰染死死的皺著眉，巡視著四周。

姚茜茜知道這裡不宜久留，藍眼喪屍並沒有帶走安琪的屍體，那麼安琪一會就會變成喪屍，安琪一定不喜歡這樣。可是跟辰染商量，要割下安琪的頭，她又覺得太殘忍了。

索性，姚茜茜讓辰染幫她炸出一個大坑，趁安琪還沒變化之前把她埋了，也算是仁至義盡。

姚茜茜發現安琪脖子上有條掛著水滴造型的項鍊，一按水滴上的凸起，竟然能夠打開，裡面有一張年輕男人的照片……八成是安琪的戀人。

姚茜茜猶豫了一下，還是把這條項鍊取了下來。

如果連思念的東西也沒有，不知道藍眼喪屍是會忘記安琪，還是發瘋？

姚茜茜覺得他們和藍眼喪屍還是有相遇的一天，畢竟從某方面來說，他們也算是仇人了……

把安琪放進坑裡，填好土，姚茜茜找了塊石頭放在上面，想了想，她拿辰染的爪子在石頭上刻了幾個漢字——

永失我愛。

她覺得如果那隻喪屍有感情的話，一定會這麼想。

然後她把墓主人的名字刻在了下面。

生前，他的感情無法被成全，那麼在對方死後，好歹留下點什麼吧。

姚茜茜在墓前拜了拜，站起來，堅定的拉起辰染的手，認真的說：【我們去找間超市！】

那條項鍊提醒姚茜茜，她得留下點什麼，哪怕有一天她真的不在了，辰染還會記得她曾經存在過！

★※☆※★※☆※★

姚茜茜讓辰染帶她找到一間超市。

【就是這個！】她指著超市大廳裡的大頭貼販賣機，【不知道還能不能用……】

姚茜茜湊過去一臺一臺的擺弄，驚訝的發現竟然有電！

這裡應該有個小發電機，姚茜茜摸著下巴想。就像原來她去銀行領錢，正趕上那裡停電，結果人家叫來了一輛發電機車，銀行照樣能正常運作。

給她的感覺，好像有人在這裡生活似的。

不管那麼多了，她的目的只是大頭貼！

【辰染快過來。】姚茜茜把辰染拉進大頭貼機裡。

辰染彎腰進來，疑問的看著姚茜茜。

【看前面。】姚茜茜指著前面的螢幕說。

辰染順從的看著前面，發現上面竟然有他們兩人的影像。他正要伸手去摸，一陣強光閃過，辰染一把抱過姚茜茜，警惕的環視四周。

【辰染不要怕，那只是閃光燈。】姚茜茜在辰染懷裡掙扎著解釋道。

辰染翻了翻姚茜茜的記憶，這才放下心來。

姚茜茜覺得留下來做紀念的大頭貼就要溫馨些，於是她拉拉辰染的頭髮，讓他彎下腰，正對著螢幕，而自己側吻上他的臉頰，按下了拍攝鍵。

結果照片印出來，姚茜茜發現辰染伸著長舌頭回舔她下巴的動作在畫面上留下了很多道殘影，就好像辰染在搞怪的張大嘴巴。

姚茜茜挺滿意的。

她又從一樓的金飾專櫃裡找了一對金錶，上面繡著秀麗的維多利亞小花紋。她就喜歡這點！所有的奢侈品像地攤貨一樣隨便拿！

姚茜茜把大頭貼放進去，裱好，幫辰染戴上，然後告誡辰染要隨時隨地戴著！

辰染好奇的不停打開、又闔上，然後看著他和姚茜茜的照片，發呆。

姚茜茜看著辰染專注的樣子，會心一笑。她上前環住辰染的腰，說道：【希望我們永遠在一起，再也不分開。】

「不分開。」辰染回抱住姚茜茜，低下頭，目光溫和的將臉埋進她的頭髮裡。

姚茜茜閉上眼，這一刻，她焦慮的心情才慢慢平復下來。

「那邊的先生小姐注意了，打擾一下你們的親熱。」一超市裡的擴音器突然響起了聲音。

姚茜茜被嚇得差點扔掉自己那塊錶。

擴音器裡響起一聲口哨。

辰染彎著身，享受的趴在姚茜茜的胸上。姚茜茜警惕的盯著牆上的擴音器，開始四處找監控設備。

「我們倒是不介意看你們親熱啊。不過，這裡是我們先占領的。限你們倆十分鐘內出去，否則別怪我們不客氣。」

姚茜茜知道這裡是別人的地盤後，二話不說，拉著辰染就走。

辰染一直戴著的墨鏡，早在跟藍眼喪屍戰鬥的時候不知所蹤，姚茜茜只好趕緊告誡：【辰染，低著頭哦。別被他們發現你的眼睛！】

【好。】

走著走著，辰染就上前幾步，抱起姚茜茜，飛身出了超市。

剛出超市，他們就聽到身後幾聲槍響，辰染敏捷的躲過，姚茜茜立刻看到地面上多出幾個冒著煙的彈孔。

只見一個拿著狙擊槍的身影站在超市頂樓上，抽著菸，上著子彈，朝他們射擊。

辰染快速隱沒進對面的小巷裡，對方這才停止了射擊，卻沒有要走的意思，一直在觀察他們這裡的情況。

原來對方把他們趕出來的原因，是為了開槍打他們……

大家真的是越來越冷血了！

辰染冰冷的瞥了超市方向一眼，仰頭嘶吼一聲。

很快的，喪屍從四面八方湧向了超市。剛開始姚茜茜還能聽到此起彼伏的槍聲，後來斷斷續續，最後一點聲息也無。

姚茜茜托腮想著，或許對方遇到他們也算倒楣……

★※☆※★※☆※★

辰染繼續抱著姚茜茜前行，其實比起乘坐交通工具，辰染還是喜歡抱著姚茜茜！可是姚茜茜就不這麼想了，抱一會她就全身又麻又痠，而且風餐露宿的，下午的太陽也很毒！

姚茜茜堅決要找輛汽車代步。

辰染則覺得汽車還沒有他快，不同意。

【但是汽車有蓋子！你看我的胳膊曬得都出斑了……】姚茜茜舉著胳膊給辰染看，【臉也黑了一圈！】

辰染皺著眉說道：【都聽我的。】

【汽車也不慢了！還可以當我們移動的小家！】姚茜茜辯解道。

【家？】辰染覺得這個詞很陌生。

【就是兩個人在一起生活、居住的地方。】姚茜茜對家的概念也很模糊，想了想解釋道。原來有爸爸媽媽的地方就是家，現在有辰染的地方，就是她的家。

【我當媽媽！】辰染強勢的宣布。很久以前，他就想這麼做了！

【……】姚茜茜無語的看著辰染，她也不知道要如何解釋他不能當媽媽這麼高深的事情。

【快叫我媽媽。】辰染抓著姚茜茜的胳膊，額頭頂額頭的要求道。

【不要。】姚茜茜推開辰染，頭側到一邊，岔開話題：【我們快去找輛車。】

辰染倒是沒再阻止姚茜茜找車的動作，但是一路上不停的要求姚茜茜叫他媽媽。

姚茜茜不理他，沒多久終於找到了一輛插著鑰匙並且有油的車，只不過裡面有兩隻喪屍，可是她不怕。她豪氣的打開門，把手指往旁邊一指，裡面的喪屍看到她身後的辰染，像老鼠見了貓一樣，看都不看她一眼的飛一般的逃竄。

稍微清理了一下車內，姚茜茜推辰染坐上副駕駛座，自己坐駕駛座，把車門一鎖，出發！

【叫媽媽。】辰染鍥而不捨。

【辰染不能當媽媽！如果你真的那麼想當，就來當爸爸吧！】姚茜茜一邊開車，一邊崩潰的說道。

【爸爸？】

【男的只能當爸爸！男性喪屍也一樣！】

【不，當媽媽！】

姚茜茜決定不理會辰染，專心開車，可辰染鍥而不捨的讓姚茜茜叫自己媽媽。

幸好這時候，前方駛來一輛改裝的小型貨車。

【辰染，小心，快趴下！】姚茜茜握著方向盤，警告道。

辰染不為所動，反而將姚茜茜摟進懷裡。姚茜茜的手一脫離方向盤，車子馬上失去控制，朝對方的貨車東倒西歪的衝過去。

姚茜茜趕緊急踩剎車，兩人猛的往前一撞，幸好開得不快，沒撞上前方的擋風玻璃。

對方更是早就剎住了車。隨即一隊穿著迷彩服的男人魚貫而出，罵罵咧咧起來。

姚茜茜驚魂未定的窩在辰染懷裡，只能叫辰染快閉眼。直到對方過來敲車窗。

對方彎下腰，透過車窗一看清裡面的情形，嘖出了聲，立刻仰頭向後面的人報告：「一對男女開著車辦事。估計沒控制好。」

姚茜茜的臉瞬間可以滴出血來，他們只是抱在一起好嗎？想像力別這麼豐富！

貨車裡的人們聽完後，哄笑。沒想到現在真有這種不要命的人。

姚茜茜心裡默默流著淚，只能再次強調讓辰染閉眼裝瞎子。她不知道這些人路過這裡做什麼，但是他們離東海岸應該不遠了，這些人很可能是從東海岸出來尋找物資的，那麼她就不能讓他們察覺到辰染的不同。

【這次你一定要聽我的。他們有槍！人又多！我們能不惹就不惹啊！】

辰染垂著嘴角，抱住姚茜茜的腿，把姚茜茜徹底帶進懷裡，讓她橫坐在自己腿上。

【好。】

「好了，那就別管他們了，我們快趕路。凱撒的表弟還等著我們呢！」婉轉嬌嫩的女聲響起。

姚茜茜猛的一僵，這麼熟悉的嗓音她可忘不了。她循著聲音望過去……

——耿貝貝？

姚茜茜快速的從辰染身上下來，打開車門，朝正要上車的人興奮的招手，「貝貝啊！我是茜茜！」

看來她和女主角就是有緣啊！不知道這次能否和她成功套交情？

「茜茜！」耿貝貝驚喜的叫了聲。

就見小貨車的門被推開，一個面容秀麗的少女從車裡探出頭來，愣了一下，然後馬上跳下車，提著裙子快跑幾步，上前驚喜的看著姚茜茜。

「妳沒事實在太好啦！上次在基地，我生怕妳被那些喪屍吃掉呢。」耿貝貝好奇的問：「妳是怎麼逃出來的？」

「我以後慢慢跟妳說。」她現在還沒想好……姚茜茜想起辰染，趕緊拉出他介紹給耿貝貝，同時在心裡告誡辰染不要睜眼。

「這是辰染，就是他救了我！保護我到現在。」姚茜茜拉著辰染的胳膊，朝耿貝貝介紹道。

辰染閉著眼，卻沒有影響他的感知，心裡計算著他需要幾秒弄死這堆食物。

「他的眼睛？」耿貝貝躊躇的看向姚茜茜，對著口形無聲問道。

「從小就看不到。放心吧，雖然他看不到，卻很厲害哦。」姚茜茜抱著辰染的胳膊假笑。

耿貝貝打量一下辰染——個子很高，卻有點駝背，長得雖然不錯，但皮膚是不健康的慘白，一臉的病氣，表情還很僵硬，嘴角倒吊著，好像厭惡周圍的一切似的，看了就讓人不喜。

「真是謝謝啊，辰染，多虧有你。」耿貝貝歪頭可愛的朝辰染笑笑。

辰染當然不會搭理了。

耿貝貝眉頭微蹙，心裡就把辰染歸類為一個因為缺陷和生病而厭世自閉的男子。

貨車上的人按了按擴音器，探出身子來催促耿貝貝。

耿貝貝回身擺了擺手，再轉過來，語速加快的對姚茜茜說：「你們有什麼打算？要不然跟著我們吧。好歹有個照應。」

本來耿貝貝是很煩姚茜茜總纏著她的，可看到姚茜茜找了一個厲害又長相不錯的靠山，她倒是願意接納姚茜茜了。

「我當然願意啦。就怕他們不收留我們。」姚茜茜可沒忘了，她和凱撒他們有血仇啊！

「沒事，這交給我就行啦！」耿貝貝朝姚茜茜眨眨眼。

於是，姚茜茜和辰染就跟著耿貝貝上了小貨車。

貨車裡面還算寬闊，除了司機與副駕駛兩人，貨車裡有三、四個穿著迷彩服的男人正有些不滿的打量著姚茜茜和辰染；最前面，還有一個背靠在司機椅背上的高大男子，喘著粗氣，臉上不正常的潮紅，好像正在發燒。

耿貝貝在傭兵們的攙扶下爬上車，一上來，就朝那個男子走去。她低聲在他耳邊說著什麼，神色懇求。

辰染抱著姚茜茜上了車，然後就沒鬆手，將她裹在懷裡，半俯著身子，面露不善的對著滿車食物。姚茜茜掙扎了幾下，才把臉露出來，接著她看向耿貝貝，驚訝的發現那發燒的男子不正是凱撒嗎！

凱撒聽完耿貝貝的敘述，黃玉般的眼睛冷冷瞥了她一眼。耿貝貝後背一涼，瑟縮了下。

坐在副駕駛座的蓋斯雖然不太贊同耿貝貝不經過凱撒同意就帶人上來的舉動，可他還是勸道：「既然是茜茜，也算熟人，就讓他們跟著吧。」

凱撒吃力的抬頭望了一眼辰染和姚茜茜，邪氣的眼睛在他們倆身上掃了掃，勉強同意。他想：姚茜茜一如既往的呆，她的朋友也不會聰明到哪去。

耿貝貝虛弱的朝姚茜茜這邊苦笑，告訴她辦成了。

姚茜茜感激的朝耿貝貝道了謝。她越看越覺得凱撒有男主角氣質！希望他不是啊，他們之間可是有過節。

傑克啟動車子，他們向目的地駛去。

車子一動，還站著的辰染就往前一衝，他皺眉的扶上車廂，有些搞不清楚是怎麼回事，引得坐靠在兩旁的傭兵們一陣嘲笑。

姚茜茜被辰染硬邦邦的胸膛撞得鼻子痛，她揉揉鼻子，趕緊讓辰染找個地方坐好。

耿貝貝朝姚茜茜露出了一個歉意的笑容，不能過去和她坐在一起，因為她還要照顧發燒的凱撒。耿貝貝很溫柔的用濕巾擦拭他的臉，並不停的換下他額頭上的濕巾。

凱撒的臉燒得通紅，卻一點汗都沒出。

姚茜茜受寵若驚的擺擺手，她感覺耿貝貝比之前要願意搭理她了。

姚茜茜老媽子似的繼續囑咐辰染千萬不要睜眼，辰染點頭，但他被說得有點煩，就想伸出舌頭舔舔姚茜茜。姚茜茜早防著他呢，一見他嘴動，就趕緊上前捏住他的嘴。

【辰染，你那舌頭不能伸啊！這和人類的舌頭樣子差太遠啦！】姚茜茜心有餘悸的說道。

辰染不幹了，不讓他睜眼可以，但是不讓他舔茜茜……就算是茜茜，也阻止不了他！

【嗷嗷，你不要張嘴！】

辰染偏要舔。

傭兵們嫉妒的看著這對旁若無人在調情的狗男女。

【媽媽！媽媽求你了！】

姚茜茜都快哭了。只要一露出舌頭來，他們和這些傭兵絕對會成為「不是你死就是我亡」的關係，問題是女主角在傭兵團那方啊！這樣他們肯定會慘敗然後領便當！

便當不好吃，還是留給別人吧。

辰染這才撤了力道：【再叫。】他是真的生氣了。

姚茜茜不停的在心裡叫媽媽，反正也不少塊肉，只要能平安到達目的地，叫媽媽實在是件容易的事！

辰染一臉享受。

等車開到目的地，姚茜茜傻眼了。

這不是他們剛才來照大頭貼的超市嗎！

聽耿貝貝熱心的介紹，原來凱撒的表弟在這裡守著，一個人守了好幾天，就等著他們去救。還說這個表弟很厲害，是個特種兵，把這間超市守得固若金湯。

姚茜茜臉上的表情像便秘了一下，猶豫要不要提醒他們，裡面有好多好多喪屍……

「團長，你看！」傑克驚詫的盯著被強力破除的大門喊道。

姚茜茜無語的看著傑克，有什麼好大驚小怪，喪屍要進超市裡面，當然要破門而入了！

凱撒被幾個傭兵艱難的扶下車，抬眼一看，超市門大大的敞開著，瞳孔驟縮。

「快，帶上武器……」凱撒費力的掙脫攙扶，拿著槍就要衝進去。

他踉踉蹌蹌的走了幾步，身子一晃，險些跌倒，幸虧耿貝貝上前一扶，凱撒才勉強借力，穩住了身體。

這時，超市裡隱隱傳來喪屍的低吼，凱撒的臉色更是白了一分。

他的表弟！

凱撒不管不顧的就要衝進去。

「團長，保重身體！」蓋斯從另一側扶住凱撒，將凱撒的手臂架在自己脖子上，安慰道：「安迪能一個人守住這裡十幾天，一定會沒事的。」

凱撒可不這麼樂觀，但是著急的神色隱沒，好像他突然相信了蓋斯的話一樣，恢復了冷靜，有條不紊的指揮傭兵們突圍超市。

不一會，傭兵們有序的進入超市。

姚茜茜看看辰染，兩人小心的跟上。

清理完一樓的喪屍，凱撒並沒有急著讓大家去找他的表弟，而是命令傭兵們收集所有能收集的物資。大家分組之後，開始搬運物資。

凱撒命令傑克在外面警戒，蓋斯接應，然後讓耿貝貝扶他到一個角落裡坐下休息。

其實大家心裡都清楚，他的表弟凶多吉少。這裡喪屍數量之多，光是一樓的喪屍，他們就清理了將近半個小時。

很可能是安迪沒有及時清理闖入這裡的倖存者屍體，進而引來了屍群。

收集物資的事情進行得很快，蓋斯閒下來，發現姚茜茜和辰染無所事事的站著。可能是因為團長還沒認同他們吧。於是他上前友好的和他們攀談起來，問問他們是怎麼熬過來的、來這裡做什麼。

姚茜茜一一回答，這時候她已經編好了理由：辰染力氣很大，救了她；他們一直向東，想去東海岸的倖存者基地。

蓋斯說他們就是從那座基地出來找物資的，還說那裡確實是一片淨土，並樂意介紹他們進入基地。

姚茜茜高興的感謝蓋斯。

蓋斯接著問他們會不會用槍，因為他剛才看到辰染一直是用拳頭揍那些喪屍的。雖然辰染力氣大，但是總有力竭的時候，還是使用武器較好一些。

姚茜茜趕緊從辰染褲子口袋裡摸出保羅隊長給他們的槍，拿給蓋斯看，證明他們也是有現代化武器的。

蓋斯嫌棄的看了一眼，「這是已經淘汰的槍，只有六發子彈，能夠幹嘛？」說完，他取下身上的衝鋒槍，扔給辰染，「用這個吧。」還隨手扔了一盒子彈。

「不要啊！」姚茜茜下意識的拒絕，喪屍會用手槍、閃光彈已經突破底線了，再拿這麼大的機槍，真是夠了！

「給了我們，你用什麼？」

「不用擔心，我還有存貨。」蓋斯無所謂的笑笑。

辰染接住衝鋒槍，擺弄了幾下，抱著它，竟然有種親切的感覺。

「姚茜茜，妳也是，不能一直躲在他身後。即使是女孩子，也要勇敢些。現在，他護得了妳一時，但護不了妳一世。」蓋斯正色的說道，又從身上找了找，想給姚茜茜一把槍。

姚茜茜可不想再要蓋斯的東西了，那是人家用來保命的。於是她拿起辰染原來的那把小手槍，揮給蓋斯看，「我用這個就好了。」

蓋斯想了想，停下了找槍的動作，「也行。會用嗎？我來教你們。」說著，他耐心的教導辰染和姚茜茜如何使用槍械。

姚茜茜看著蓋斯認真的側臉，竟然有些高興，心想：這世界上還是有好人的嘛！

蓋斯開始教學的時候，姚茜茜搶著讓蓋斯先教她。蓋斯無奈的看了眼辰染，說了句女士優先，就開始耐心的指正姚茜茜錯誤的姿勢。

姚茜茜暗地裡翻了個白眼，她可是為了全人類著想，辰染已經很厲害了，不用錦上添花……

蓋斯搖搖頭，剛想上前扶正姚茜茜，辰染反應迅速的側身一擋，隔開了兩個人，並且面露猙獰，朝蓋斯齜牙，像一隻準備隨時攻擊的野獸。

蓋斯識相的後退幾步，笑著擺手，「OK、OK。我不碰她。」

辰染本想立刻弄死他，但是姚茜茜在心裡求他不要現在殺人，因為他們還需要這些人。辰染想到他也需要這個食物教他用金屬長管，或者說叫槍的東西，所以決定暫時留著他，等教完了再弄死。

蓋斯繼續指導，但是這次他刻意保持了和姚茜茜的距離。

辰染還是不滿意，把姚茜茜攔腰一抱，像大型無尾熊一樣掛在姚茜茜的背後，宣示著自己的所有權。即使他閉合著雙眼，頭也朝著蓋斯的方向，好像在警戒著蓋斯。

姚茜茜被辰染壓彎了身子，別說姿勢了，端槍都困難，弄得她哭笑不得。

蓋斯也好笑的看著辰染的表現，對姚茜茜說道：「有這麼一個占有欲強的男友，一定很辛苦吧。」

「習慣了。」姚茜茜抓著辰染環在間的胳膊，弓著背無奈的回答。

「妳的男友真不像人。」蓋斯開玩笑的說道：「力氣大，還不懂得與人交往。但是占有欲倒很強，簡直就像——」

姚茜茜激靈了下，趕緊打斷蓋斯的猜想：「他是被野獸養大的！所以才不像人吧。」

「怪不得……」

其實蓋斯也是想說泰山之類的詞語，所以很容易就接受了姚茜茜的解釋。他是絕對不會想到喪屍會進化到這種程度。在蓋斯的印象裡，喪屍都是行動遲緩、沒有智力、只知道吃活人血肉的怪物。

蓋斯有點好奇辰染的身世，一個野獸BOY，就像他小時候看的動畫片。於是他開始問辰染，在哪長大的、撫養他的母獸長什麼樣、怎麼會到森林裡之類的問題。

姚茜茜聽著，冒出一腦門的冷汗，這些她可都沒想好。幸虧他問的是辰染，若問她的話，絕對露餡。

辰染當然無視他的話了，只摸著手裡的槍不語。

蓋斯倒是很善解人意的不再追問，更覺得辰染是不會與人相處，就像電視裡演的那樣。他很想讓辰染回歸正常的人類社會，並把此努力當作了一種樂趣。

於是他表現出來的行為，就是更多的和辰染交談，即使得不到回應。

姚茜茜都要跪了，之前和傭兵團在一起的時候，她就覺得蓋斯是個老好人，現在看來，他不僅人好，是好到人神共憤！

一樓的物資很快搬完了，傑克過來問凱撒在哪裡，要不要去別的樓層找安迪。

蓋斯這才從改造野獸男孩PLAY回過神來，轉身一看，團長和耿貝貝都不見了。這下子他著急了。

「剛才我還看到團長和貝貝在那裡休息！怎麼一下子就不見了？」蓋斯在一樓來回找了幾圈，也沒見到他們的影子。

姚茜茜撇撇嘴，心想：你和辰染打得火熱，怎麼會注意到……

傑克和其他的傭兵們也幫著找人，可是都一無所獲。

「團長不會是和貝貝一起去找安迪了吧？」蓋斯擔心的說。

「他還發著高燒！搞什麼！為什麼不等大家一起去？」傑克很惱火的踢了一下牆。

「團長一定是怕連累我們吧。」有傭兵說道：「可是我們是他的兄弟啊！有難同當！」

於是大家紛紛表示要去尋找凱撒。

蓋斯皺眉沉思了一下，覺得這種行為倒像是凱撒會做的。他不想連累他們，因為能不能找到安迪先不說，就是上面有多少凶險，他們都不知道。如果因為自己的私事讓兄弟們丟了性命，凱撒是絕對做不出這種事的。凱撒把他留下，就是希望他能阻止這些人去找自己。

「大家冷靜一下，如果我們這麼直接上去瞎找，很可能沒找到團長，自己卻送了命。」蓋斯高聲說道：「我們先回車上等。既然團長這樣安排，一定也是希望我們不要跟去。我們不能辜負團長的一片苦心。」

幾個傭兵還是義憤填膺的嚷嚷著要上樓，蓋斯向傑克使眼色。傑克嘆了口氣，跟了凱撒這麼久，當然知道他的脾氣，於是也跟著勸。

這才說動了大家，一起回車上等。

姚茜茜在聽到耿貝貝和凱撒在一起，就不擔心了。女主角跟著的男人，一般都不會死。

等姚茜茜他們前腳上了車，後腳就聽到了砰砰槍聲，一群年輕漢子像被打開了開關般，立刻端著槍下去支援了。

這種事，姚茜茜他們是不會參與，於是坐在車上等。

她雙手托著臉，坐在車上對辰染說：【不用擔心，有女主角在，他們一定會沒事的。】

辰染從來沒擔心過，但是為了配合姚茜茜，還是點點頭。

趁沒人，他伸出舌頭舔姚茜茜。

姚茜茜拉著辰染的舌頭無語，自從上次偷襲嘴角成功，她沒有及時教育，還助紂為虐的回吻以後，辰染就喜歡舔那裡了。後來再怎麼教育，辰染都不聽了，這讓她很憂傷。

【你的舌頭到底有多長啊！】姚茜茜拉了拉辰染的舌頭，有些驚悚的問道。她和他面對面坐著，目測他們之間的距離至少有一張書桌那麼寬，這樣他都能舔到！

辰染竟然彎了嘴角，笑而不答。

【……】

突然響起一陣雜亂的腳步聲，姚茜茜趕緊讓辰染收了舌頭。辰染驚險的又偷襲了下姚茜茜的嘴角，才閉了嘴，卻把姚茜茜嚇出一身冷汗。

辰染興奮了，就好像發現新玩法一樣！

只見蓋斯和傑克幫忙搬上一個血人，那個人的左手還用一堆破布綁著，像個圓柱型，似乎斷了肢！

姚茜茜驚訝了，這個人八成是霸占超市的安迪！

——這孩子真命大！被那麼多喪屍圍觀那麼久，被咬了都有辦法逃脫，厲害！

安迪已經失血休克了。

凱撒體力不支，被耿貝貝攙扶著上車。

姚茜茜投過去敬佩的眼神，在心裡豎了豎大拇指。天知道他們是怎麼做到，一個病號＋弱女子＋重傷患，居然可以突出重圍，安安全全的回到車上。

女主角光環果然超級強大，耿貝貝甚至連衣角都沒破！

小貨車開得飛快，他們要爭分奪秒的趕回基地，對安迪進行救治。而這個時候，最奇蹟的事情發生了——

本來昏迷不醒的安迪，突然睫毛抖了抖，睜開了眼！

大家發出驚喜的歡叫。

安迪握住凱撒的手，兩人深情了一會。安迪本來支持不住又要再次昏迷，卻猛然看到伸過頭來好奇觀察他的姚茜茜。

他激動了，顫抖著斷肢指向姚茜茜，兩眼凸出，好像看到了不共戴天的仇人一樣。

大家都尋著安迪的目光看過去，姚茜茜無辜的回視。

隨即，安迪囊的暈倒。凱撒擔心的摸了摸他的脖子，鬆了口氣，然後探究的看向姚茜茜。姚茜茜則臉部表情豐富的看著辰染。看著姚茜茜的動作，凱撒皺眉。

這時候，姚茜茜正在擔驚受怕。

【辰染，壞了，他認得我們，怎麼辦？】姚茜茜害怕他告狀，上次傭兵團冤枉她害死約翰，這次可不冤枉了。

【弄死。】辰染被姚茜茜說得煩了，忍不住回答道。

【……】姚茜茜默默的轉過頭，問辰染還不如自己想辦法。

辰染看著姚茜茜吃癟的樣子，喜歡到了極點，就想舔她。

姚茜茜黑了臉，趕緊捂住他的嘴。真是一點也不讓人放鬆！

★※☆※★※☆※★

用了去程的一半時間，他們回到了基地。

到了基地，下了車，姚茜茜張大嘴巴看著基地內的景色。

整個基地被高牆與建築物和外面隔絕開來。牆有三、四層樓高，看上去還很厚。高牆連著建築物，組成了一道防禦線。

高牆裡，綠樹蔥蔥，行人三三兩兩的散步，還有小孩子在和狗狗玩耍；牆外，卻樹木枯槁，土地荒蕪，空氣中都充斥著腐敗的氣味。

這真的有點人間仙境的感覺……

辰染看到姚茜茜張大的嘴巴，覺得那就像呼喚球進的洞，頓時心癢難耐，剛想不管不顧的舔進去，就見姚茜茜突然閉緊了嘴巴，臉色煞白。

姚茜茜看到傭兵們正在排隊，進行身體檢查！而且不是看看有沒有傷口那麼簡單，卻是對他們的唾液直接進行化驗——有什麼試劑滴進裝有他們唾液的試管裡，變藍了就可以進入基地。

姚茜茜猶豫了，拉著辰染想拔腿就跑。

——這種高科技，辰染怎麼躲得過！

可是蓋斯太熱情了，尤其對辰染，他竟然拉著辰染上前，給他們插隊的機會。

她一點都不想要這個特權啊！為什麼她會覺得蓋斯是老好人啊！明明長了一張欠揍的臉！

辰染是不會理解姚茜茜內心的恐懼。他甩開煩人的食物，大步走到最前頭，還不忘記拉上姚茜茜。

【……辰染，我們必須馬上離開！會暴露的！】姚茜茜著急的想撞牆。她應該早點想到，越大的基地，管理越嚴格！

現在他們在自掘墳墓！

辰染一邊直愣愣的讓人把棉簽沾了唾液，一邊有些疑惑的抓住姚茜茜的手。

姚茜茜看著眼前穿著便服的女子，把那試劑滴到沾有辰染唾液的試管裡，覺得這正是她的世界末日啊……

環視四周，這麼多荷槍實彈的士兵，辰染能ＰＫ過吧……姚茜茜深深的後悔，如果知道人類基地這麼難進，她不如和辰染「浪跡天涯」呢！

姚茜茜惶恐的睜大眼睛，看著試劑慢慢的滴入試管中。看著試管中逐漸變藍的液體，她震驚得說不出話來。

變綠是感染，變藍是正常，身為高級喪屍的辰染竟然沒有問題？果然高科技不值得信賴……若是人工檢驗，說不定還會懷疑一下全身硬邦邦、冷冰冰是怎麼回事。而這一管碰到什麼都變藍的試劑，其實是專門嚇唬人的吧？

姚茜茜瞬間覺得春暖花開。

姚茜茜緊挨著辰染接受了測試，這時她就覺得插隊很美好了，不用排那麼久。她乖乖的把棉簽放在嘴裡含了一下，交給工作人員。

辰染緊盯著姚茜茜的嘴唇，露出了深思的神色。

手續完成，姚茜茜拉著辰染就想走，卻聽到工作人員一聲驚呼，立刻有一堆士兵上前把她和辰染團團圍住。

姚茜茜疑惑的看向那個工作人員，順著她的目光，發現試管裡的水變成了綠色。

這又是什麼情況？！

「茜茜，妳怎麼了？」耿貝貝看到這邊起了騷亂，過來看看情況。隨即，她驚恐的看著綠色的試管，又憐憫的看了看姚茜茜。

姚茜茜緊緊抓著辰染的胳膊，搞不清狀況的四處瞎看。

「什麼時候受的傷？」蓋斯緊緊的皺著眉，面色沉重的問道。

「我沒有受過傷……」姚茜茜回憶著，突然臉色一僵，她之前中過槍傷，算不算啊？可是已經過去好久了……要感染，早變喪屍了。

蓋斯看著姚茜茜的表情，以為她想起來了，重重的嘆了口氣。

「這到底是怎麼回事？」姚茜茜頭大的問道。

「妳被感染了，而且是深度感染……」蓋斯咬牙說道。

姚茜茜臉一黑。什麼爛檢測！這麼大一隻喪屍在眼前都沒事，她這個正牌人類卻有事！(╯`□´)╯┻

工作人員這時候也說道：「妳可能在未來二十四小時內異變成喪屍，按照基地的安全保護條例，我們必須現在將妳就地處決。」

說完，那些圍著姚茜茜的士兵就端起槍，上膛。

姚茜茜炸毛的撲進辰染的懷裡，一臉苦相。

這都什麼事啊……她抱著喪屍，自己卻被人認為受到感染，讓她情何以堪！

「你這朋友很危險，隨時都有可能變成喪屍。請你讓開，我們不想傷及無辜。」工作人員正色對辰染說道。

辰染根本無視對方，低頭安撫的撫摸著姚茜茜的後背，心裡奇怪茜茜怎麼突然被嚇到了呢？剛才還好好的。

蓋斯和耿貝貝都過來向對方求情。

耿貝貝懇求的說道：「請放他們一條生路……只要不進基地不就好了？」

工作人員當然不會為了她來違背規定。

耿貝貝又說：「誰沒有家人朋友，怎麼能這麼殘忍！」

工作人員反駁：「誰沒遭遇過手刃家人朋友的時候？現在不殺了她，不知道等她變異後，還要殺害多少人。」

耿貝貝沉默了，遺憾沉重的看向姚茜茜，一臉內疚。

姚茜茜將辰染抱得更緊了。人家用女主角光環都無法拯救她，她真是沒救了。

蓋斯沉默了一會，對工作人員說：「能不能先隔離，做進一步的檢查？」他指了指姚茜茜，繼續說服對方：「這個女孩已經跟了我們差不多一整天，並沒有任何病發的現象。畢竟是戰時製作的藥劑，很有可能存在誤差，或者某些特例。」

蓋斯故意把遇到姚茜茜的時間誇大，來幫她求得一、兩天的生機。

「而且也有可能因為人的體質各異，存在某些特殊的排異反應，造成了試劑變綠。」

「畢竟是一條生命，請您慎重些。」

工作人員被蓋斯說服了，想了一會，進一步的檢查需要把樣本送到中樞後才會有結果。

「那就先隔離吧。」

耿貝貝這時候有些驚訝的對蓋斯說：「茜茜沒跟我們那麼久啊！最多也就半天。」

——真是夠了！

本來鬆了口氣的姚茜茜，聽到耿貝貝如此拆臺的話，一下子豎了毛。

耿貝貝在蓋斯譴責的目光下，驚覺自己說錯了話，慌張的看向姚茜茜和工作人員，趕緊彌補道：「是我記錯了！茜茜不是下午才碰到我們，是早晨！」

姚茜茜心裡哭喊：為什麼到關鍵時刻女主角就會變笨呢！

工作人員質問的看向蓋斯。蓋斯陪了個笑臉，遞了一小包食物給她，「隔離又沒違反條例，給這對小倆口告別的時間吧。」

工作人員看著手裡的小包食物，滿意的點點頭。

「那先進行四十八小時隔離吧。」

包圍姚茜茜的士兵就要上去擒住她。姚茜茜趕緊阻止，怕辰染一個不高興，錯手殺了這些士兵，於是她高喊：「我自己走。」

士兵們看辰染護姚茜茜護得緊，又一臉凶相的面對他們，便沒上前，而是催促道：「快點走。」

於是，姚茜茜讓辰染抱著她，跟著這群押送的士兵前往隔離室。原因是……她被剛才的陣勢嚇得有點腿軟……

姚茜茜趴在辰染的肩膀上悲哀的想：女主角是不是除了不死光環，還有弄死別人光環？跟在耿貝貝身邊實在太危險了，奈何她總是死性不改，老是往上湊……下次她還是遠離女主角吧。

到了隔離室，竟然是一個鏽跡斑斑、血漬惡臭滿天飛的大籠子！看著上面還掛著幾縷黃白相間的毛髮，姚茜茜不由得懷疑這個籠子原來是用來關動物的。

「別黏在一起！女的趕緊進去！」士兵不耐的催促道，並且一直把手扶在槍上，緊繃著神經看著姚茜茜。

姚茜茜從辰染身上下來，忍耐著低頭鑽了進去。她不怕被隔離，她堅信是試劑出了問題。畢竟她最近都沒受過傷，更沒被喪屍咬過或抓過。

辰染跟著就要進去，士兵卻眼疾手快的落了鎖，把他關到外面。

辰染皺了下眉，茫然的摸摸籠子，發現姚茜茜和他被一排排的金屬欄杆隔開了，他抱不到她。

想到這裡，辰染立刻發瘋，抓著籠子猛晃，朝上鎖的士兵發出危險的低吼。

士兵嚇尿了。要不是知道辰染通過了測試，他真的會以為辰染不是人！

姚茜茜趕緊隔著籠子抓住辰染的手，安撫道：【沒事啦。他們要關我一段時間，才讓我們住這裡。】

辰染生氣的扯著欄杆，硬是掰彎了一個弧度。

「你要幹什麼！」士兵舉起槍，害怕的吼道。這哪裡是人類的力氣！他立刻拿起對講機，呼叫支援。

再然後，姚茜茜就被關進了一間通體雪白的房間裡，被一扇巨大的透明玻璃困住。辰染被隔離在玻璃外面，怎麼砸都沒用……

士兵終於哈哈一笑，「這次你可打不開了。」說完，一溜煙的跑了。

姚茜茜無語的看了一眼士兵逃跑的身影。

她在另一邊，隔著玻璃摸上辰染的手，感受玻璃上傳來的細微震動。

【辰染，別費力氣了。如果你砸碎了這個，他們換個更厲害的怎麼辦？】

【弄死他們！】

辰染喉嚨裡發出陣陣低吼。

無法碰觸茜茜軟軟的、溫溫的、香香的身體！

腦海中翻滾起嗜血的欲望，他想要將他們全部撕碎！

——這該死的玻璃！

——該死的……人類！

姚茜茜正要繼續勸辰染，突然臉色一白，顫抖著手攥住胸前的衣服，趴伏在地上，大口的喘氣。剛才好像有一瞬間，一股強烈的、帶著濃烈殺意的意識闖入她的腦海，那種難以形容的、排山倒海般的惡感，逼得她心臟緊縮，呼吸一窒。

【茜茜！】辰染發現姚茜茜顫抖著趴在地上，馬上從毀滅的意識裡清醒過來，卻更加想要弄死所有的人類了。

【沒事……】姚茜茜勉強抬起頭，臉色慘白，冷汗直流的朝辰染笑笑。

剛才絕對不是她的意識……

【辰染，你能幫忙讀一下耿貝貝的心嗎？看看誰和她密切的接觸過！】姚茜茜被那惡感瞬間一擊，突然福至心靈，想到了一條即使不接近耿貝貝，也能知道她動向的辦法。

她早該想到！

辰染會讀心嘛！

【不會。】辰染馬上否定。

【什麼？】

【不會讀心。】

【……那我們現在在做什麼？】

【只能聽到，感受到茜茜。】

姚茜茜黑了臉。

——山寨版啊！這什麼異能，和那個試劑一樣差勁！(ノ`□´)ノ┻

【敢情一直以來，就我一個人裸奔……】淚啊！

姚茜茜無力的側靠著玻璃坐下，無奈的看著玻璃外的辰染。

在另一邊的辰染也安靜了下來，慢慢的俯下身，拿手指輕輕描繪她的臉頰、頭髮。

辰染表面上平靜無波，心裡卻升起點點焦躁。明明就在眼前，為什麼觸摸不到？這個威脅，他必須想辦法除去！

★※☆※★※☆※★

姚茜茜沒想到的是，被隔離四十八小時竟然是真的「被隔離」，連飯都不給她吃！幸好有個馬桶，要不然讓她隨地大小便，真是要跪了。

【辰染，我好餓。】

昨天晚飯就沒吃，今天也沒有。到了晚上，她實在堅持不住了。

額頭頂在玻璃上，姚茜茜可憐巴巴的看著辰染。

辰染二話不說就想抱起她、出去找食物，但他伸手卻只觸到了玻璃。於是，他又發了一頓瘋。

最後他在姚茜茜含淚的目光裡，去幫她找食物了。

監控室裡的人這兩天觀察下來，很是感動——沒見過這麼好的男人！自己不吃不喝，卻為隔離室裡的女孩找來食物，還一直不離不棄的陪伴。

這是真愛啊！

監控室裡的工作人員流下了感動的熱淚，站直身子，盯著螢幕，恨不得馬上放了姚茜茜，讓他們重逢。

一個眼盲心善、對伴侶不離不棄的好男人形象，就這麼流傳開來。

某天，當姚茜茜和辰染正在街上走著，被某個人攔住，向辰染表達敬佩羨慕向其學習的熱情時，姚茜茜只覺得腦海裡浮現出三個字——

作孽啊！

之後，餓了整整兩天的姚茜茜被放出來，直接癱在辰染懷裡。

頭重腳輕雙眼發花，她受這些罪到底為哪般……

第八章 !

辰染，我可以喜歡你嗎？

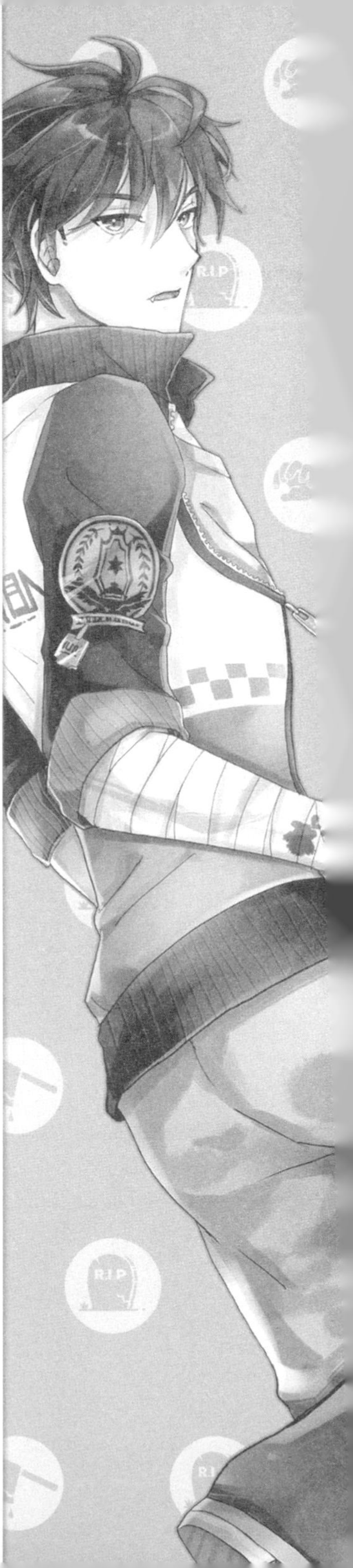

姚茜茜和辰染手牽手徜徉在沐浴著晨光的街道中，她真的有點恍如隔世的感覺。

這裡雖說不上鳥語花香，卻也綠樹成蔭。道路兩旁已經有人向外擺出桌椅，準備開店迎客了；也有老人躺在屋外的搖椅上，悠閒的看書。

有一瞬間，姚茜茜以為自己和男友剛從某個地方出來，正走在回家的路上。她的心就好像被什麼填滿了似的，覺得如果能一直和辰染手牽手走下去，也挺好的。

可是，這個世界注定要被毀滅……

【辰染，如果這個世界毀滅了……】姚茜茜捏捏辰染的手，抬頭問道：【男主角又不願意帶我們去新世界，怎麼辦？】

【那又怎樣？】辰染皺眉，有些不理解姚茜茜的想法。

【這裡完了，又去不了新的地方。我們就會和這個地方一起完了……】姚茜茜解釋道。

【沒有問題。】

【……什麼叫沒有問題……都死掉了啊！】

【如果和茜茜在一起，沒有問題。】

【……一起死掉也沒有問題？】

【沒有問題。】

姚茜茜停下腳步，很認真的觀察起辰染。辰染也跟著停了下來，頭轉向姚茜茜。

看著辰染蒼白的臉色、緊閉的雙眼，姚茜茜頓悟了，只要最後和辰染在一起就可以了！

【辰染……】姚茜茜崇拜的看向辰染。他的形象瞬間在她心裡高大了好幾分！

她竟然沒有一隻喪屍看得開。

【茜茜。】辰染把姚茜茜往懷裡一帶，把她的臉按在嘴邊，伸出舌頭，滋滋滋，瞬間舔了好幾下。

姚茜茜只覺得天旋地轉，眼一花，就被塗了滿臉口水，連反應都來不及。這舌頭伸出的速度、頻率，完全超越了人眼的極限。

——辰染真是越來越能舔了……

姚茜茜擦著臉上的口水，無語的看著偷襲成功、心滿意足的辰染。

突然想起了奶奶家養的淘淘，不管她如何躲，淘淘都能舔到她的臉。或者說，不舔到臉不甘休。只有牠滿意了、舒服了、玩夠了，才會放過她……比如給牠肉骨頭……

辰染總是喜歡舔她，難道也是在向她要東西嗎？辰染到底想要什麼東西？

姚茜茜歪頭皺眉，思考起喪屍喜歡什麼的問題。

太陽越升越高，姚茜茜和辰染沒有去處，更沒有錢。漫無目的的瞎逛了一上午，姚茜茜覺得有點餓，找了個像是公園的地方，坐在長椅上，拿出辰染為她找來的食物吃了幾口。中途還被路人羨慕了一下，說她有個好男友。

姚茜茜覺得對方真是瞎了眼……

辰染點點頭。

姚茜茜感到腳痛腿痛，坐著休息的同時，眼神茫然的看著路上的行人。而辰染把她的腳放在自己腿上，研究上面起的小白泡。

【不要碰啊，辰染！很痛的！】姚茜茜縮了腳，卻被辰染緊緊的握住腳踝，掙脫不開。

【痛？】辰染對於痛的理解只有那次進化。於是他又戳了戳，直接戳破了水泡。

姚茜茜痛得嗷叫了一聲，隨即生氣的去拉辰染的頭髮，【都說了不要碰！】

當蓋斯來的時候，就看到了這副景象。姚茜茜在拉扯辰染的頭髮，而辰染包容的幫姚茜茜治療腳上的水泡……他等了等，直到發覺只要他不出聲，兩人就會一直旁若無人下去……於是他咳嗽了幾聲，喊道：「茜茜、辰染！」

「蓋斯？」姚茜茜放開了辰染的頭髮，驚喜的看向來人。

「你們沒事真是太好了。」蓋斯欣慰的笑笑，「這幾天比較忙，都沒有去看你們。」其實他以為姚茜茜死定了，所以才沒去看，沒想到竟然真的是試劑出了錯。

他想，有了姚茜茜這個先例，以後再碰到相同的情況，基地人員就會重新考慮了吧。說不定很多人也會因此活下來，真是可喜可賀。

「多虧了蓋斯，我才不至於被就地處決！還沒向你道謝呢。」姚茜茜感激的看向蓋斯。接著她穿好鞋，從新背包裡拿出一個小塑膠袋，遞給蓋斯。

「辰染找來的，你一定要收下啊。都是藥品，你們一定用得著。」姚茜茜說道。

蓋斯不客氣的收下，越看姚茜茜和辰染越順眼。

「聽說你們一直在找我們？」蓋斯問道。

「是啊。我們也沒地方去，這裡人生地不熟的。」

「那我倒是可以當你們的導遊，只不過住的問題解決不了。這裡資源有限，沒有多餘的地方。」蓋斯無奈的攤手。

「沒事，之前晚上也是露營，找個空曠的地方睡一覺就好了。」

「這主意不錯。」蓋斯笑笑，「不過妳可別去內城露宿，那裡有宵禁。」

「內城？」姚茜茜好奇的問。

蓋斯指著北方說道：「往北再走大約八公里吧，妳就會看到一條寬闊的河，河中心有座人工小島，上面有間豪華飯店，現在被清理出來當住處啦。那裡只有對基地或者對人類有特殊貢獻的人才可以住哦。如果你們沒有接到邀請卻去了那裡，會被直接當作入侵者攻擊的。」

「明白了，有錢人和資本家住的地方！」姚茜茜撇撇嘴。

蓋斯哈哈一笑。然後他提議姚茜茜他們先去中心花園休息一會，等晚上再接他們去玩個痛快。自始至終，蓋斯再也沒提讓他們加入傭兵團的事。

姚茜茜也剛從挨餓中被拯救不久，體力上略有不足，便聽從蓋斯的建議，和辰染來到中心花園。她想找條長凳休息休息，補補眠。

等到了那裡他們才發現，這哪裡是中心花園，簡直是難民居住地！一大塊空地上，各種破舊的帳篷開著一朵朵小花，蓬頭垢面的人在裡面進進出出，糞便、垃圾扔的到處都是，散發著一股股惡臭。

姚茜茜嫌棄的看著蓋斯，這就是中心花園？

蓋斯無奈的解釋道：「這裡雖然雜亂了些，卻是我們的地盤，受我們保護，沒有人敢來搗亂。外城不比內城，這裡的人身安全可沒人保證。」

搖了搖頭，蓋斯又道：「現在，人可是可以為了一塊麵包做出任何事來。」

姚茜茜明白蓋斯的好意，不好再說什麼。雖然有辰染在，她一點也不擔心有人來搶什麼，卻還是留下來，等蓋斯晚上來接他們去HAPPY。

蓋斯走後，姚茜茜和辰染剛找了一個相對乾淨的地方坐定，立刻就有一位穿著暴露的女性走了過來。那女人上前，一把從後面摟住了辰染的脖子，將自己傲人的胸部擱在辰染的肩上，對著他的耳朵吹氣，問他要不要特殊服務。

那巨大的胸部把對面的姚茜茜看得一愣，心裡感嘆道：竟然真的有胸部能擠出溝來！還有……這裡的美眉真熱情！

辰染像一堵牆似的，一動不動，連頭都沒回，順手抓起對方架在自己肩膀上的胸部，將她甩了出去。

囧！姚茜茜目送著像扔紙飛機一樣被扔出去的女人，復又看向辰染，無語的聽著隨後響起的各種劈里啪啦的聲響和叫罵聲。

辰染像沒事人一樣，面無表情的繼續坐好，問姚茜茜餓不餓、睏不睏。

姚茜茜不知道，這是不是叫坐懷不亂……

★※☆※★※☆※★

晚上，蓋斯前來接兩人，驚訝的發現姚茜茜和辰染方圓三十公尺之內竟然空無一人！好像他們兩個身上有層透明的防護罩，所有人都整齊的在外止步。

廣場本來就小，這樣，那些無家可歸的人就更擠了……

蓋斯嘆了口氣，頭疼兩人的社交能力。

姚茜茜等了將近一天，早就等得後悔答應蓋斯了，以為他在敷衍他們……她看得出來，那個安迪八成醒了，還說了他們的壞話！要不然本來耿貝貝要收留他們兩個，可是見到蓋斯後，卻一直沒聽他提起。

看到蓋斯如約前來，姚茜茜鬆了口氣。

蓋斯朝兩人招招手，「我來了。我們走吧，我帶你們去個好地方！」

姚茜茜樂得點點頭，「什麼好地方？有電腦玩嗎？DVD也行！」好久沒看電影了，好想念！

「怎麼可能！現在哪裡還有那些東西？」蓋斯笑著搖搖頭，覺得姚茜茜真是個孩子。繼而又看向一直跟在姚茜茜身邊的辰染，一如既往的沉默寡言。

姚茜茜能保留這份安適，他功不可沒。

「不過，過幾天，等集市開了，倒是可以去換幾本書。」蓋斯提議道：「那裡還可以補充些必需品。」

姚茜茜覺得這個提議很不錯！於是和蓋斯商量好，有時間帶他們去集市看看。

蓋斯滿口答應，並隱晦的暗示道：「現在不比從前，醫療條件太差。要是懷上孩子，可就和中世紀一樣，是九死一生的事了。」

「是啊，好可怕。」姚茜茜雖然不明白為什麼蓋斯要和她說這個，但是想到以往幾顆抗生素便能解決的感冒發燒，現在多憑體質硬抗，就覺得辛酸。

蓋斯不知道姚茜茜有沒有聽明白，看看一臉木然的辰染，他總覺得放心不下。於是他狠下心來，挑明了說：「妳和辰染做的時候要小心，實在不行就去換幾個保險套。雖然我覺得，妳等幾年後再體驗性行為會更好。」

姚茜茜聽完，腳下一跌，震驚的看向蓋斯。

蓋斯被看得有點不好意思，轉頭假裝輕咳了幾聲，「不過，聽說東方人都很保守，如果冒犯到妳，全當是哥哥給妹妹的勸告。有些事，還是等妳年紀大一些之後再嘗試，會更美好。」

「蓋斯……」姚茜茜艱難的嚥了下口水，「你覺得我多大？」

「十三、十四？」蓋斯打量著姚茜茜乾癟的身材，艱難的猜著，生怕惹姚茜茜惱怒。

「我已經十六歲了……」姚茜茜無語，她自覺長得還是很符合該年紀的樣子。雖然不喜歡和男人當面提年齡這種事，但蓋斯是為她好，能這麼告誡一個陌生的女孩不要在小小年紀時與男人上床，這得是多愛管閒事的性格才做得出來啊！

「啊……真是對不起！知道東方女孩普遍長得瘦小，沒想到……」蓋斯一聽完，趕緊臉紅的道歉。

「沒關係……還是謝謝你的建議。我們會注意。」姚茜茜侷促的快速說完，腳下慢了幾步，讓辰染走到前面，面對蓋斯。

姚茜茜低頭跟在後面，她這時才察覺出來，別人都認為她和辰染是一對情侶！畢竟他們天天相處在一起。然而，只有她知道辰染是喪屍……看樣子，必要時，她需要假扮成女友！

姚茜茜藏在辰染身後走，蓋斯也一副不好意思的模樣走在前面，不知道該說什麼。一時沉默。

「團長和貝貝也來了。」蓋斯突然說道，他覺得應該先知會他們一聲。

姚茜茜眼睛一亮，「太好了！」然後看向辰染，傻笑。

蓋斯挑挑眉。他早發現姚茜茜對耿貝貝有一種說不上來的依賴感，好像不管怎樣，姚茜茜都想跟著耿貝貝似的。可能是因為耿貝貝曾經救過她？

等蓋斯領著姚茜茜他們去和凱撒會合，耿貝貝看到姚茜茜活得好好的，高興的就要上前和她擁抱。姚茜茜趕緊避開，她可清楚辰染的脾氣，別真的對女主角做出什麼來，要不然他們找男主角就更難啦！

「茜茜，妳還在怪我當時沒救妳？」耿貝貝咬著嘴脣，內疚的看向姚茜茜，「都是我的錯，原諒我吧。」

姚茜茜趕忙擺手，「沒有的事，妳能站出來幫我說話，已經很難能可貴了。」

耿貝貝受傷的看著姚茜茜，好像並不相信她的話。

姚茜茜也不知道該怎麼說，女主角做的事永遠是正確的，世界都會幫她，所以自己更不可能怪她了。這個理由姚茜茜不好對耿貝貝說，只好轉移話題，問蓋斯要帶他們去哪？

蓋斯看向凱撒，然後回答要去一間小酒吧，基地唯一的酒吧。

「那裡夜晚可熱鬧得很。」蓋斯眨眨眼，一臉神秘。

凱撒一直沉默的站在一旁。他穿了件黑色皮夾克，沒拉上拉鍊，露出深灰色的背心，發達的胸肌為背心撐出一個誘人的圖案，結實粗壯的長腿筆直的站立著，整個人像一隻隨時準備攻擊的野獸。他一手插在口袋裡，一手點著菸，縷縷細長的白霧從他手上升騰，菸草味一直瀰漫在姚茜茜他們周圍。

他像夜晚裡盯視獵物的黑豹一樣，悄無聲息的審視著姚茜茜和辰染。

安迪醒來後，第一件事就是要他殺了車上的那對男女。他說就是他們把超市的門打開，放進喪屍，害他失去了一隻手！

如果說姚茜茜故意這麼做，他不會相信；可若是無意的，他覺得非常有可能。但是有一點他覺得很疑惑，他碰到他們，到去超市，不過十來分鐘的事情，就算遇到屍群，也不應該那麼快找到安迪。

安迪可是一個擅長隱藏的狙擊手！

但是，一個高大的白種人男子帶著一個亞裔小女孩，還真的只有辰染和姚茜茜符合。直覺告訴凱撒，有些無法掌控的事情要發生了。所以他才決定和蓋斯一起，觀察這個叫做辰染的沉默男子。

想到這裡，凱撒掐滅香菸，一揮手，走到前面，帶領一行人去酒吧。

姚茜茜摟住辰染的胳膊，和耿貝貝聊天，蓋斯與凱撒走在前面低聲說話。一行人浩浩蕩蕩的來到了一間閃著霓虹燈的酒吧前。

剛一進門，就感到喧鬧的酒吧有一瞬間的寂靜，所有人都看向了門口，然後又恢復喧譁。

姚茜茜被撲面而來的酒精以及汗臭味、菸味熏得一暈，只見酒吧裡人頭攢動，有人坐在吧檯上聊天，更多的人圍著中央的舞池，不知道在觀看什麼。酒吧裡，還有很多赤裸的女子被關在籠子中，脖子上拴著鏈子，或慵懶的搖擺著肢體，或和在籠子外圍觀的男人調情。

姚茜茜立刻被汙濁的空氣以及光怪陸離的場面弄得沒勁了，不像凱撒和蓋斯一樣，突然吃了興奮劑般，躍躍欲試。耿貝貝好像也沒怎麼來過這裡，微微皺起了眉。

凱撒帶他們來到吧檯，替他們每人點了一杯酒。姚茜茜好奇的看著杯子裡冒著小氣泡的白色液體，輕輕的嗅了嗅。

「沒喝過？」耿貝貝輕搖著酒杯問道。

姚茜茜點點頭。

「這個後勁挺大，我們還是只看看就好。」耿貝貝巧笑倩兮的又將酒杯放了回去。

「前面那群人擠在那裡在幹嘛？」姚茜茜好奇的問耿貝貝。

耿貝貝神秘的湊近姚茜茜的耳朵，悄聲說道：「妳肯定不想知道。」然後直起身子，又拿著酒杯搖了搖。

「哦。」姚茜茜也就不好奇了。在逃亡和食物短缺的壓力下，人類總是會出現一些變態的娛樂項目。

凱撒和蓋斯長得都很帥氣，加之身材結實、肌肉發達，倚在吧檯邊，一會就招來了很多女性的注視。而辰染面色蒼白，加之一直閉著眼，坐在那裡一動不動，倒是沒有人注意他。

幾人有一句沒一句的聊著，藉著酒精打發時間。

這時候，突然角落裡傳來不和諧的叫罵聲，一行人不約而同的朝那裡望去。姚茜茜立刻像通了電似的，有了精神。

只見一個關著女性表演者的籠子被打開，一個五大三粗的男人正從裡頭把女人往外拉，周圍還有兩個人在幫那男人。那個女人不停的掙扎，怒極了，就給了那男人一巴掌。那男人騰的一下就變了臉，對那女子一頓拳打腳踢。

凱撒放下酒杯，向蓋斯使了個眼色，兩人就要過去。

耿貝貝趕緊阻止，擔心的勸道：「算了，別人的事情，我們少管。」

凱撒斜了她一眼，邪氣一笑，「親愛的，妳真讓我為難。今天，那可憐的良心突然竄出來跳了跳，這事我非管不可了。」

「而且那女人滿有料。」說著，凱撒用手畫了個S形，「妳說，我救了她，她會不會用身體回報我？」

「凱撒！」耿貝貝委屈的咬著唇，生氣的喊道。

凱撒不再理耿貝貝，帶著蓋斯前往女子那裡。

姚茜茜在一旁看得分明，耿貝貝一定和凱撒吵架了……

這種事，她不好安慰，就轉頭想和辰染聊天，卻發現辰染竟然把杯子裡的酒全舔光了，此刻正在伸著舌頭舔她的！

姚茜茜情急之下，一把就摟住了辰染的頭。

【不要當眾伸舌頭！】姚茜茜怒了，抱著辰染的頭不鬆手。

辰染輕輕動了幾下，姚茜茜抱得更緊了。

【保證以後再也不當眾伸舌頭，我就放開你。】姚茜茜威脅道。

辰染不動了，舒舒服服的躺在姚茜茜的胸前，享受般的蹭了蹭。

耿貝貝捂著嘴偷笑他們兩個，還以為他們是在酒吧氣氛的感染下，親密一下……

姚茜茜等了半天，發現辰染沒動靜。她把手鬆開，低頭看向辰染。

辰染感受到姚茜茜的視線，側過頭，半邊臉枕著她的小白兔，睜開眼無辜的瞅著她，然後又瞅了瞅她的兔子。雖然隔著衣服，那不同一般的觸感還是讓辰染著迷。

他之前就發現，她的這裡特別軟。

姚茜茜黑著臉，看著被胸部擋住下巴的辰染，以及辰染明亮如陽光的金色眼睛，心裡吼著要他閉眼。辰染乖乖的閉眼，卻不肯從姚茜茜的胸前離去，完全一副「即使保證不伸舌頭，也不會放開妳」的樣子。

姚茜茜猛然發覺自己挖了個坑往裡跳。辰染向來不是可以用人類的思考方式來理解的！

【如果當著那些人的面伸舌頭，我們會被分開！因為他們會追殺我們，然後，辰染一下子對付不了那麼多人，也許我就中了流彈，死掉。】

辰染皺了眉，他非常煩躁姚茜茜總是從嘴裡說出「分開」，好像她喜歡離開他一樣。

【再說我們會分開，我就天天往外伸舌頭！】辰染反威脅道。

姚茜茜立刻跪了。

這招不能再用，她必須換一個思路！

有時候她真不清楚，辰染是沒有智商，還是大智如愚？

【可我不想和你分開啊！好害怕他們這麼做！】也不想死……【你答應過永遠不分離的！】

【好。】辰染立刻答應姚茜茜，不再當眾伸舌頭。

姚茜茜心裡有個小人扠腰大笑：終於哄成了！

【但是我想吃它。】辰染指了指姚茜茜的酒杯。

【我餵你！】姚茜茜明白辰染用舌頭舔，八成是不會用手拿著喝。

【好！】辰染高興的直起了身，期待的盯著姚茜茜的嘴看。

姚茜茜拿過杯子，看到辰染又睜開眼，趕緊警告他閉上，然後端著杯子放到他的嘴邊。

【啊——】

辰染緊緊的抿著嘴，啊不出來。這和他想的不一樣！

【你到底要不要喝？】姚茜茜皺眉看著辰染。

他想要什麼樣的，他也說不出來，但絕不是現在這個樣子！

姚茜茜舉累了，就要放下杯子。

辰染無法，只好張開嘴，讓酒順著舌頭流了下去，然後他不喝了。這根本沒有他用舌頭舔著的時候帶勁，現在像完全不知道什麼液體流了進去，一點感覺也沒有。

姚茜茜也樂得辰染不喝，再多喝她可沒錢買！

耿貝貝羨慕的看了眼姚茜茜和辰染的互動，又擔心的看向凱撒。

「希望凱撒不要出事。」耿貝貝低低的說著，隨即苦笑。

姚茜茜轉過身來，安慰道：「應該不會吧，對方看著人多，但是凱撒和蓋斯更厲害。」

「妳不懂。他們是這裡的原住民，很大的一股勢力，要是惹上了他們，凱撒以後的日子就更艱難了。」耿貝貝嘆了口氣，將杯子裡的酒一飲而盡，並且叫酒保繼續替她倒酒。

姚茜茜連忙阻止，「別喝了，剛才妳還說這酒不能喝。」

「可是我心裡難受……」耿貝貝眼睛裡打轉著淚花，又將酒喝盡。酒漬順著嘴角流下，順著白皙的脖頸隱沒進鎖骨裡。

姚茜茜就聽咕嚕一聲，抬頭一看，倒酒的酒保竟然兩眼直勾勾的盯著耿貝貝，嚥口水。然後還在耿貝貝沒付錢的情況下，不斷的為她添酒。

這實在太不妙啦！姚茜茜奪過耿貝貝的酒杯，「妳不能再喝了！」再喝都被色狼盯上了。

「求求妳，不要管我好不好……」耿貝貝捂著嘴，小聲的嗚咽起來。

「別哭了。」姚茜茜安慰的摸了摸耿貝貝的頭髮，低下頭，看著她哭濕的小臉，勸道：「妳要相信凱撒。」

耿貝貝抽噎了幾下，小聲的對姚茜茜說：「茜茜，妳能過去幫我看看凱撒他們怎麼樣了嗎？求求妳了。」

姚茜茜當然同意，站起來，拍了拍胸脯，「交給我吧！」說完，拉著辰染就要走。

「茜茜，妳的男友能不能借我一會？」耿貝貝不安的看看四周後，懇求的看向姚茜茜，「我一個人好害怕。」

姚茜茜目測了下凱撒和他們這裡的距離，倒是不遠，可惜酒吧裡聲音太嘈雜，她根本聽不到他們在說什麼，只能看到兩方人馬劍拔弩張的樣子。

可是她一點也不擔心女主角一個人待著會出問題，主角光環會保佑她的！

「那……要不然讓辰染過去看看，我們等？」姚茜茜提議道。

「這樣好嗎？」耿貝貝膽怯的看向辰染，探出身子，伸出手，越過姚茜茜，拉了拉辰染的袖子，問道：「茜茜的男友，你能幫我去看一下凱撒嗎？」

辰染一動不動的坐著。但是挨著辰染坐著的男子卻探過頭，免費欣賞耿貝貝露出的若隱若現的春光——白皙粉嫩的脖頸，嬌美的鎖骨，低領的T恤下似遮非遮的兩顆小饅頭，只要她身子再低一點，就可以看到饅頭的全部了。

以辰染的身高正好能一覽無遺，而姚茜茜卻看不到。

耿貝貝又撒嬌似的拉了拉辰染的袖子，神情柔美的抬頭看向辰染的臉。這時她才想起，辰染的眼睛看不見。因為辰染個子很高，也沒有表示出任何行動上的不便，讓她幾乎忘記了他眼睛看不見的這個事實。突然，她驚覺有侵犯的視線，捂住胸口，惱怒的瞪了辰染旁邊的男子一眼。

那名男子遺憾的吹了聲口哨。

「茜茜，為什麼妳的男友不理人？」耿貝貝委屈的轉頭看向姚茜茜。

「他一直這樣，很少說話。」姚茜茜問道：「需要辰染去嗎？」

「還是算了……不要再讓你們惹上麻煩。」耿貝貝虛弱的笑笑，再次拿起杯子，一小口一小口的喝起來。

姚茜茜無奈，她多少能理解耿貝貝為什麼會傷心。凱撒為了一個完全陌生的女人去招惹對方，這讓喜歡他的人情何以堪？

三人沉默的坐了一會，耿貝貝突然說：「茜茜，妳能不能幫我付錢給酒保？」

姚茜茜抬頭一看，酒保站在辰染的不遠處，正在倒酒，於是她拿著耿貝貝給的鈔票，繞到辰染的另一邊，對酒保揮著錢喊道。

「茜茜，小心後面的吧椅……」耿貝貝擔心的站起身，走了幾步，腳下不穩，一個前傾就摔到了辰染身上。

耿貝貝小聲的道著歉，艱難的想從辰染的身上爬起來，卻怎麼掙扎也掙扎不起來，於是慌亂的紅了臉。

辰染一直側頭看著姚茜茜，無視身上的耿貝貝。

「貝貝，妳鼻子流血了！」姚茜茜把錢給了酒保後，回頭就看到耿貝貝在辰染身上掙扎，鼻子上還掛著兩管血。

耿貝貝的臉更紅了，「妳男友怎麼這麼硬！」難怪她摔在他身上的時候鼻子發疼。

姚茜茜害怕耿貝貝識破辰染的真實身分，馬上進入備戰狀態，反駁道：「硬點才好！」

酒保聽到這對話，挑了挑眉。

耿貝貝是越慌越站不起來，姚茜茜看不下去了，對辰染說：【快扶開她。】後來馬上想起，之前那個特殊從業人員被甩出好幾里的事，她趕緊補充道：【輕點……】

辰染聽話的把耿貝貝像哄蒼蠅似的撥了出去。耿貝貝倒沒像那位特殊從業人員一樣飛出去，卻也跟著吧椅摔倒在地。

「沒事吧……」姚茜茜不敢扶她，怕辰染再做出什麼事來，只能擔心的站在一旁問。

耿貝貝勉強笑著搖了搖頭，艱難的爬起來，「我沒事，妳的男朋友好像不太喜歡我。」

「他一直這樣，不習慣陌生人的碰觸，其實心地很好的。」才怪。

「這樣啊。」耿貝貝善解人意的笑了笑。眉眼間盡是柔媚，只是鼻子下面掛著的兩管血和這美景有些不搭。

姚茜茜正在找紙給耿貝貝擦鼻子，蓋斯回來了，卻沒看到凱撒。

姚茜茜和耿貝貝都抬頭看向那個角落，看到三個被揍得趴在地上呻吟的打手，以及凱撒抱著裸體美人去地下室的背影。耿貝貝一下子落下淚來，草草的對姚茜茜說了聲對不起，就撲到蓋斯懷裡大哭起來。蓋斯一臉尷尬，卻不好在這個時候推開她。

姚茜茜心裡鄙視死凱撒，她以為兩人吵吵架就和好，沒想到凱撒真的跟美人跑了。她對這種亂搞男女關係的事十分不喜。喜歡就應該在一起，在一起就應該保持對對方的忠貞，這點都做不到，就應該孤獨終老，省得出來禍害別人。

蓋斯對耿貝貝好話說了一大籮筐，什麼凱撒不是那種人，他只是帶那女子去療傷，什麼凱撒是在故意氣她，其實心裡只有她之類的，終於勸住了耿貝貝的眼淚。

「真是……讓大家掃興了。」耿貝貝擦擦眼睛，咬著嘴脣說道。

蓋斯和姚茜茜趕緊搖頭，沒有的事。

「我要回去等凱撒。你們和我一起回去，還是？」耿貝貝眼神堅定的問道。

「當然是一起！」姚茜茜猛力點頭。

「茜茜，妳和辰染可以到我這裡來住哦。」耿貝貝和姚茜茜邊並肩往外走，邊提議道。

能夠和女主角一起，姚茜茜當然願意，可是蓋斯說過無法提供住處，於是猶豫的問道：「這樣可以嗎？現在房子不是很稀少？」

「沒關係，我有辦法。」耿貝貝柔柔的笑著保證，「一起來吧。和一群大男人待久了，就想看到個女孩子。」

「好啊！謝謝貝貝。」姚茜茜高興的答應。

耿貝貝瞇著眼，無力的微微一笑，像一朵失去了生氣的百合花，柔弱、寂寞，需要人呵護。蓋斯輕輕嘆了口氣，拍拍耿貝貝的肩，就著她的步子和她聊了起來，希望能緩解她的失落。

姚茜茜腳下慢了幾分，和辰染一起，跟在他們後面。

這時候，姚茜茜才發現辰染手裡竟然拿著一瓶紅酒！而他正在邊走邊研究怎麼把它打開！

【你什麼時候拿的！】

【剛才。】

她都沒發現……她的注意力全在耿貝貝身上了。

【那群人發現沒有？】姚茜茜擔心的問。

【不知道。】辰染聞聞瓶口，一股奇異的味道直直衝進他的大腦裡，又豎著瓶子往嘴裡倒了倒，卻沒有東西流出來。

辰染一臉茫然的看著酒瓶。

姚茜茜噗嗤一笑，【趕緊藏起來。等沒人了我幫你打開！】

辰染摸摸瓶身，聽話的把紅酒放進了姚茜茜的背包裡。

【他們現在都沒有追過來，應該是沒發現。】姚茜茜有點佩服辰染的下手速度，酒現在也算得上珍貴的東西吧，應該被看得很緊才對，【下次，如果辰染還想喝，要照今天的這麼做哦！不能被發現。】

【好。】辰染馬上決定，明天再多拿幾瓶。

而此時，酒吧裡一片狼籍。吧檯被撕開一道長方形的缺口，周圍到處是木屑、裸露的鋼釘，亂成一團。放酒的保險櫃被暴力拆除，零件散了一地，裡面的酒卻整整齊齊的放著，唯獨中間多了一個空位。酒保則躺在很遠處的一堆桌椅下昏迷不醒。

眾人望著這場景，無語很久。

在這種地方碰到一個剽悍的酒鬼，真是最糟糕不過的事情。

★※☆※★※☆※★

到了傭兵團駐地，姚茜茜發現這裡就是一棟公寓。更在得知五、六個大男人擠一間宿舍後，她不指望這裡的住宿條件了。

蓋斯一直想辦法逗耿貝貝笑，每當耿貝貝為他的話綻放出一朵影影綽綽的小笑花時，他覺得自己的心都亮了，無比有成就感。

等蓋斯驚覺已經回到了宿舍，看向跟來的姚茜茜和辰染，勸耿貝貝道：「我們這裡確實沒有多餘的地方了，還是讓茜茜他們出去住吧。」他怕耿貝貝再因為姚茜茜的事惹凱撒生氣。

「你放心，我心裡有數。你先回去吧，我和茜茜說說話。」

「好，別太晚，早點休息。」

蓋斯不太放心的看了眼耿貝貝，又向姚茜茜和辰染告別，進了公寓。

耿貝貝笑著向姚茜茜招手，小聲的抱怨道：「蓋斯就是這樣，妳別放在心上。跟我走吧，今天在我那裡好好睡一覺！」

姚茜茜聽著不對勁，「妳那裡？」

「是啊，我房間裡有張柔軟大床，睡起來可舒服呢。」

「這樣啊。貝貝妳真好，我也很想睡大床，好久沒睡過了，可是我得和辰染在一起。」姚茜茜委婉的拒絕。

「沒關係，知道你們不願意分開，房間還算大，我一個人睡也浪費。」

姚茜茜有些反應不過來的看著耿貝貝，「妳說辰染也要去妳那裡睡？這怎麼可以！」

耿貝貝微微蹙眉，「為什麼不可以？」

姚茜茜無法說出辰染是喪屍的話，而且她聽到耿貝貝要和辰染一起睡，心裡十分不舒服。最重要的是，耿貝貝不是已經有凱撒了嗎？這樣不設防的邀請其他男性不好吧？雖然辰染沒有那方面的能力。

「貝貝，妳不適合和陌生男性一起睡覺吧。」姚茜茜斟酌著開口。

「現在誰還在乎這個！」耿貝貝擺擺手，「我都不介意，你們還怕什麼？」

「我介意！」姚茜茜正色的說道：「一個女孩子如果不在意自己的名譽，那麼別人也不會在意。我們要管束好自己的言行，與男子保持距離，直至結婚。這樣，不管是別人還是未來的丈夫，都會尊重我們。」

她媽媽曾說過：「不管這個世界如何宣傳性解放、性自由，女性永遠都是性的受害者。我們不能把幸福快樂繫在男人的良心和責任上，那樣對誰都不公平。無論如何，都要保護好自己，因為有些傷害，會危及我們一生。」

姚茜茜還記得，媽媽告誡她後，摸著她的頭說：「雖然那些經歷可以使妳更加堅強，更能體會到生命與責任，但是媽媽還是希望妳一輩子都不要體驗到。」

「我不希望貝貝妳受到傷害。妳和凱撒如果有什麼誤會，還是坐下來談一談比較好！」姚茜茜覺得，耿貝貝之所以不管不顧的要邀請他們，是怕一個人等凱撒回來，太寂寞太無助，「現在，妳最重要的是回去睡一覺，什麼都別想。」

耿貝貝被姚茜茜說得無地自容，下意識避開了她的眼睛，心裡陡然升起一陣惱怒，覺得自己的好心被踐踏。

「既然這樣，那我走了，安迪還需要人照顧。」耿貝貝沉著臉，朝姚茜茜他們敷衍的擺擺手，轉身離開。

姚茜茜看著耿貝貝的背影，心裡有點沒底，她好像惹耿貝貝生氣了。她求助的看向辰染。

而辰染發現終於四下無人了，睜開陽光般燦爛的眼睛，也看了看姚茜茜。然後他面無表情的把紅酒從背包裡拿出來，塞給她。

「……」姚茜茜抱著酒瓶，無語的望著辰染期待的眼神。

姚茜茜把剛才的擔心拋到一邊，反正已經說了，耿貝貝生氣也罷，不生氣也罷，自己都是為她好，希望她能明白。

然後她轉頭對辰染說：【我們找個沒人的地方吧。】

於是，辰染把姚茜茜帶上了某別墅屋頂……

坐定，姚茜茜撕開紅酒的包裝，使勁拔了拔上面拴緊的軟木塞，發現拔不開。她猛然想到，好像需要開瓶器。

【辰染，你拔拔看。】姚茜茜指著軟木塞，對辰染說。

辰染一用力，軟木塞輕鬆的滑了出來。他高興了，扔了木塞，抱過酒瓶，伸出舌頭歡快的舔起來。

姚茜茜看著辰染像癮君子一樣抱著酒瓶不放手，生怕他以後走上酒鬼這條不歸路……

很快，辰染就喝光了酒，不捨的舔了幾下瓶身，身子晃了晃，然後就安安靜靜的抱著酒瓶，瞇眼望向姚茜茜。

姚茜茜叫他，他也不回應。

姚茜茜被他看得寒毛豎立。

——這絕對是醉了！

現在，她有點後悔放縱辰染喝酒了。她看他終於有一個人類的食物愛好，就沒有阻攔，完全沒想到如果他會醉該怎麼辦！

【辰染，要乖乖的啊。】姚茜茜湊過去，抓住他的胳膊說道。

她怕他突然衝出去，做出什麼要命的事來。

這裡可全是人類！

帶他來人類的領地，真是一個錯誤的決定。

都怪她自己的私心，想和人類待在一起，想探聽女主角的事。人類與喪屍明明是誓死對立，而她卻完全沒意識到，她把他帶進了一個全是死敵的環境裡，稍有差池，稍微被懷疑，小命都有可能葬送掉。

他們還是儘快離開吧，等辰染酒醒以後……

【茜茜，乖乖的。】

辰染身子一斜，就躺進了姚茜茜的懷裡。姚茜茜趕緊抱住他的身子，像抱著一塊石頭，冰冷僵硬，壓得她有點胸疼。於是她把辰染往下挪了挪，讓他枕在自己的肚子上。

姚茜茜現在就祈禱辰染像很多醉酒者那樣趕緊睡過去。

【茜茜……】辰染趴在姚茜茜的肚子上，挨挨蹭蹭。

【辰染。】

【茜茜，妳太笨了。不要想那麼多，都交給我！】辰染覺得自己的腦袋在跳舞，但身子卻有些乏力，【妳只需要永遠和我在一起，讓我抱，給我舔就可以了……其他一切交給我。】

【可是……】姚茜茜發覺辰染的話變多了，這絕對是酒精的緣故。原來都是她說得多，他在一旁默默的聽……

【什麼可是！】辰染皺眉的抬起頭，直起身，用額頭頂著姚茜茜的額頭，【沒有可是！妳是我的，大腦是，身體是，命也是！如果妳總是想那些人類的話，我就把他們一個個都弄死。】

辰染再次強調道：【都弄死！】

【……】姚茜茜無語，醉了的辰染好任性。

【妳不要對他們好，我只要妳一直一直和我在一起。】

姚茜茜只覺得眼前一片燦爛的金色，辰染硬硬的額頭頂著她有點痛。她下意識往後躲，辰染不依不撓的貼上來。她被辰染的額頭撞得有點暈，連忙許諾道：【好的，辰染。我們永遠在一起，不分離。】

【可是妳並不相信，妳的心不是這樣想的。】辰染伸出舌頭，溫柔的舔舐起姚茜茜的臉。

【……】姚茜茜不知道說什麼才好，這樣的辰染她有點招架不住。

【妳覺得妳會先我而去，妳不相信永遠，妳認為生命短暫，死亡最終會把我們分開。】

姚茜茜沉默了，她在辰染面前相當於裸奔狀態，藏得多深的想法都逃不過他。

辰染直起身子，半跪在地上，把姚茜茜摟入懷中。

【妳也不相信我，妳害怕有一天我離妳而去。妳不明白我為什麼會保護妳。妳不清楚我懂不懂人類的感情。】

姚茜茜身子一僵，辰染更緊的將她抱住。

【妳的感情那麼複雜，我怎麼會懂？我只知道，沒有茜茜，只是在不斷的吞食。有了茜茜，

才無奈、害怕、憤怒、喜悅。】

【妳是獨一無二的，妳就像我身體裡缺失的那部分。】

辰染將手放在了姚茜茜的胸前，感受那裡的溫暖。

【妳在幫我跳動。】

姚茜茜不知道要怎麼來形容現在的心情，平常辰染什麼都不說，沒想到他都懂。他知道她本能忽略的東西，洞悉她的恐懼。

「辰染……那我可以喜歡你嗎……」

【隨妳。】尾巴一搖。

「你說，喜歡一具屍體會不會太駭人聽聞了啊？」姚茜茜突然覺得自己口味好重！

【管他。】

「那……」姚茜茜掙開辰染的懷抱，看著辰染說：「那我知道為什麼我會喜歡辰染！」

【為什麼？】尾巴猛搖。

「因為辰染是唯一一個，保護我，對我好，救了我無數次的好屍體！」

【嗯。】

也是唯一一個，會把她放進心裡，再無旁人的好喪屍。

姚茜茜心生一念，開始盯著辰染蒼白的嘴唇醞釀勇氣。

辰染發覺姚茜茜的念頭，面色淡定的凝望著她，為她準備機會！

姚茜茜環上辰染的脖子，猶豫的湊近他。

辰染真心希望，那些埋伏在四周的人類可以晚一點出來，讓他享受一下這個！

可是，那些人類卻不這麼想。

就在姚茜茜碰到辰染嘴脣的一瞬間，槍聲響起！

辰染抱著姚茜茜瞬移到了半空中，憤怒溢於言表，眼睛紅光一閃，只聽「噗噗」、「劈里啪啦」幾聲，就再無槍聲了。姚茜茜甚至都沒看到偷襲他們的人在哪裡、長什麼樣。

這裡真的是太不安全了！

【辰染，出了什麼事？】怎麼會突然有槍聲？

【沒事。】辰染隔空消滅掉那些阻礙他和她親密接觸的傢伙們。

姚茜茜覺得自己沒有招惹上什麼人，只有凱撒今天晚上好像發瘋一樣來了個英雄救美。為什麼他搶人，他們卻惹了一身腥！

姚茜茜伸頭，藉著月色仔細找了找，還是沒發現任何人影，只是聞到了傳來的陣陣血腥味。她覺得辰染真是越來越厲害了，殺人於無形啊……

血腥味越來越濃，嗆得姚茜茜催促辰染趕快離開。辰染抱著姚茜茜，又找了個屋頂落腳。接著他嫻熟的把兩人的姿勢擺成偷襲之前的樣子，想讓姚茜茜繼續剛才的事情。可是姚茜茜顯然不這麼想，在她的意識裡，剛才的親密接觸已經完成了！

折騰了這麼久，姚茜茜有點睏了，於是她問道：【那些人還會不會來襲擊我們？】

【茜茜不怕。】

姚茜茜腦海裡突然冒出辰染沒有說出的下半句——**把一切都交給我**。

瞬間覺得無比安心，她枕著辰染的胳膊，翻了個身，就想睡覺。

可辰染還等著姚茜茜吻他呢！看她一臉睡意，乾脆湊上去舔吻她。

姚茜茜把臉往他懷裡一躲，睡了過去。

辰染生氣了，發狠的伸出舌頭，到處亂舔。

姚茜茜：「ＺＺＺ……」

一夜無夢。

★※☆※★※☆※★

清晨，姚茜茜只覺得有涼涼的東西滴在了自己的臉上，她微微蹙眉，醒了過來。

睜眼，看到又一滴水珠掉下來，砸進了她的眼裡。難受的揉揉眼，姚茜茜轉動了下痠痛的脖子，抬頭看向了辰染。

他一手環著她的肩膀，一手摟著她的腿，像洋娃娃那樣把她半抱在懷裡。

他身上沾滿了晨露。那些淘氣的小水滴順著他蒼白的臉頰，徐徐的滑到他的下巴處，越積越多，不久就掉了下來，正好砸到了她的臉上。

姚茜茜看不下去，拿袖子為他擦掉。

辰染見姚茜茜醒了，陰沉帶了層霧氣的眼睛瞬間被點亮，露出燦爛的金光，就像是為一具空殼注入了生命力一般。

【臉上這麼多水，怎麼不擦掉。】姚茜茜一邊袖子濕了，改用另一邊。

辰染怎麼會在乎這個，眯著眼，伸舌頭舔姚茜茜。

姚茜茜明白了，辰染酒勁過了，又恢復成原來不愛搭理人的性格。

【辰染，你還記得昨天說的那些話嗎？】姚茜茜不確定的問。

辰染敷衍的點點頭。突然，他停止動作，看向姚茜茜，【茜茜，妳還記得昨天的事嗎？】

【當然記得！】

太好了！辰染猛的把姚茜茜放倒，壓住猛親。

姚茜茜忍受的緊閉雙眼和嘴巴，迎接辰染早上的「蓋章」運動……

果然啊，即使是喪屍，只要感情確定了，下一步就是撲倒！

美妙的清晨過去，辰染心滿意足的抱著茜茜，看她吃東西，以及……暗中警戒不遠處的危險。

基地外城的防禦，是在各棟房子之間封上高高厚厚的水泥牆，把房子連接起來，組成一圈抵禦喪屍的圍牆。而他們正坐在這種用來做圍牆的房子屋頂上。

辰染能夠感覺到，在離他這裡不遠的房子裡有一隻很強大的喪屍，而對方似乎也發覺了他。但是他們都沒攻擊的意思。

這可真有意思。他是因為有茜茜，不方便，卻不知道對方是為了什麼。

不過，雙方已經瞄定彼此了，只等一個合適的時機。

他想出手的話，至少要等離開了這座人類基地。昨天在姚茜茜睡著之後，他最少弄死了三撥人類。那些人類的目標很明確，就是在尋找他們！

吃過早飯，姚茜茜拉著辰染想去看望耿貝貝，看看凱撒與她和好了沒。

兩人到了公寓門口，卻發現凱撒一行人正整裝待發。

「蓋斯。」姚茜茜和他打了聲招呼，湊上前問道：「你們這是要去哪？」

「去狩獵。」蓋斯邊搬運槍械，邊回答，「基地的物資，都是基地分屬的三個武裝集團去搜索來的。我們正好是其中之一。」

姚茜茜明白的點點頭，「這樣啊。怎麼沒看到貝貝？」四下環視。

「貝貝還沒下來。我們出去，怎麼能不帶上她？全指望她的一手好菜呢！」蓋斯笑著說道。

姚茜茜俐落的鑽進車裡幫忙，拉住蓋斯搬上來的箱子，往裡面擺。辰染跟著跳了上去，看著姚茜茜費勁的往裡擺箱子。

搬上最後一箱，蓋斯很紳士的伸出手，想扶姚茜茜下來。辰染卻比姚茜茜先鑽了出來，轉身把她抱進懷裡，然後向蓋斯飆殺氣。蓋斯好笑的收回手。

【辰染，剛才重死我了，你怎麼不幫我？】姚茜茜從辰染懷裡掙脫出來，揉著手臂說道。

【那妳還玩那麼久。】辰染皺眉。

【……】姚茜茜好想無力跪地。

等耿貝貝下樓來，看到姚茜茜，友好的向他們打招呼。

姚茜茜仔細看了看耿貝貝的臉色，好像已經不再生她的氣了。

可是耿貝貝和凱撒之間卻很微妙，她出來之後，凱撒看了她一眼，接著安排人員上車，兩人有意的錯開視線，沒有任何語言上的交流。

還是沒有和好啊……姚茜茜嘆了口氣。

耿貝貝走近姚茜茜，送給她一個小盒子，說是當昨晚吵架的賠禮。

姚茜茜打開一看，驚喜的發現竟然是糖果，她多久沒吃過了！她連聲向耿貝貝道謝。然後，她一會看著糖，一會對耿貝貝傻樂。她覺得耿貝貝怎麼這麼好看可愛！

耿貝貝看著姚茜茜傻笑了一會，突然說道：「傭兵團全體出動，安迪無人照顧。我想請妳去照顧一下。」

姚茜茜連忙擺手，「我照顧人可不在行，尤其是重傷患。照顧不好，加重他的傷情，就不好了。」安迪看到她，還不知道會鬧出什麼事來，好不容易保住一條命，還是讓他好好養傷吧。

「這樣好了，我們這次狩獵，帶上辰染，好讓他幫妳帶些東西回來。這裡很安全，沒人敢來我們的地盤。我們出去的時間也不會太久，妳只要按時餵他三餐就行。」耿貝貝雙手合十，懇求的說道。

姚茜茜使勁搖頭。開玩笑的吧，她怎麼能和辰染分開！

「茜茜！」耿貝貝撒嬌的跺跺腳。

姚茜茜堅決不同意，耿貝貝也一副不達目的絕不甘休的樣子。

兩人僵持不下。

「如果你們願意，就一起來，但是生死不負責。如果出現任何拖累我們的情況，我會立刻擊斃你們。」凱撒搖下車窗，將胳膊扶在上面，沉聲對姚茜茜他們說道。

「凱撒！」耿貝貝生氣的叫了一聲，望向他，「茜茜她什麼都不會，怎麼隨軍？」

凱撒不看耿貝貝，只是盯著辰染。他對這個高大眼盲的男子一直有種奇怪的牴觸，他直覺的認為辰染很危險。

姚茜茜可高興了，能和女主角一起出去她當然樂意，說不定就能讓她勘破男主角是誰，以及如何駛向新世界呢。

於是，姚茜茜欣然同意。耿貝貝則氣得跺腳。

大家都上了車，凱撒卻看到傑克在外面遲遲不進來，就問他怎麼了，在等誰。

傑克應了一聲，再次望了望，實在是不好意思再浪費大家時間，就進到了駕駛座，轉動鑰匙，發動車子。

「出了什麼事？」坐在副駕駛座上、拉著上方把手的凱撒問道。

「沒什麼，一個朋友，本來說好一起來，但是沒來。」傑克握著方向盤，神色略帶擔心的說道：「他說獵到了一個好東西，能發大財，還說昨天請我喝酒，也沒等到。後來去找他，他也沒在家。」

「說不定正在某個溫柔鄉裡呼呼大睡。」凱撒半開玩笑的說道。

傑克一掃剛才的擔憂，哈哈笑道：「有可能！這倒像那小子的性格！」

上車後，耿貝貝坐在姚茜茜身邊，依然不死心的勸道：「茜茜，這可不是鬧著玩。狩獵很危險的，妳還是留下來照顧安迪吧，趁現在我們還沒出基地。」

「我是為妳好！外面喪屍有多少，妳又不是不清楚。稍有差錯，就會送命。而且妳也不想成為辰染的負累吧！一邊戰鬥還要一邊保護妳！」

姚茜茜有些感動耿貝貝的擔心，真心道：「沒關係，我要向妳學習，做一個堅強的女子！」

耿貝貝面色一僵，她以為姚茜茜是諷刺自己也是弱質女流，卻跟著出來。

「我和妳不同……」耿貝貝喃喃的說道。

「我知道，貝貝！妳是這世界上最與眾不同的存在，跟著妳，有肉吃！」姚茜茜很自然的把心裡話說了出來，女主角光環無敵啊！

「茜茜……」耿貝貝覺得姚茜茜這句話絕對不是恭維，而是她真的這樣認為，這倒是讓自己有些不知道怎麼辦才好。她除了一些重生後的先知外，可沒別的本事。

耿貝貝好笑的想伸手拍拍姚茜茜的肩，辰染卻在發現她的意圖的瞬間，就把姚茜茜護進了懷裡，殺氣森森的朝耿貝貝齜了齜牙。

耿貝貝一愣，竟然被辰染可怕的氣息嚇得打了個激靈。

三人之間瞬間尷尬無比。

「茜茜，妳的男友占有欲也太變態了吧！貝貝是個女孩子，他也防啊？」蓋斯趕緊開口，緩和氣氛。

耿貝貝臉色發白的捧場笑了一下，不再說話。她審視的瞥了幾眼辰染，越發覺得古怪。他的舉動十分的怪異，就好像沒有融入人類社會一樣，能力又十分強悍。雖然說是被野獸養大的，但那天她跌倒在他身上，就好像跌到了石板上，這點很不正常。

有誰的身體硬如石板？除非……

耿貝貝想到了一種可能，又不可思議的看了看辰染，卻覺得不是。他的臉色一點也不發青，會說話、會思考，最重要的是並沒有表現出對人類的食欲。

她是重生的，當然知道後面會出現一些高級喪屍，但這些喪屍都會屠殺人類，視人類為死敵。

或許是她跌倒的地方不對？

想到這，耿貝貝的臉紅了。

姚茜茜被辰染抱在懷裡，心裡不斷的安撫著他。

【下次絕對注意，辰染不要生氣啦。】姚茜茜保證道，辰染不喜歡她跟其他人接觸，那她就不接觸，誰還能比辰染重要！

【嗯。】辰染大度的原諒了姚茜茜「想和人類擁抱」這不健康的思想。

然後，他拿起姚茜茜的胳膊，細細密密的啃噬起她的手腕。

姚茜茜任由他啃，頭枕在他胸口，在汽車的顛簸中，有點昏昏欲睡。

辰染發現，只要他不把舌頭伸出來，其他事情姚茜茜並不怎麼反對。所以，他從手腕啃到手指，再啃回來，那叫一個不亦樂乎。

「喂喂喂，你們夠了吧！等回去再親熱，這麼多人看著呢！」蓋斯受不了的出聲阻止。他實在受不了他們倆這種旁若無人的行為！

姚茜茜的臉瞬間爆紅，死命抽出手，推開辰染，老老實實的坐到一邊。

【辰染，等回去我們再抱抱啊。】姚茜茜抱著辰染的胳膊安慰道。

辰染只覺得嘴裡一空，手裡一空，懷裡一空，姚茜茜就掙脫了他。還在陶醉中的辰染愣了一下，察覺過來，立刻對著始作俑者飆殺氣。

那一刻，他是真的想殺了蓋斯，想殺了所有人！因為他發覺，這些人類可以輕易影響姚茜茜的意志。

蓋斯一怔，對於危險的敏銳讓他正色的看向辰染，手緩緩扶上了腰間的槍，他能感覺到辰染是真的想殺他。

其他人也警惕的看向辰染，他們都感覺到了辰染的變化。

【辰染……】姚茜茜雖然沒有傭兵們對於殺氣的直覺，卻也感覺到辰染和平時不同，像是正在發怒般緊繃著臉。她擔心的抱緊他的胳膊，靠在他身上。

蓋斯不知道辰染竟然任性到了這種地步，只是因為阻止他們親熱，就想殺他。他覺得不可思議的同時也無奈的嘆了口氣，或許是沒有人教他要珍惜生命。

一時間，車上的氣氛劍拔弩張。

姚茜茜擔心的看著四周的傭兵們，又看看辰染。

這時候，車卻磅啷了幾聲，停了下來，前蓋冒出了一股白煙。車上的人都因為慣性，被往前一帶。

「怎麼回事？」

「好像是引擎燒了！」傑克氣惱的喊道。

他們順著地圖，正好走到一條高速公路上，現在前不著村、後不著店的。

「全員下車，帶好武器。傑克，你看看能不能修好。」副駕駛座上的凱撒沉著的下命令。

大家裝備好食物、水和彈藥，依次下了車。

眾人站在滿是廢棄車輛的公路上，馬上分散開來，四處瞭望警戒。凱撒和傑克去檢查車。

「好像是被人故意破壞的。」傑克指著被剪斷的鋼管說道。

凱撒看著引擎，沉默不語。

「前面有屍群！」突然，一名傭兵高聲喊道。

大家一愣。

凱撒展開地圖，快速瀏覽了一下，然後馬上命令道：「全體進入森林，後面有個小鎮！」

大城市往往意味著大量的喪屍，而小鎮裡的喪屍數量少，相對比較安全。

大家聽命，訓練有素的進入森林。

而屍群本來漫無目的的遊蕩，突然被一股味道吸引，紛紛轉向他們。看到活人，喪屍立刻像蒼蠅見了肉一樣，飛撲過來。

凱撒跑了幾步，回頭，看到緊緊跟在後面的耿貝貝，二話不說，抱起她快速逃跑。

耿貝貝掙扎著，非要自己跑。

姚茜茜被辰染抱在懷裡，悠閒的走在最前面，她看到耿貝貝在賭氣，掙扎著不讓凱撒抱，立刻喊道：「貝貝，現在不是賭氣的時候！」

耿貝貝抬起頭，狠狠的瞪了姚茜茜一眼。

第九章

!

原來辰染也挑食

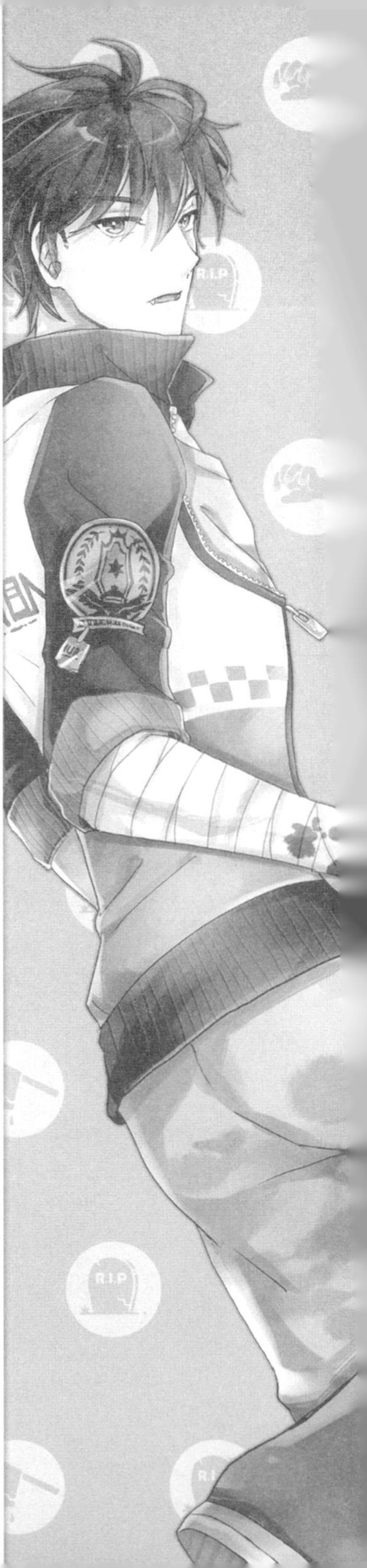

姚茜茜被瞪得趴回辰染的肩膀，歪頭觀察凱撒和耿貝貝的互動。她對追來的屍群一點也不擔心，這裡最強大的一隻喪屍正抱著她呢！

尾隨的喪屍越來越多，傭兵們體力再怎麼好也不能無限跑下去，再這麼下去，大家遲早會被追上。

這很奇怪。他們發現屍群的時候距離很遠，不應該這麼快被發現，而喪屍追趕他們的樣子，簡直好像被什麼吸引了一樣。

「檢查補給和背包！」凱撒猛然喊道。

大家立刻邊跑邊脫下背包，結果在飯盒裡發現了新鮮的肝臟之類的東西，卻因為量少，大家都沒有聞到血腥味。而喪屍就不同了，一點血腥味都能吸引到他們。

「團長！」大家驚怒的看向凱撒。

「全部扔掉！」凱撒臉色難看的命令道。

——他們被人暗算了！

眾人都很猶豫，實在有些捨不得。

「聽到沒有？扔掉！」

傑克一咬牙，「食物可以再去找，命只有一條！」說完，狠狠的把飯盒拋到了後面。

大家一看，跟著紛紛扔了出去。

果然，尾隨的屍群漸漸減少。

耿貝貝看危險過去，掙扎著從凱撒身上下來。她不理凱撒，幾步跟上了最前面的姚茜茜。

蓋斯有些羨慕辰染，瞧人家被野獸帶大的就是有勁，跑起來就是快！

「茜茜，我跑不動了。」耿貝貝喘著粗氣，伸手去拉辰染的衣服。

姚茜茜沒注意到耿貝貝的小動作，辰染更不會在意了。

「那妳還不讓凱撒代勞……」姚茜茜無奈的說道：「那麼好的勞力……」之前她可羨慕了。

幸虧現在有辰染……想著，姚茜茜朝辰染傻笑了一下。

辰染一高興，大長腿跨了幾步，就跑出去老遠。

耿貝貝手裡的布料一鬆，眼睜睜看他們跑遠。她有點氣惱，可隨即想到辰染看不見，她的心就平靜下來。

她轉身去求蓋斯，想讓他幫忙拉著她跑。蓋斯欣然答應，然後才驚覺的看向凱撒，以眼神詢問。凱撒沉著臉，盯著耿貝貝，沒說話。

於是，變成蓋斯帶著耿貝貝跑。

辰染跑著跑著，發現前面小路的正中間站著一隻全身通紅、穿著白衣的喪屍。他對這隻喪屍無愛，不想搭理他。

傭兵們也看到了這隻非同一般的喪屍，凱撒馬上喊大家隱蔽。眾人訓練有素的端起槍，鑽入附近的草叢。

姚茜茜好奇的轉過身子，看到那隻紅色喪屍後，眼睛一亮，【辰染，稀有品種！吃了會不會進化？】

【不好吃，沒用。】辰染本能的給出答案。

【哦，那略過吧。】姚茜茜趴回去。

蓋斯站起身，想把那兩人喊回來。難道他們沒聽到要隱蔽嗎？

凱撒則拉住蓋斯，對他搖了搖頭，示意不要暴露自己人。

蓋斯重重的嘆氣，擔心的看著前面的情況。不一會，他就兩眼凸出，露出一副不可置信的模樣——那隻全身紅色的喪屍竟然在辰染和姚茜茜經過他身邊的時候，沒有任何反應！

辰染和紅色喪屍錯開的瞬間，瞥了他一眼；紅色喪屍也將眼珠轉到了辰染這邊，以人類眼睛不可能達到的角度看著他。然後雙方分道揚鑣。

紅色喪屍步履蹣跚的向傭兵團藏匿的位置走來。

傭兵團隨即開火。

姚茜茜張大了嘴巴，她看到紅色喪屍虛空一指，半空中就出現了一道火牆，猛的砸向了凱撒他們！

像遊戲裡遠程攻擊的法師……

【辰染……】姚茜茜扭頭，奇怪的問他：【他好強啊，為什麼不吃……】

【不喜歡吃。】

【……】原來辰染也挑食！

姚茜茜倒不擔心凱撒他們，跟著女主角，就是安全保障啊！

可是她有點擔心人類，喪屍再這麼厲害下去，人類絕對OVER……

姚茜茜要辰染停下來，遠遠的觀察著戰局。

那是相當艱苦的作戰。一隻會玩火的喪屍，除了不停的燒他們外，還爆掉他們的子彈，讓他們不得不扔掉所有的彈藥，白刃和他肉搏。

不久，就出現了減員。

一個可憐的年輕傭兵，被火活活燒死，大家卻都無暇救他。

凱撒做了個手勢，讓傑克和剩下的兩名傭兵從前面吸引喪屍的注意力，他和蓋斯從後面包抄。但對方是三百六十度無死角的放火，就像眼睛只是擺設一樣。眾人幾次聯手攻擊下來，掛彩不少，全部是燒傷。

耿貝貝早被凱撒命令，跑向辰染。

「你、你們……快想想辦法！」耿貝貝拄著膝蓋，喘著氣對姚茜茜和辰染說道。

姚茜茜也很擔憂的看著那邊的情況，女主角一來，她就不太肯定他們會不會領便當了，於是開始猶豫要不要幫忙。

【想都別想。】

辰染發話，姚茜茜立刻收了心思。

「那隻紅色喪屍看上去很厲害，我們過去也是於事無補。不如我們在這裡靜觀其變吧！」姚茜茜說道。

「茜茜妳怎麼能這麼殘忍！」耿貝貝急道。

「可是——」姚茜茜皺眉。跟她說沒用啊！她也是遵從辰染的想法，畢竟她很弱，耿貝貝問她還不如問辰染呢！

「剛才你們不是過來了？你們用的是什麼方法？」耿貝貝害怕等一會凱撒撐不住，就輪到他們了。

姚茜茜摸著下巴回憶了一下，要說雙方有什麼不同，就是他們傭兵團全是人類，而他們兩個一個是喪屍、一個是人類……但這可不能說！

她眼睛轉了一下，想到什麼似的說道：「我們沒有武器！」進基地的時候，所有的武器都被沒收了！

「有道理！」耿貝貝馬上明白過來，沒有主動攻擊以及火藥，說不定就是他們沒有吸引喪屍注意的原因。

凱撒發現他們遠距離攻擊無效，可若是近身攻擊……他們需要一個機會！凱撒眼神一黯，不管不顧的衝向紅色喪屍，打算用肉體禁錮住對方的行動，為其他人爭取時間。

「團長！」

「老闆！」

剩下的幾人悲痛的吼道。

當凱撒被紅色喪屍攻擊後，火焰瞬間點燃，他立刻變得像火人一樣——凱撒用了極大的代價接近紅色喪屍！

然而，就在凱撒一觸及到對方的剎那，紅色喪屍突然間化成了渣渣，像是灰燼一樣，飄散在空氣中……

「……！」

眾人的下巴差點掉下來。

被殺得太容易了吧！簡直是玻璃人，一碰就碎！

這是他們見過攻擊力最強，也最脆皮的喪屍！

凱撒趕緊撲滅掉身上的火，其他人迅速過來查看他的傷勢，蓋斯眼疾手快的扶住了他。

耿貝貝興奮的看向姚茜茜，流著淚，轉身就跑了過去。

當耿貝貝一扶住凱撒，凱撒一低頭便凶狠的吻住了她，像是要發洩這幾天的怒火般……激烈，且透著一股迫不及待。耿貝貝閉著眼承受著凱撒的吻，紅暈爬上了她的臉。

傭兵們則在一旁吹口哨起鬨。

辰染看到後，睜開眼，指著交織在一起的兩人，責問姚茜茜，嚴重鄙視她的吻。

【要像他們那樣吻我！】辰染認真的要求道。

姚茜茜覺得他真是強人所難，她哪裡會那麼高深的技術。再說，他們不能交換口水好不好！她會被感染的！

傭兵團這邊，傑克突然覺得眼角有什麼一閃，低頭查看。

「團長，你看！」傑克從喪屍灰燼裡撿出了兩顆透明的彩色石頭，一白一紅。

凱撒放開耿貝貝，一手扶住她的腰，一手接過那些石頭，攤在手裡。

「看不出是什麼東西。」蓋斯湊過去，仔細瞧著。

兩顆石頭圓潤透明，晶瑩好看，看上去就像是某種礦石。但它們從喪屍的身體中掉出來，就顯得不像外表那樣普通可愛了。

凱撒暫時將石頭收進口袋裡，等回去以後再做研究。

姚茜茜也走近他們，踮著腳望著他們手裡的石頭。

【辰染，那石頭有用嗎？】姚茜茜好奇的問。

【不知道。】

姚茜茜一聽這話，明白了，它們對喪屍一定沒用……

凱撒決定先在這裡整頓一下，於是眾人療傷的療傷，打獵的打獵。

蓋斯體貼的幫耿貝貝架起火堆，並誇張的說他又有口福了。耿貝貝羞澀的笑了笑，謙虛的回應，家常小菜，他們喜歡就好。然後療傷的傭兵們開始揶揄耿貝貝，嫂子嫂子的叫。

耿貝貝笑得更開心了，眼角掃到不遠處正好奇望著他們的姚茜茜，她覺得離水滾還有一段時間，就跟凱撒說了一下，走到了姚茜茜他們面前。

「茜茜，妳可不能總是這樣，快從辰染身上下來。」耿貝貝無奈的說道。

姚茜茜不是不想下去，當眾秀恩愛不是她的菜。可剛才聽蓋斯的勸說離開辰染，蓋斯就被辰染飆殺氣了。

她可不想耿貝貝出事，於是只好硬著頭皮說道：「我喜歡抱著他……」

「茜茜，妳不能再這麼任性下去了！既然在一個團隊裡，妳就要貢獻出一份力來！」耿貝貝苦口婆心的勸道：「我們已經犧牲了一個人！他才二十一歲。」說完，她流下眼淚。

姚茜茜也有些難過的垂下頭。

「妳不能永遠躲在辰染背後！」

「我能……」姚茜茜怕耿貝貝不明白，示範性的抱住辰染。

耿貝貝氣極，「妳這種廢物，為什麼不早點死掉算了！」

「……」

這句話真的有點狠了，就算對女主角抱有絕對好感的姚茜茜也有些生氣。可是她深知和女主角作對會讓自己倒楣，就強忍下反駁的衝動，閉緊了嘴巴。

「對不起，茜茜。」耿貝貝也覺得自己有些失態了，趕緊道歉，「我是太傷心了……妳不是說要像我一樣，當一個堅強的女孩嗎？那妳就從脫離辰染的保護開始吧。」

「呃，這個難度有點大。要不然我們換一個，脫離辰染的保護我會死的機率比較大啊。」姚茜茜認真的說道。耿貝貝既然道歉，當然她就不會再把耿貝貝的氣話放在心上了。

「妳！」耿貝貝氣極，深吸了一口氣，「廢物就是廢物！扶不起的爛泥！」

姚茜茜也黑了臉，怎麼總對她人身攻擊！再好脾氣的人，被這麼罵也會發火的。

「我是什麼，妳說了不算！」姚茜茜回嘴道。

「廢物！爛泥！不說妳也是！」耿貝貝繼續刺激姚茜茜。

「不是！」

兩人一揚頭，互相不理對方了。

傭兵們好笑的看著兩個小姐妹拌嘴，覺得女人真好玩，一點事情就能吵得面紅耳赤。而辰染看著姚茜茜紅撲撲的小臉蛋，感受著她富有活力的心跳，看得入迷。

可是姚茜茜跟耿貝貝一吵完，覺得自己心裡委屈極了。就算耿貝貝是女主角，也沒資格這麼罵她！想著想著，她開始掉眼淚。

辰染皺眉，把姚茜茜的臉抬起來輕輕舔舐。只覺得他的胸口細細密密的像針扎似的痛起來。姚茜茜把頭埋進辰染的頸窩裡，不言不語，偶爾輕輕抽泣一聲。辰染抱緊她，輕撫她的背，無聲的安慰著。

傭兵們則熱火朝天的烤起剛獵來的食物，大家有說有笑，誰也沒把小女孩的哀愁放在心上。飯做好了，耿貝貝幫眾人盛完。最後盛了兩碗，她拿去找姚茜茜和辰染。

姚茜茜早被飄來的香味惹得口水四溢。耿貝貝讓她從辰染身上下來，就給她一碗。姚茜茜梗著脖子，不要。

「不要耍脾氣了啦！我都不生氣了……」耿貝貝無奈的嘆了口氣，「妳不吃飯，辰染總要吃吧。不能讓他一直抱著妳。快下來，聽話。」完全哄小孩子的口吻。

姚茜茜把頭繼續埋進辰染的懷裡，不搭理她。

蓋斯嘆了口氣，也勸姚茜茜不要任性，為辰染帶來負擔。就算她不吃，也該讓辰染吃。

姚茜茜埋頭不理。

耿貝貝有點生氣了，「妳不吃也不讓別人吃，太任性了！辰染，你別管她，給你！」將其中一碗遞給了辰染。

辰染接過了碗，捧到姚茜茜面前。

【茜茜，吃飯。】

【我不餓！】姚茜茜看了眼碗裡的東西，嚥了下口水，扭頭。

【妳的肚子明明在叫。】辰染誠實的提示。

【就是不餓。】說完，姚茜茜躲進辰染的懷裡，又開始掉眼淚。才不要吃她給的食物呢！好討厭這種感覺！

【不喜歡吃？】

姚茜茜埋首，點點頭。

辰染聽完，隨手把碗一扔，抱著姚茜茜，消失在眾人的視線裡。

耿貝貝看著撒落了一地的食物，生氣的大喊：「辰染，你！」

傭兵們你看看我、我看看你，搖頭嘆氣。好任性的兩人！

過了半個小時，姚茜茜才揹著鼓鼓的背包，被辰染哄好了抱回來。

【辰染……】姚茜茜抱著辰染的脖子，滿足的蹭蹭，笑著。

辰染輕啄姚茜茜的嘴角，也不會被阻止了。他一邊觀察姚茜茜的表情，一邊啃噬她的脖子，她也只是怕癢得咯咯笑。

辰染盯著姚茜茜的笑臉，沉思，如果知道只是換一種食物就能讓她這麼開心，那他什麼都聽她的，他天天幫她換！

——那個人類女食物真是功不可沒啊！

辰染微瞇開眼，瞥了下耿貝貝，真不知道她用了什麼方法，讓茜茜越來越靠近他。

姚茜茜揹著背包，仰著下巴看著耿貝貝。她從辰染身上下來，把背包裡的東西一掏，一大袋的罐頭，上前就交給了凱撒。

凱撒挑眉，看了看姚茜茜，發現人家根本在和耿貝貝進行眼神絞殺。

——兩個小女孩在吵架，但是這麼個吵法，倒也不錯！

凱撒欣然的接過了姚茜茜的食物。他和傭兵們交換個眼神，一臉看好戲的表情。

「凱撒！你怎麼可以收下！」耿貝貝跺腳大喊。

凱撒瞥了眼耿貝貝，沒說話，而是把姚茜茜給的罐頭分給了其他人。傭兵們拿到罐頭，看了看標籤，歡呼一聲。

姚茜茜心裡扠腰大笑，她挑的全部是肉罐頭，這群漢子不喜歡才怪！

姚茜茜得意的看著耿貝貝，心道：我還是有用的吧！我才不是廢物呢！

耿貝貝咬著唇，一臉委屈的盯著凱撒。可惜對方沒看到，還在看手裡罐頭的標籤。

一群大男人，才不會摻和進她們的吵架中。

耿貝貝氣得渾身顫抖，說不出話來。

「凱撒，扔了那些罐頭！」耿貝貝含著淚，大喊著。

凱撒死死的皺起了眉，呵斥道：「不要任性！」他覺得女人吵架簡直不可理喻。

耿貝貝不聽，跑過去，瘋狂的拿起塑膠袋亂扔。傭兵們見氣氛不好，紛紛躲遠。凱撒說了句胡鬧，扯住了耿貝貝的手。

耿貝貝傷心欲絕的看著凱撒，他竟然覺得她只是胡鬧？她眼裡的光彩漸漸消失。

凱撒緊緊握住了她的手腕，搞不懂她為什麼突然發瘋。

姚茜茜痛快了。她要讓凱撒明白，這種小架對於一個女孩子來說，已經是天大的事，簡直是不可能。就像男人永遠不會明白，為什麼女人會因為一點小事就對他們大吵大鬧。他們永遠不會知道，懂她、呵護她、無條件的支持她，對女人來說才是最重要的；其他，有沒有錢、長得帥不帥，都無所謂。

耿貝貝吃痛的甩開凱撒的手，哭著跑遠。

姚茜茜看著她的背影，嘆氣。比任性的話，兩個人不相上下吧……也難怪凱撒一臉凶狠了。

蓋斯看了一眼凱撒，見他面無表情的沉著臉，趕緊替他追了上去。

姚茜茜退回到辰染的懷抱。她突然有點後悔，雖然出了口氣，但好像把耿貝貝置於了危險的境地。不過，她又沒讓耿貝貝瞎跑！

凱撒阻止其他的傭兵追上去，幾人決定在原地等蓋斯他們回來。

可是等了將近十分鐘，也不見耿貝貝他們回來。

凱撒立刻起身，幾人整裝，出發去找他們。一行人經過姚茜茜身邊的時候，只是看了他們一眼，並沒說追上或者原地等待。

姚茜茜想了想，還是和辰染跟著他們。如果不看到耿貝貝平安，她良心難安。

走了一陣子，眾人的視野突然一闊，前方出現了一座圓頂的教堂，以及旁邊一堆的墓碑。

姚茜茜臉一黑。這可是個絕對危險的地方，有墳墓的地方必有喪屍……

傭兵團在周圍偵查了下，傑克朝教堂指了指，凱撒就帶著剩下的傭兵們潛入了教堂。

姚茜茜看看辰染，【我們也進去嗎？】她不清楚耿貝貝是不是在裡面。

【嗯。】辰染彎著眼，笑著點了點頭。

【咦？】姚茜茜覺得辰染笑得很怪異。

【這裡面有什麼嗎？】

【茜茜，我餓了。】

辰染說著，就抱著姚茜茜，越過傭兵們，進到了教堂裡。

囧！姚茜茜明白了，這裡有比較強大的喪屍……

一進去，就看到蓋斯有些痴迷的望著耿貝貝，而耿貝貝正在聖母像下，閉眼做著祈禱。陽光從馬賽克窗戶中照射下來，形成柔和的光束灑在耿貝貝身上，讓她看起來聖潔又美麗。

姚茜茜瞬間放下心來，又覺得耿貝貝這種時候做祈禱，實在太不合時宜了。不過耿貝貝在聖光照耀下，很是令人驚豔。

等眾人都進到教堂裡，他們便像是碰觸了什麼機關般，教堂大門自動關閉。

教堂外的墳墓中突然伸出了很多手，在奮力的鑽出埋著他們的土地。

辰染高興的嘴角微彎。

姚茜茜從落地窗看到外面的景色，嚇了一跳。屍群從墳墓裡爬出來的樣子實在太驚悚了！她趕緊向其他人示警：「有喪屍！墳墓裡爬出來好多喪屍！」

大家均是一愣，看著那些掙脫土壤而出的屍體，凱撒一行人露出了沉重的神色。

辰染很興奮，抱著姚茜茜就衝了出去。他一邊抱著姚茜茜，一邊打喪屍，輕鬆得就跟打籃球似的。

喪屍像是有意識般，都向辰染湧去。凱撒看到這種情況，當機立斷的率領傭兵團逃離這裡，他們無法和這麼多喪屍搏鬥，現在辰染吸引住他們的注意力，正是好機會。

凱撒想抱起耿貝貝急行軍，耿貝貝掙扎，不贊同的說：「怎麼能丟下他們倆不管？」

「那妳留下。」說完，凱撒放開她，帶著自己的團員們就要撤離。

耿貝貝跺腳流淚，不情不願的跟上了凱撒他們。

【嗷嗷，血都濺到我身上啦！辰染，快吃完我們走吧！】姚茜茜將頭埋到辰染懷裡說道。

【不打完，吃不了。】辰染見凱撒他們撤走，也不隱藏了，爪子一劃，就是一片。

【……】姚茜茜有些明白了，這喪屍還是BOSS型的，不打完小怪，BOSS不現身……

辰染很快的清除了一千小怪，姚茜茜扭過頭，也有些好奇那隻喪屍BOSS，有這麼多小弟，應該很厲害吧？

辰染放開姚茜茜，把她護到身後，靜等那墳墓蠢蠢欲動，破土而出。

連大地都開始震顫！

然後……

就沒有然後了，姚茜茜只覺得眼前一花，那隻喪屍BOSS就化成馬賽克，入了辰染的口。

「……」

姚茜茜再一次深刻的感覺到人類和喪屍的差距，喪屍和喪屍的差距……

突然，姚茜茜靈光一閃，馬上想到：和這個墓地喪屍BOSS一樣，每本書裡好像不僅有男主角，還有一個和男主角作對的大BOSS啊……

她無端的擔心起來，怎麼看怎麼覺得辰染像大 BOSS！

視人類為食物，肆意殺戮，無善惡觀，最要命的是實力很強……

這種存在，在哪本書裡都是被人滅的吧！為什麼到現在她才反應過來！

【辰染！】姚茜茜從後面抱住辰染，用手環住他的腰，靠在他背後，試探的問道：【你希望人類滅絕嗎？】

【可以嗎？】辰染再次興奮了。

姚茜茜臉一黑。果然！

【你想殺死他們？】

【他們全部都該死！】辰染早就對人類這種食物厭惡至深，統統弄死最好。

【可是，茜茜不喜歡，不是嗎？】如果不是因為茜茜不喜歡，他早就這麼做了。

姚茜茜無奈的垮下肩，她如果早點察覺到辰染憎惡人類的想法就好了。她伏在他硬邦邦的背上，嗅著他身上淡淡的腥味，閉上眼，嘆息。

【當然不喜歡……】她蹭蹭辰染的後背說道：【但是如果讓我在人類和辰染中選，我當然選辰染。因為就算這世上只剩下我一個人類，我還有辰染……但是如果辰染不在了，我就什麼都沒有了……】

辰染轉過身，把姚茜茜攬進懷裡，金色的眼睛溫柔專注。

這一刻，他第一次感覺離她好近，觸手可得。

【即使殺光所有的人類？】

【嗯。】

就算他是喪屍又怎樣？就算與全世界為敵又何妨？她願意放棄一切，傾盡所有，也要與他永遠在一起。

辰染親暱的用自己的額頭蹭著姚茜茜，滿眼笑意。

夕陽的餘暉在兩個人之間的縫隙裡頑皮的照出來，點綴了他們的臉頰和睫毛，讓他們模糊了輪廓。好像一張甜蜜的情侶照片，美好浪漫，動人心弦。

可惜，兩個人談論的內容，卻那麼驚悚！

姚茜茜的肚子突然咕嚕的叫了一聲，她現在萬分後悔把那些好吃的給了傭兵團。沒辦法，只好先讓辰染帶她去找些吃的。

★※☆※★※☆※★

教堂離一座大城市非常近，這是姚茜茜被辰染帶著找食物的時候就發現的。可是她記得凱撒說，他們要去的是一座小城鎮。這可真奇怪。

緣分這種東西很奇妙，你想要的時候找也找不來，等你不想要的時候攔也攔不住。

當姚茜茜正和辰染手牽手漫步在滿是喪屍的街頭時，迎面就見凱撒抱著耿貝貝，帶著一大隊人衝過來。

而且，後面還跟著一個屍群。

「……」姚茜茜看到此情此景，不知說什麼才好。他們真夠倒楣的。

姚茜茜趕緊拉著辰染避讓，躲到了臨街的小巷裡，還沒站定，凱撒一行人也紛紛跑了進來。他們也不怕被屍群包抄！

一進來，凱撒臉色就是一沉，姚茜茜他們找的這條破路竟然是條死巷子！這時候再退出已經來不及，巷口被屍群堵上了！

正當一行人覺得大禍臨頭的時候，屍群竟然像沒看到他們一樣，一邊集結，一邊朝另一個方向走去。

所有人都呆愣住了。

想像中九死一生的戰役沒有發生，眾人放下心，一屁股就坐到地上，喘起氣來。

「太、太好了，茜茜你們還活著！」蓋斯一邊擦掉臉上的汗，一邊欣慰的說道。

姚茜茜鄙視的看著這群臨陣脫逃的傢伙們。

在感受到姚茜茜對他們的不滿後，辰染出手了！

明明是超越人類極限的速度，明明已經累得像狗一樣的凱撒，反應神速的就地一滾，硬是躲開了辰染的攻擊！

姚茜茜臉一黑，果然女主角喜歡的人也被光環照耀。

「辰染，你幹什麼！」瞪著剛才自己落腳的地方，現在變成了碎裂的坑道，凱撒吼道。

蓋斯等人紛紛拿出了槍。

必須趕緊收手，他們槍法很準的！姚茜茜急道：【辰染，快住手啊！】

辰染接收到姚茜茜的意識，發現這些傢伙很可能趁他不注意，做出用姚茜茜威脅他之類的事情，便立刻停止了攻擊，回到姚茜茜身邊。

「給你們一個教訓！」姚茜茜在危機時刻，腦袋瓜子終於高速運轉了一回，她扠腰，氣勢洶洶的說道：「誰叫你們拋下我們先走！」

人類就是這麼奇怪的生物，會懺悔，會內疚，會反省自己做的事情。姚茜茜下意識的抓住這點，讓傭兵們升起的殺意退了回去。

其實她的小心肝那個顫啊！生怕辰染剛才的舉動讓他們動手。

「茜茜……」耿貝貝咬著唇，很內疚的看著她，「對不起……」

「好吧，我原諒你們了。」姚茜茜見好就收，大度的點點頭。

眾人默……

前一秒還兵戎相見，下一秒已經說說笑笑，果然是小女孩脾氣！

蓋斯同情的看向縱容姚茜茜任性的辰染，覺得他活得好辛苦！幸虧他們知道她的脾氣，換作別人，絕不會輕饒他們兩個！

「這群喪屍有古怪。」冰釋前嫌後，蓋斯向凱撒說道。

眾人附和：「他們好像被人控制了似的，在朝一個方向去。」

「而且在教堂的時候，那些喪屍也是……就好像是專門設下的陷阱般。」傑克思考道：「我們全部一進去，他們就鑽了出來。按理說，瘟疫爆發了這麼長的一段時間，怎麼還會有留在墓地裡的喪屍？」

凱撒點點頭，看向辰染，詢問當時的情況。

姚茜茜答道：「你們走後！」重點強調一下，換來蓋斯不好意思的一笑，凱撒卻面無表情，她繼續說道：「我和辰染消滅那些喪屍……」說到這，耿貝貝低笑出聲，姚茜茜義正詞嚴的把自己染血的衣襟展示出來，耿貝貝這才收了笑。她最後道：「沒有了……」

「啊？」蓋斯忍不住問道：「什麼叫沒有了？」

「消滅他們了啊。」

「……」眾人默，動作一致看向辰染，希望他能解釋，姚茜茜的智慧果然是不能期待的。

辰染冷豔高貴的不理會這些食物。

蓋斯只好接著凱撒的話頭問姚茜茜：「有沒有什麼特殊情況？」

姚茜茜摸著下巴思考了一下，「好像是有，但是我記不清了。」

「才過去幾分鐘啊！」耿貝貝忍不住吐槽。

「因為我大多數時間閉著眼啊。」

「那妳怎麼消滅喪屍？」蓋斯繼續問。

「用意念。」姚茜茜正經的說道：「我閉著眼想著他們死了，他們就死了。」

「……」蓋斯默默的轉向辰染，「辰染，你能不能高抬尊口，為我們複述一下當時情景？」

姚茜茜發現蓋斯又繞回主題了，趕緊說道：「我開玩笑的啦！」然後擺出一副「快來繼續逗我」的表情。

蓋斯真是懶得開口了。

其實姚茜茜心裡一直攥著把冷汗，她無法馬上編出像樣的藉口，才裝著一臉懵懂的樣子。反正她在他們心中從來沒聰明過，傻也不差這一次。

「後來有個特別厲害的喪屍鑽出來，實在打不過了，辰染就帶我逃走了。」

「那個喪屍長什麼樣？」凱撒追問。

姚茜茜努力回憶著，說道：「和普通喪屍沒兩樣，就是力氣更大些……但是比起紅色喪屍弱很多。」其實她只看到一眼啊，長什麼樣完全沒看清楚，就進了辰染的肚子裡！

「妳怎麼知道他的力氣更大些？」

「因為辰染對付起來很難！」

「你們最後怎麼逃脫的？」

「辰染抱著我跑的。」

「他沒有追你們？辰染帶著妳，怎麼跑過他的？」

「辰染很厲害嘛！」

「厲害為什麼沒殺了他？」

「辰染逃跑很厲害！」

眾人默。

凱撒則眼神晦澀的看向姚茜茜和辰染。

她在說謊！雖然她表面上裝得一臉無辜，但是她緊緊攥著辰染的手，出賣了她。還有漏洞百出的描述，避重就輕，沒有細節和實質！

她在害怕他們……難道是因為剛才自己等人遺棄了他們？

最重要的一點，辰染實在強得不像話，那麼多喪屍，他們又沒有武器，他怎麼做到全身而退？

凱撒敏銳的感覺到，姚茜茜對他們態度的微妙變化。原來是死死扒著他們不放，這個他能理解，畢竟最開始是他們救了她。而現在，她好像更不想和他們在一起。

他們一定在教堂遭遇了什麼。

凱撒決定讓他們跟著自己，他需要明白是什麼讓他們的態度改變。

而那隻紅色喪屍也讓他耿耿於懷——喪屍似乎在進化！

那兩顆紅白色的小石頭，他直覺有特殊的用處。

第十章

!

連人類都變異了

姚茜茜不知道凱撒對她的話信了幾分，但是被凱撒像狼一樣的眼睛盯著，她頓時感到做反派壓力大。

他的質疑和追問就像盆冷水，一下子澆到了她的頭上，瞬間將她那些沸騰的情緒熄滅。

抬頭看看辰染，她其實並不能斷定他是大BOSS。雖然他的思想反社會、反人類，可哪個喪屍不反社會、反人類！

喪屍很多，但是大BOSS只有一個！

她無法佐證辰染是大BOSS，也無法確認他不是大BOSS。但是唯一能確認的是，辰染一定是BOSS……不是大BOSS，就是小BOSS。

大BOSS和小BOSS唯一的區別在於，大BOSS最後死，小BOSS中間掛。

姚茜茜低下頭，側靠在辰染身上，攥緊他的衣服。她想，既然都是BOSS，當然要當最大的！幹掉男主角！如果有大BOSS，再幹掉大BOSS！

ORZ……不知道為什麼，姚茜茜覺得他們的未來一片灰暗。

他們注定要和全世界為敵了，這條路真的好艱難。不過，再怎麼難，也要走下去，因為他們根本沒有選擇。終有一天人類會知道，這世界上的喪屍會進化。而喪屍相互吞噬，如果不滅掉最大的BOSS或者男主角，根本不用等世界末日，他們都已經掛了……

耿貝貝有些豔羨的看著辰染輕擁著姚茜茜，好像不管在哪裡，他都在無聲的宣告自己的所有權。他強大、內斂、專情，和凱撒完全不同……

凱撒看到姚茜茜錯開眼神，跑到辰染懷裡，便馬上停止了對姚茜茜的質問，反正套不出更多的話來，他也懶得多費口舌。而有一點凱撒相信姚茜茜說的是真話——她大多數時候閉著眼。他已經從她嘴裡知道有個特別厲害的喪屍在教堂那裡住著，這就夠了。

「團長，不對勁，喪屍前進的方向好像是基地！」蓋斯觀察了一下洶湧的屍潮，突然臉色凝重的報告道。

眾人臉色微變，紛紛望向外面的街道。

只見喪屍像被召喚一樣，源源不斷的補充到屍潮裡，而整個屍潮正朝著基地的方向緩慢但堅定的前進著。

姚茜茜很好奇，伸出頭，和眾人觀察屍潮。她是知道辰染也曾經如此控制過喪屍，但是很顯然的，對方這次控制的規模比辰染大很多。

【辰染，這是喪屍做的嗎？】

【嗯。】

【這屍群規模，得有幾個喪屍控制啊？】

【一個。】

【這麼厲害……他要幹什麼？】

【不知道。】辰染對於其他喪屍的行為並不是很關心。

【要不要去吃掉他？】

【不是現在。】進餐並不著急，現在他在想要怎麼做才能弄死眼前這些人。

而凱撒這邊，他們覺得必須趕回去通知基地這個消息——一大波喪屍正在靠近！

「你們跟著。」凱撒示意姚茜茜兩人跟上大家，然後轉身對傭兵們說道：「蓋斯和我去找汽車。傑克，你負責帶人到最近的便利商店或者超市，搬運補給物資，越多越好。趁著這股屍潮，大幹一場！」

傑克小組應和一聲。

姚茜茜並不想再和凱撒一起行動，趕緊提出異議：「我們分開行動吧。你們先走。」

凱撒皺眉，問她是不是怪當時自己拋下他們兩個。

姚茜茜搖頭。

「等回到基地，我們分道揚鑣。現在乖乖聽我指揮！」凱撒強勢的說道。

姚茜茜扭頭不理。

凱撒把槍上了膛，「聽指揮，違者死。」這種時候，他怎麼會讓姚茜茜任性下去。

姚茜茜炸毛，躲到辰染身後。面對凱撒的威脅，她只能乖乖聽話，誰讓他們現在打不過呢。

於是，凱撒率領傭兵團警戒的出了小巷，兵分兩路，行動起來。

凱撒把姚茜茜他們安置在一間小咖啡館裡，對他們說道：「一會我發信號給你們，到時候你們再出來。」

咖啡館裡一片狼籍，咖啡豆撒了一地，一些佐餐甜點已經發霉長蛆，桌椅和吧檯上都是一層厚厚的灰塵。但是卻沒有喪屍的蹤影，似乎全部被召喚走了。

「姚茜茜，耿貝貝交給妳了，幫我照看一下。」凱撒盯著姚茜茜的眼睛說，「拜託了。」

他並不知道這波屍潮會不會突然停下來，又掉頭回來攻擊他們，所以他並不放心耿貝貝跟他們傭兵團一道。而耿貝貝和姚茜茜在一起，辰染一定會保護她們。

自始至終，他都沒相信過辰染，他一直相信的是姚茜茜。

姚茜茜眨眨眼，驚訝於凱撒有些請求的口吻。她想了想，還是點了點頭。

「凱撒！」耿貝貝拉住凱撒的胳膊，含情脈脈，依依不捨。

兩人情深意重的告別，耿貝貝就和姚茜茜、辰染一起被留在咖啡館，凱撒和蓋斯把咖啡館的門封好，去找能用的車子。

看著大門關起，三人沉默不語。

耿貝貝看看埋首在辰染懷裡的姚茜茜，幽幽的嘆了口氣。

辰染身子突然一動，姚茜茜警覺的拉住他。

【辰染，你要做什麼？】

【殺掉她。】

【……】姚茜茜有點跟不上辰染的思路。

【妳怕她，她是威脅，殺掉威脅。】辰染難得解釋道。

【不要啊！我們以後遠離她就是了！】天曉得主角不死光環會不會靈驗，他們寧可遠離，也不要嘗試挑戰光環啊！

姚茜茜有些害怕。辰染是喪屍，總是故事裡被消滅掉的一方，她怕辰染出事。

辰染嘆了口氣，不再堅持。他犯不著為了一個食物，惹茜茜不開心。

耿貝貝看著兩人，感覺他們的氣氛又和緩了。聳聳肩，她去吧檯找找有沒有可以喝的東西，結果一進吧檯，她捂嘴小聲的叫了一聲。

「貝貝？」姚茜茜疑惑的看向她，以為她出了什麼事。

「沒事、沒事。」耿貝貝臉色驚慌了一下，馬上鎮定下來，朝姚茜茜擺擺手，眼神卻瞥向吧檯裡面。

【辰染，她怎麼了？】

【有個食物在那裡。】

姚茜茜明瞭的點點頭，如果耿貝貝要發善心救人，她是不會管的。

「茜茜……」耿貝貝再三看了看吧檯裡，突然轉身走向姚茜茜，露出個甜美的笑容說：「我有點擔心凱撒他們，你們能不能幫我到外面看看，他們準備得怎麼樣了？」

「妳可以自己去……」姚茜茜要是看不出來耿貝貝是想支開他們，就太傻了。其實她救人沒什麼啊，為什麼要支開他們呢？

「這也好！我出去看看！」耿貝貝從善如流的答應道，拔開插銷，往上推開鐵捲門，就走了出去。

姚茜茜望天，也不阻止，她只保證辰染這次不殺耿貝貝，可不保證耿貝貝任何找死的行為。

很快，門外傳來一聲慘叫。

「……」姚茜茜臉色一變。

等姚茜茜再反應過來，已經拉著辰染跑出了咖啡館，四處張望，卻不見耿貝貝的蹤影。

辰染點點姚茜茜的肩，做了個朝後看的手勢，她順著回頭一看，只來得及聽到鐵捲門拉下並上鎖的聲音。

「……」混蛋！耿貝貝竟然把他們關在外面！

等凱撒他們回來，就看到姚茜茜和辰染站在咖啡館外面。

「貝貝呢？」蓋斯皺眉，趕緊上前幾步，大聲問道。

姚茜茜一臉便秘般的表情指指落鎖的大門，「在裡面……」

「怎麼回事？」蓋斯沒弄明白。

「她把我們鎖在外面了。」姚茜茜氣鼓鼓的答道。

蓋斯不敢置信的看著姚茜茜，好像她在說謊似的。

凱撒聽了，沒說話，敲了敲鐵捲門，「耿貝貝，我們回來了。」

「凱撒！」裡面傳來興奮的女聲。

只聽一陣細碎的腳步聲，然後是開鎖的聲音，鐵捲門被人往上推起。

耿貝貝一眼就看到姚茜茜便秘般的表情，她歉意的一笑。

凱撒掃視了耿貝貝一眼，沒有任何追問，只是冷漠的說道：「我們出發回去了。」說完，轉過身，隨即又加了一句：「順便把妳脖子上的血擦乾淨。」

耿貝貝一呆，趕緊低頭檢查自己。

然後，凱撒向姚茜茜道了謝。

姚茜茜撇嘴，說：「真不用謝，我們可沒照顧到她。」

「茜茜真是個好女孩，答應的事就會做到。」凱撒神色溫柔的笑了笑。

「還好。」姚茜茜被凱撒不常有的溫和表情震住，不自在的乾笑了幾聲。

★※☆※★※☆※★

姚茜茜本來打算就此和他們別過，但是凱撒一句「難道你們有比基地更好的去處？」堵得她跟著他們回去。

一行人開著車，飛快的回到了基地。

遠遠就看到基地方向冒起的硝煙，讓眾人不由得捏了把冷汗。等看清楚基地滿目瘡痍的樣子，大家齊齊倒吸了一口涼氣。

昔日高大的圍牆，只剩下幾塊斷垣殘壁，不少人類的屍體還橫亙在外，沒人收拾。一輛裝甲車在燃燒，上面還趴伏著一具焦黑的屍體，濃濃的血腥味飄散在空中。

才不到一天的時間，怎麼固若金湯的基地防禦就遭受到了重創？

凱撒趕緊留下人，朝滿地的屍體補槍，防止他們變異成喪屍，然後自己開著車進了城，發瘋似的朝傭兵團駐地開去——重傷未癒的安迪還在那裡！

等他們把車停到公寓門口，一愣。

眾人呆呆的看著幾乎夷成平地的公寓廢墟，半天說不出話來。

一片焦土，沒有絲毫的人氣。

耿貝貝掩面而泣，其他傭兵難過的別開了頭。

凱撒瞳孔驟縮，衝進了廢墟裡。

「團長！」蓋斯難過的喊道。

和傑克互換了下眼神，蓋斯跟了進去，而傑克去找倖存者問情況。

基地到底發生了什麼事？他們明明比那波屍潮快了百倍，怎麼回來後會變成這個樣子？

凱撒像頭發瘋的野獸一樣四處亂撞，但是這裡似乎發生了劇烈的爆炸，一切都化為了灰燼，只在廢墟焦土下挖出些斷指殘肢，根本不知道是誰的。

凱撒捧著一根斷指，仰頭長嘯，最後化為了悲傷的哀吼。蓋斯沉痛的跪在旁邊，不知道該說些什麼好。

當大家都沉溺在悲傷中的時候，傑克帶著一個穿著黑色軍裝制服的人走了過來。

那個人禮貌的向凱撒敬了個軍禮，蓋斯替凱撒起身，回敬。

經他介紹，他是基地首領的秘書。二十出頭的樣子，五官清秀柔美，戴著一副黑框眼鏡，嘴形微嘟，脣瓣單薄好看，尤其笑起來的時候柔和親切，第一眼見了倒是不讓人討厭。

「我在這裡等你們好久了。」秘書說道：「是關於地圖的事情。」

凱撒點點頭，說他知道地圖出了問題——明明是指向一個小村鎮，最後卻是死亡之地般的教堂，和屍群眾多的大城市。

秘書鞠躬道歉，「我們發現地圖出了問題，第一時間就想來通知貴團，可惜貴團已經出發。又趕上喪屍來擾，實屬無奈。因為我們的疏忽，使貴團遭到了難以想像的損失，我們一定給貴團一個交代。」

於是，凱撒就問起基地出了什麼事。

秘書臉色一變，似乎對當時的場景還心有餘悸，「貴團剛走不久，我們就受到不明喪屍的襲擊，損失慘重。最後也沒能消滅他，讓他逃走了。」

「他？」凱撒挑眉，「只有一個喪屍？」他以為是屍群。

秘書沉重的點頭，「只有一個，卻厲害非常。擁有智力，目標明確，一般的攻擊對他無效。很多士兵還沒有近身，就被他隔空撕裂。」

——喪屍，進化了！

眾人腦子裡印出了同一句話。

凱撒不知道為什麼，下意識的瞥了辰染一眼。

一旁的姚茜茜聽著秘書的陳述，內心掀起驚濤駭浪：完蛋了！他們知道有比現在更高級的喪屍存在啦！

【辰染……】姚茜茜看向辰染，這下子他們暴露的風險加大了。

可是看到辰染的剎那，她卻一怔。

辰染正挑起嘴角，露出尖尖的牙齒，詭異的笑著。好像一個終於找到了糖的偏執狂……

【辰染，你怎麼了！】姚茜茜擔心的拉拉辰染的胳膊，把他的頭拉下來，對著她的眼睛。

辰染收斂了笑意，伸出舌頭舔了下自己的嘴脣，【終於找到他了。】

【誰？】

【逃走的食物……】美味的食物……【如果不全部吃光，就無法滿足。】

姚茜茜皺著眉，不明白辰染在說什麼，更難以理解他突如其來的狂熱。

幸好凱撒看過來的時候，辰染已經收斂了表情。

姚茜茜擔心的趴在辰染的懷裡，只希望他們快點離開這個是非之地。

凱撒簡短說了一下他在路上碰到屍潮的事，希望基地儘快預防或者撤離。秘書趕緊說，他們會派人去調查，並提出首領希望見凱撒一行人，親自詢問些事情。凱撒同意，說他正好也有些事情想問首領。

這時候，秘書看向遠遠站在一旁的姚茜茜，走上前去，禮貌的鞠躬敬禮，「請問您就是姚茜茜小姐嗎？」

姚茜茜沒想到這個人還會搭理她，頓時有些手足無措，從來沒人朝她敬禮鞠躬過，「是的，您找我有什麼事？」

秘書說明來意，首領也邀請她前去，要討論一下她試劑變化的問題。

「這是關係到全體人類的重要事情，請您務必一同前往。」

姚茜茜看著對方堅定的眼神，感覺他根本沒給自己拒絕的機會。考慮到現在是非常時期，這時候別再耍任性了，她不情不願的點點頭，「好吧……」

於是，原班人馬被秘書帶上車，前往內城。

「關係到全人類的大事？」耿貝貝轉了下眼珠，「難道是茜茜身上有抗體？」

「怎麼會……」姚茜茜矢口否認。如果說是辰染的口水，她倒相信。

「明明試劑變綠，卻沒有變異！」

「他們不是說因為誤差嗎？」

「誰知道呢。」耿貝貝攤手聳肩。

坐在副駕駛座上的秘書聽到她們的談話，回頭對她們微笑了一下，然後對凱撒說道：「團長，您的戀人真是很有活力呢。」

耿貝貝臉紅，低頭坐在凱撒身邊。

凱撒抿著嘴，沒說話。

跟隨著秘書上了小船，來到內城，看著這裡富麗堂皇的裝修，姚茜茜的嘴巴張得老大。

上了電梯，秘書帶領他們左拐右拐的，來到一扇有著巴洛克風格的實木大門前。守門的衛兵通報後，便對他們放了行。

一位一頭銀髮、身穿黑色軍裝、站姿筆直的老者，正笑容慈祥的晃著一杯紅酒，等著他們。

姚茜茜立刻想到《哈利波特》故事裡的白鬍子校長。

歲月在他身上沉澱圓潤的華輝。他的目光深邃慈愛，卻又堅定無畏，像任何一個沉穩的領導者，具有領袖獨特的魅力。

「歡迎，可愛的孩子們。」

他的笑容是那麼的悲憫包容，語氣是那麼的堅定深沉，彷彿只要跟隨著他，便能看到生活的希望。

對於一個年過古稀的老人，他們不是孩子是什麼……

「還有兩個活潑的小女孩。」說著，老者步伐有力的走向辦公桌，從抽屜裡面掏出一盒糖果，推薦道：「來，嚐嚐看，老人家的私藏哦！」他朝耿貝貝和姚茜茜眨眨眼。

耿貝貝猶豫了一下，沒有上前。姚茜茜則立刻蹦蹦跳跳的走過去，一抓一大把，剝開一個放在嘴裡。

「草莓味的！」姚茜茜驚喜的看向老者。

老者呵呵一笑，將整盒糖果都遞給她，並招呼耿貝貝也過來一起吃。

凱撒輕輕的咳嗽了一聲，問白珍珠將軍找他們所為何事。

姚茜茜張圓了嘴，驚訝的看向老者，沒想到他竟然有個這麼女性化的名字。

老者笑著朝姚茜茜擠眼睛，姚茜茜捂嘴偷笑，好像知道了什麼不得了的秘密似的。

辰染亦步亦趨的跟著姚茜茜，覺得這個食物討厭極了！

【茜茜，不要傻笑！】辰染警告道。茜茜見了這個食物後，跟著了魔似的，腦子都變成了一片混沌。

姚茜茜這才收了笑意，板直了臉。

這就是領導人的魅力吧！她想。讓人忍不住想要親近、服從。

白珍珠將軍先是感謝了下凱撒為基地帶來的物資，然後簡要解釋了現在基地的情況，最後表示因為地圖錯誤造成的損失，他們想要彌補。

凱撒拒絕了將軍提出的彈藥補給的提議，希望能從西區找個新的駐地給他們。

白珍珠將軍爽快答應了，並主動提出和另一個勢力協商，重建費用、場地費用全部由他們支付。然後，白珍珠將軍關心的詢問他們這次外面遇險的情況。

「路上有沒有遇到什麼危險？我記得那邊好像連通著一個大城市，還有一個郊外小教堂。」

凱撒客氣的說託將軍的福，沒有遇到什麼危險，但是碰到一件奇怪的事情，就把屍潮向這裡湧來的事跟他報告。

將軍嚴肅的點頭，表示他知道了，會妥善安排。

「喪屍在進化，大家以後出去搜索物資要小心。」將軍關心的告誡道，並說一旦碰到異常的喪屍樣本要及時彙報，這樣基地才能防患於未然。

凱撒稱是，並且順便問了問，傑克有個朋友是否來過這裡。

白珍珠將軍表示不知，「這種事情得問他。」他指了指秘書，「人老了，很多事都心有餘而力不足了。」

秘書連忙說白珍珠將軍寶刀未老巴拉巴拉一堆馬屁話。

姚茜茜不知道為什麼，凱撒沒有告訴白珍珠將軍關於他們碰到紅色喪屍的事，這都造成他們減員了，怎麼不說？不過她不是多嘴的人，既然凱撒不願意說，她也保持沉默好了。

最後凱撒告辭，白珍珠將軍卻想把姚茜茜留下來，和她說些小秘密。姚茜茜欣然同意，拉著辰染要留下來。凱撒卻堅定的拒絕，說姚茜茜和他們之間還有一筆帳要算。

姚茜茜垮下臉，心想凱撒這是要秋後算帳嗎……她求助的看向白珍珠將軍。

白珍珠將軍挽留，想請姚茜茜吃晚飯，一會就送她回去。

凱撒看看姚茜茜，不語。

姚茜茜拉著辰染上前，問白珍珠將軍在哪吃。

白珍珠將軍看著辰染，搖搖頭，顯然是只想留下姚茜茜一人。

這下子姚茜茜也不幹了。

「我不能和辰染分開！」姚茜茜緊緊抱著辰染的胳膊。

白珍珠將軍只好嘆氣，放姚茜茜和凱撒他們一起回去了。

出了司令室後，凱撒向秘書詢問了傑克朋友的事。

秘書微笑，「從沒有見過這麼一個人。不過我可以幫您查查內城的監控錄影，看裡面有沒有您說的人。」

凱撒眼神一變，「那倒不必麻煩了。我們去別處再找找。」

秘書笑著送他們出了內城。

姚茜茜抱著糖果，辰染抱著她，兩人想向凱撒告辭。

「既然已經回到基地了，我們就不纏著你們啦。」姚茜茜故作輕鬆的揮手告別，內心有些沉重——再見面就是敵人了吧。

凱撒沒說話，和傑克交換了下眼色，氣氛突然沉重起來。

「團長……」傑克欲言又止。

凱撒抬手阻止傑克說話，轉而對姚茜茜說：「妳已經被盯上了，不想死，就跟緊我們。」

姚茜茜滿頭霧水的看向凱撒。

為什麼她想纏著他們的時候，他們不是拒絕就是不在，而現在她想擺脫他們，他們卻纏著不放呢！

「這裡不適合談話。先上車。」凱撒率先跳上來時的車，然後看向姚茜茜和辰染。

姚茜茜搖搖頭，她才不怕被盯上呢！

「不用擔心我們，你們先走吧！」說完，她拉著辰染就要離開。

凱撒使了個眼色，傭兵們就訓練有素的端起槍，瞄準了他們。

囧！什麼情況！姚茜茜震驚的看著凱撒。難道他們發現了辰染的異常嗎？

「你們是自己上來，還是我們拉你們上來？」凱撒沉聲說道。

坐在車上的他，眼神銳利黑暗，輕描淡寫的拿出槍，盯著姚茜茜兩人，就像盯著陷阱裡的獵物一樣從容強勢。

辰染立刻把姚茜茜護在懷裡，殺意盎然的面對這群傭兵。

「辰染，不要輕舉妄動。你殺不了我們這麼多人。你信不信，在你殺他們的同時，他的槍也可以立刻打破她的腦袋？」凱撒朝上指了指。

姚茜茜抬頭一看，只看到對面建築頂上亮光一閃……狙擊手嗎？她環視四周。臥槽！蓋斯不見了！

辰染朝凱撒威脅的低聲咆哮，面色猙獰。

凱撒嘖了一聲，「說起來，辰染，你真的不怎麼像人類呢！倒像……」他沒有說下去。

姚茜茜害怕的抱著辰染，剛才一行人還好好的，才出了內城，大家就翻臉不認人了……真的比翻書還快啊……

「你們也別誤會。你的小妻子對總部很有用，一時半會死不了。」凱撒推下槍栓，上了膛，又道：「所以借你們出城而已。」

「到底怎麼回事……」姚茜茜滿臉問號。

「先上車。」凱撒顯然不想再浪費時間，朝他們點了點下巴。

辰染想像解決那些暗伏的士兵一樣，碎裂掉他們，卻奇怪的發現有兩個食物他找不到施力點。他可以快速的解決掉身邊這幾個傭兵，卻無法一下子殺死在車上的凱撒。

在「可能讓姚茜茜受傷」和「晚點再解決他們」之間，辰染選擇了後者。

而凱撒早就看出辰染的行為模式。其實很簡單，只要威脅到姚茜茜，辰染就能輕易就範。

姚茜茜不得不和辰染一起爬上了車。

耿貝貝沉默的看著發生的一切，躲在大部隊後頭，有點不敢直視姚茜茜。

車子啟動，到一個拐角處，蓋斯也跳上車，車子開始提速，他們的目標很明確，馬上出城。

「到底發生了什麼事？」姚茜茜被半強迫的又和這群人坐在一起，有點反應不過來。

凱撒耐心的為姚茜茜說明原委，他們碰到的紅色喪屍可能有大問題。內城很久之前就有個懸賞，獵殺到變異喪屍，並拿回部分作為證據，可以得到一大筆物資。

前不久，傑克的朋友好像就得到了這種彩色透明的喪屍石頭，當時傑克問他緣由，他並沒有詳細說明，可是自從他去了內城之後，就再也沒出現過。

傑克這時候接話：「我本來以為他是高興的在哪個地方喝酒，可是今天去內城，我卻在電梯角落裡發現了他遺落的戒指。」

因此，他們就對內城起了戒心。

在詢問過秘書後，凱撒徹底斷定傑克的朋友遇害了。原因很簡單，秘書說的是「沒見過」，而這邏輯是建立在「見到」的基礎上，只有「見到過」，才會否認成「沒見到」。

姚茜茜臉色一變，心道：凱撒你是福爾摩斯嗎？(╯‵□′)╯

白珍珠將軍說了那麼多廢話，但是有兩句讓凱撒非常在意，一個是地圖問題，一個是喪屍問題。地圖問題如果從基地的安定出發，肯定會輕輕揭過，他卻拿出來強調，顯然是他們的路線存在讓他在意的部分；而最後看上去關心的說明喪屍問題，其實是在套他們在那條路線上有沒有遇到變異喪屍。

白珍珠將軍巧妙的顛倒順序，卻讓他們能夠聯想。

姚茜茜一驚，確實是這樣，她就是在白珍珠將軍說到變異喪屍之後，突然想起了紅色喪屍的事；其實她碰到了兩隻變異喪屍，可當時竟然只記起紅色喪屍這一件！

只是簡單的幾句話，竟然暗藏玄機，姚茜茜再次懷疑，她的段數能不能ＰＫ過這群倖存的人類精英……

凱撒安撫了一下震驚的姚茜茜，並誇獎她當時沒有多嘴。

然後凱撒繼續解釋道：「留下曾經變異過試劑的姚茜茜，讓我更加肯定，他們是要除掉我們。而原因，一定和那張錯誤的地圖以及出現的紅色喪屍有關。」

「姚茜茜在隔離後沒有變化，他們竟然沒有送去做進一步的觀察試驗，這讓我很疑惑。」凱撒探究的看向姚茜茜。

「為什麼啊？」姚茜茜更疑惑，檢查她沒事不就好了？

「能用試劑試驗代替原始的檢查和隔離，就足以看出它的誤差率極低，要不然基地絕不會冒這個險。當感染出現卻沒有變化，基地應該會立刻採取行動，把妳關起來研究才對。哪怕只是懷疑，即使只有萬分之一的機率是產生抗體，他們都會不惜一切代價。畢竟一旦抗體研究成功，這場災難就能結束了。」

「……」姚茜茜無語，她突然想起在取消隔離的那個晚上，好像有人襲擊過他們，可惜她沒看到，就被辰染幹掉了……她還以為白珍珠將軍是喜歡她，才留她吃晚飯，沒想到是讓她去當小白鼠！她這玻璃做的少女心喲……

姚茜茜正在沮喪，而凱撒和傑克他們在安排後面的逃生事情，並計畫打個回馬槍什麼的。

這時候，辰染突然抱過姚茜茜，一手禁錮住她的腰，一手護住她的頭。

姚茜茜奇怪的鑽出來，疑惑的看向辰染，辰染卻告誡她不要動。

【很多拿著鋼管的食物，來了。】

蓋斯嘆了口氣，「你們倆就不能……」

他還沒說完，突然一聲巨響，車子被巨浪掀翻！

車內的人像滾筒洗衣機裡絞著的衣服，狠狠的撞向了車壁！

而辰染則以人類沒有的速度和力量，一邊護住姚茜茜，一邊像超人一樣突破車子的鐵皮，飛了出去。

凱撒不可置信的瞪大了眼睛。

辰染輕鬆的解決了在外面包圍的人類，幾個跳躍，就將姚茜茜帶離了基地的控制範圍。

姚茜茜在辰染懷裡，抓緊他的衣服，愣愣的聽著耳邊劃過的風聲。突襲來得快，去得也快，她都沒反應過來。

不知道凱撒他們怎麼樣了？不過姚茜茜不是很擔心，有女主角耿貝貝在，說不定他們都會安然無恙。

就像姚茜茜想的那樣，在主角不死的定律面前，總有奇蹟發生。

前些時候，耿貝貝在大城市廢棄酒館裡發現了一個全身通紅、好像正在轉變成喪屍的人類。她靈光一閃，支開了姚茜茜他們，然後她殺死了對方。真的好簡單，只是拿刀輕輕一捅，對方就化成了一堆血肉。

而有一顆紅色的透明小石頭在其中閃耀著淡淡的光芒。

她拿了出來。她知道這東西很特別，它足以改變一個人。她以為她永遠不會碰到，她曾經無數次羨慕過擁有這東西的人。更沒想到，原來這東西來自那些變異的喪屍！

她必須留著它，等待一個時機，吞下去。

可她沒想到這個機會來得那麼快。

看著辰染突然伸長的指甲，遠非人類能比的力量和速度，她早該想到辰染不是人類！剛開始，她還以為他是擁有石頭的人，因為他對姚茜茜是那麼愛護、在乎、疼愛，根本不像只知道吞噬血肉的喪屍！

可辰染突然睜開的無瞳孔金色眸子，暴露了他的身分。

耿貝貝毫不猶豫的拿出救命的小石頭，吞下它！

這一刻起，所有人的命運都將改變……

屍潮如期而至，在數量多得猶如螞蟻一樣的喪屍上方，人類抬頭望去，像看到了夢魘般，露出了恐懼的神色。

一個身姿曼妙的女喪屍懸浮在屍潮上方。

漂亮柔順的金色長髮在空中像有生命般擺動，像醫生穿的白色長袍鬆鬆的套在她身上，高聳的胸部幾乎要撐破釦子，細腰翹臀，無一不顯示著她生前的好身材。而和天空同樣顏色的、沒有瞳孔的眼睛，正垂眸睥睨著地上弱小的生物；眼眶邊時隱時現的詭異紋身，讓她顯得幾分妖媚。

「可愛的孩子們，你們準備好了嗎？」慵懶嬌媚的聲音響徹天際，「晚餐開始了！」

那麼接下來，就是屬於喪屍的盛宴了。

姚茜茜和辰染也聽到了這個聲音。

姚茜茜緊張的看向辰染。對方有組織、有預謀的進攻人類基地這一點，比辰染更像是反派BOSS……這可不太好啊……

辰染不語，抱起姚茜茜，撤出對方的監控範圍。

女喪屍像是感應到了他們似的回過頭，遠遠相望，藍天般的眼眸在看到辰染懷裡的姚茜茜的一瞬間，驟然變成了海底般的深藍，眼眶下的紋身好像烙印般急劇發亮顯現。

★※☆※★※☆※★

本來厲害的女喪屍率領眾屍奇襲倖存者基地，怎麼想都應該是手到擒來的事情。因為不管是品質還是數量，喪屍都更勝人類一籌。

可惜，一面倒的形式，在一個十六人組成的小隊面前戛然而止。

要不然怎麼說人類絕對是造物者的寵兒？這麼穩輸的事情，都能讓他們力挽狂瀾。

人類不僅有大腦，還有心臟、肌肉、神經系統，能利用的地方顯然比喪屍多。不管高度活化哪一部分，都能創造出作戰能力不遜於進化喪屍的兵種。

所以結果是，屍潮被平復，女喪屍下落不明。雖然基地損失難以估量，但是人類還是保住了他們僅剩的幾塊生存空間之一。

這時候，姚茜茜托腮，和辰染一起在暗處觀察耿貝貝。

耿貝貝正和凱撒爭吵中。

「你為什麼不讓我說姚茜茜和辰染的事？」耿貝貝簡直無法理解為何不趕緊報告總部關於辰染的存在，「難道我們被他們害得還不夠慘嗎？蓋斯、傑克還有大家！」她的眼中迸出淚花，「我當時救你，不是讓你袒護那兩個惡魔的！」

凱撒皺眉，「我袒護？我恨不得現在就去宰了他們！蓋斯和傑克是我的好兄弟，他們的仇我一定會報！」

姚茜茜皺眉，有些不太清楚眼前的情況。當她得知凱撒他們還活著的時候，第一時間想去看看他們是否安好，沒想到卻出現眼前這一幕。

他們充其量就是死道友不死貧道，自己開溜了，怎麼能算害了他們呢？

姚茜茜覺得這中間一定有什麼誤會。

「基地這裡並不值得讓人信任，不要和他們摻和在一起。那些異化的人類，實在詭異。我們既然擁有了能力，還是早些離開。」哪怕自立門戶也好。凱撒解釋道。

耿貝貝噙著淚水，想要反駁。

凱撒溫柔的摟住了她，拭去她的淚水，在她耳邊低語。

然後，姚茜茜沒興趣看下去了，拍拍身邊的辰染，兩人離開。

從凱撒和耿貝貝對話的隻言片語中，姚茜茜得知凱撒被耿貝貝救了，而他們現在都擁有了不同於一般人的「能力」。他們是如何擁有了「能力」，這是姚茜茜現在最迫切想知道的。當喪屍和人類鏖戰的時候，她正在千里之外的地方補眠，以至於錯過了關鍵部分。

其實她從沒想過喪屍會贏，畢竟主角是人類，喪屍會被消滅也是意料之中的事。現在人類擁有了對抗喪屍的變異能力，她和辰染的日子以後只怕更不好過。

【辰染，我想知道屍群入侵的時候，人類到底是怎麼把他們打敗的！】姚茜茜求助辰染。

經過驚險的車內逃亡，姚茜茜對辰染的能力更加信服了，覺得這個世界上簡直沒有他辦不到的事。

【好。】辰染對發生過什麼並不感興趣，但是姚茜茜想知道，他就會想辦法讓她知道。

辰染認為，最快速的辦法無非找個經歷大戰的食物來。

姚茜茜想了想，抓人來太簡單粗暴了，問完後那個人類怎麼辦？總不能殺人滅口吧。不如他們裝作倖存者，去基地附近打聽。

辰染當然無所謂，姚茜茜喜歡，他就喜歡。

「辰染……」姚茜茜拉拉辰染的頭髮，辰染順從的俯下身，「你一定要小心！」現在人類已經知道了高級喪屍的存在，他們混進人類圈中要更小心才是。

辰染勾起嘴角，【嗯。】

姚茜茜也對辰染一笑。

這個笑容還沒從姚茜茜的嘴角消失，突然她所站的地方開了一個大洞！

猝不及防之下，姚茜茜只覺得腳下一空，她就陷了下去。她一點防備都沒有，手不自覺的一鬆，辰染的頭髮在她指尖鬆落。

辰染反應迅速的反手抓住她的胳膊。

「辰染！」姚茜茜害怕的踢騰著懸空的雙腳，兩手緊緊抓住辰染的手。

【茜茜不怕！】辰染安撫道。

其實把姚茜茜抓上來，對辰染來說是輕而易舉的事。但是幾乎同時，凹陷的地面迅速合上。

原來，在土地的偽裝下，有一塊金屬板掩蓋的通道！

沒有血液流出，姚茜茜只覺得身子突然下沉，她尖叫，那金屬板硬生生的把辰染的手臂截斷了！抱著辰染的斷臂，姚茜茜跌入了無盡的黑暗中……

「茜茜！」

辰染金色的眼睛耀出妖異的紅光，凝視著缺失的右臂，他仰天長嘯。周圍瞬間飛沙走石，樹木被連根拔起，土地崩塌。

一座金屬的鐵堡漸漸坦露出來。

辰染盯著那座密閉的金屬鐵堡，眼睛彷彿燃燒了起來。

「茜！茜！」

姚茜茜在七葷八素的跌撞中，不小心磕到了頭，一下子暈了過去。但是即使失去意識，她懷裡還緊緊抱著辰染的手臂。

不知過了多久，她從混混沌沌中醒來，只模模糊糊的看到了一個白色的身影。熟悉的臉龐，挺拔的身姿，黑色長髮，正在一旁忙碌著什麼。

【辰……染……】

《喪屍愛軟妹01》完

敬請期待《喪屍愛軟妹02》精采完結篇！

拯救世界吧！
少女魔王！
魔王陛下也想談戀愛！
03

總裁大人の求愛攻略
Novel 霧十
久木 Illust
全套兩集，全國各大書店、租書店、網路書店持續熱賣中！
讀作傲嬌
黑屬性
Star
粉紅總裁的少女心
火熱全開!!
我就是有錢、
我就是任性；
總之，
三個月內
我就是要結婚!!!
嗯，就決定是你了，
哈、哈。
(有種，有本事妳就試試)
典藏閣
華文聯合出版平台
www.book4u.com.tw
采舍國際
www.silkbook.com
不思議工作室_
立即搜尋
版權所有© Copyright 20

飛小說系列147

喪屍愛軟妹01

出版者■典藏閣
作　者■悅大白
繪　者■Jond-D
總編輯■歐綾纖
企劃主編■PanPan
製作團隊■不思議工作室

郵撥帳號■50017206 采舍國際有限公司（郵撥購買，請另付一成郵資）
台灣出版中心■新北市中和區中山路2段366巷10號10樓
電　話■(02)2248-7896　傳　真■(02)2248-7758
物流中心■新北市中和區中山路2段366巷10號3樓
電　話■(02)8245-8786　傳　真■(02)8245-8718
ISBN■978-986-271-682-3
出版日期■2019年1月二刷

全球華文國際市場總代理／采舍國際
地　址■新北市中和區中山路2段366巷10號3樓
電　話■(02)8245-8786　傳　真■(02)8245-8718

新絲路網路書店
地　址■新北市中和區中山路2段366巷10號10樓
網　址■www.silkbook.com
電　話■(02)8245-9896
傳　真■(02)8245-8819

☞您在什麼地方購買本書？☜

1. 便利商店（＿＿＿＿市／縣）：□7-11　□全家　□萊爾富　□其他＿＿＿＿＿＿

2. 網路書店：□新絲路　□博客來　□金石堂　□其他＿＿＿＿＿

3. 書店（＿＿＿＿市／縣）：□金石堂　□蛙蛙書店　□安利美特animate　□其他＿＿

姓名：＿＿＿＿＿地址：＿＿＿＿＿＿＿＿＿＿＿＿＿＿＿＿＿＿＿＿＿

聯絡電話：＿＿＿＿＿＿＿　電子郵箱：＿＿＿＿＿＿＿＿＿＿＿＿＿＿

您的性別：□男　□女　　您的生日：西元＿＿＿＿年＿＿＿＿月＿＿＿＿日

（請務必填妥基本資料，以利贈品寄送）

您的職業：□上班族　□學生　□服務業　□軍警公教　□資訊業　□娛樂相關產業

□自由業　□其他＿＿＿＿＿

您的學歷：□高中（含高中以下）　□專科、大學　□研究所以上

☞購買前☜

您從何處得知本書：□逛書店　□網路廣告（網站：＿＿＿＿＿＿）　□親友介紹

（可複選）　□出版書訊　□銷售人員推薦　□其他＿＿＿＿＿＿＿＿

本書吸引您的原因：□書名很好　□封面精美　□書腰文字　□封底文字　□欣賞作家

（可複選）　□喜歡畫家　□價格合理　□題材有趣　□廣告印象深刻

□其他＿＿＿＿＿＿＿＿

☞購買後☜

您滿意的部份：□書名　□封面　□故事內容　□版面編排　□價格　□贈品

（可複選）　□其他

不滿意的部份：□書名　□封面　□故事內容　□版面編排　□價格　□贈品

（可複選）　□其他

您對本書以及典藏閣的建議＿＿＿＿＿＿＿＿＿＿＿＿＿＿＿＿＿＿＿＿＿＿

＿＿＿＿＿＿＿＿＿＿＿＿＿＿＿＿＿＿＿＿＿＿＿＿＿＿＿＿＿＿＿＿

＿＿＿＿＿＿＿＿＿＿＿＿＿＿＿＿＿＿＿＿＿＿＿＿＿＿＿＿＿＿＿＿

✌未來您是否願意收到相關書訊？□是　□否

✎感謝您寶貴的意見✎

印刷品

$3.5
請貼
3.5元
郵票
不思議信箱
FUSIGI POST

235 新北市中和區中山路二段366巷10號10樓

華文網出版集團　收

（典藏閣－不思議工作室）

novel 悅大白　illust jond-D

喪屍愛軟妹 01

ZOMBIE AND HIS LOVELY FOOD.